뜬세상의 아름다움

태학산문 2
뜬세상의 아름다움

초판 1쇄 발행 2022년 8월 16일

지은이 | 정약용
엮은이 | 박무영
펴낸곳 | (주)태학사
등록 | 제406-2020-000008호
주소 | 경기도 파주시 광인사길 217
전화 | 031-955-7580
전송 | 031-955-0910
전자우편 | thspub@daum.net
홈페이지 | www.thaehaksa.com

편집 | 조윤형 여미숙 김선정
디자인 | 이영아
마케팅 | 김일신
경영지원 | 김영지

값 16,000원
ISBN 979-11-6810-082-4 (03810)

책임편집 | 조윤형
북디자인 | 김회량
본문조판 | 한지아

태학
산문

002

정약용 산문

뜬세상의
아름다움

박무영 옮김

태학사

일러두기

1. 이 산문 선집은 다산학술문화재단에서 발간한 『정본 여유당전서(定本與猶堂全書)』를 저본으로 삼았다. 그 밖에 정민의 저서에서 사진으로 제공된 몇 개의 원문을 이용하였다.

2. 번역문의 제목은 원제목에 얽매이지 않고 작품의 내용을 집약하는 구절을 뽑거나 번역자가 지어 붙였다.

3. 정약전에게 보낸 편지들은 일부를 적절히 발췌 번역하여 여러 편으로 나누어 실었다. 원래부터 한 호흡으로 쓰인 것은 아니라고 생각된다. 묘지명 가운데서도 짤막한 에피소드를 중심으로 한 부분을 잘라 내어 번역하였다. 충분히 독립된 글의 성격을 갖는다고 생각되기 때문이다. 이 밖에는 모두 전문을 번역하는 것을 원칙으로 하였다.

4. 주석은 전혀 달지 않고 가능한 한 본문에 녹여 넣어 가독성을 높이고자 했다. 독자에 따라 주석이 필요한 부분이 있을 수 있으나, 문맥이 통하지 않을 정도는 아니라고 생각한다. 추가 설명이 필요한 경우에는 [　] 속에 간단히 적었다. 기왕의 학술적 번역들이 있으므로, 축자역에 가까운 번역이나 본격적인 주석을 필요로 하는 독자는 그것을 참고하면 될 듯하다.

머리말

이 '정약용 산문 선집'은 원래 '태학산문선' 시리즈로 기획되었던 것
이다. 벌써 20년 전의 일이다. 당시 정약용은 위대한 정치사상가요 개
혁가, 혹은 소위 '실학자' 내지는 과학자로만 대중에 알려져 있었다.
그런데 이런 '위대함'은 종종 일종의 억압이 되기도 한다. 내가 아는
한 정약용은 초인은 아니다. 그는 보통 사람의 욕망과 감각을 지닌 인
간이되, 다만 집요한 실천가였다. 그의 길은 초인이 아니라 보통 사람
의 모습이었다. 당시에 다산은 우상화되어 있었다. 우상의 자리에서
내려오는 것이 정약용을 이해하거나 존중하는 데 장애가 되는 것은
아니었다. 세속적·본능적 욕망을 지닌 한 뛰어난 개인이 그러한 욕망
을 정돈하고 실현하는 모습은 그 자체로 충분히 감동적이다. 나에게
는, 그의 그런 완전하지 못한 인간적인 약점과 욕망이 그를 피와 살이

있는 한 사람의 선배로 다가설 수 있게 해 준 동기였다. '태학산문선' 편집자들의 권유가 있기도 했지만, 개인적으론 그를 우상의 자리에서 내려 피와 살을 가진 사람으로 만나고 싶었고, 그런 경험이 애당초 우리 보통 사람들과는 종류가 다른 초인이 아니라 우리 같은 사람들 중의 하나로 감히 스승으로 삼거나 친우로 삼을 엄두가 나게 해 줄 것이라 생각했다.

이후 20년 동안 정약용의 서정 산문들은 아주 많이 소비되었다. 수많은 대중 교양서들이 집필되었고, 매스컴에도 자주 등장했다. 이제 『하피첩』 정도는 누구나 아는 이야기가 되었다. 그사이 『여유당전서』 정본 발간 사업도 진행되었고, 새로운 자료들도 발굴되고 대중적으로도 소개되었다. 정약용의 인간적 약점까지도 공개적으로 거론되었고, 그의 서정 소품들이 대중 교양의 주류가 되면서, 오히려 그의 논설문들이 잊히는 감조차 있다. 이런 형편이니 이 선집도 역시 새롭지는 않을 것이다. 그저 다산의 서정적 산문 소품들을 소개하는 많은 선집들 중 하나일 뿐이다.

개정하면서, 초판에 수록했던 원문은 빼고 산문을 몇 편 보충했다. 1부와 2부로 나누었는데, 1부의 산문들은 다산이 아직 세상에 나가기 전 수학기修學期부터 만년에 고향 집에 돌아와 지은 글까지, 대체로 소재가 되는 사건의 시간 순서에 따라 배열했다. 부족한 대로 정약용의 일생을 그의 글을 따라 흘러가며 볼 수 있을 것이라 생각된다. 2부에는 귀양지 강진에서 정약용이 쓴 편지들을 따로 편집했다. 아들들과 제자들에게 보낸 편지나 증언, 둘째 형 정약전에게 보낸 편지가 묶여 있다. 승려에게 보낸 편지도 있다. 이 편지들은 1부의 내용과 서로 도울 것이다.

최대한 현대 한국어에 가깝게 번역하고자 노력했다. 의역이 많으니, 오히려 원문의 감각이 많이 사라졌을지 모르겠다. 번역은 이러나저러나 어렵다. 역시 번역은 해석이라는 걸 새삼 깨닫기도 한다. 번역자의 이해와 해석이 번역 문체에 반영되는 법이다. 각 편에 대한 해설도 보충하거나 다시 썼다. 관련된 시들을 넣고 이런저런 이야깃거리들을 덧붙였다. 두서없는 대로, 글만 아니라 그의 삶을 대충이나마 들여다보게 하고 싶어서이다. 20년 사이 다산의 서정 산문을 둘러싼 독서 시장의 환경도 바뀌었을 뿐 아니라 번역자의 감각도 많이 변했다. 때론 20년 전 만났던 다산과 이제 만나는 다산의 얼굴이 다르기도 하다는 것을 느낀다. 신판이 아니라 개정판을 내면서 오히려 누더기가 되는 느낌도 있다. 대신 좀 더 친절한 해설이 되었는지 모르겠다.

옛글을 읽는다는 것의 의미를 생각한다. 더구나 한문이라는 두터운 장벽 너머의 옛글을 번역이라는 울퉁불퉁한 렌즈를 통해 읽는다는 것의 의미를. 한문이란 장벽을 넘으면, 거기엔 그냥 사람과 삶이 있다. 사실 '옛글'이라는 것은 무의미하다. 그저 또 다른 공간에서 일어나는 사람살이에 대한 기록에 불과하다. 아니, 그 이전에 애당초 사람살이라는 것이 여기고 거기고, 지금이고 그때고 다르지 않다는 것을 알게 되고, 그들이 반추해 놓은 삶의 의미와 그들이 부딪혔던 장벽과 그것을 돌파했던 방법들이 낱낱이 인간의 모습을 하고 거기에 있다. 남의 이야기와 삶을 들여다보는 것은 나의 삶을 풍요롭게 한다. 삶의 지평을 넓혀 준다. 그들도 만나 보자.

2022년 7월, 수산리 파란집에서

옮긴이 박무영

차례

2부 유배객의 편지

1부 사람의 길, 다산의 삶

적벽,
물염정

【정자는 동복현에 있다. 정유년[1777] 가을 아버님께서 화순현감을 하셨다. 화순현에서 적벽은 40리 거리다. 이듬해 내가 놀러 갈 기회를 얻었다.】

물염정은 남쪽의 경승지이다. 여러 번 가 보려 했으나 실행하지 못했다. 다시 날을 잡는데, 보름날 밤을 기다렸다가 달빛이 비친 물결을 감상하자는 이가 있었다. 내가 말했다.

"그렇지 않습니다. 유람하려는 사람은 일단 마음을 먹었으면 즉시 가야지, 날을 받아서 가려 하면 꼭 우환이나 병으로 일을 망치는 이가 생기게 마련입니다. 더구나 구름이 끼거나 비가 내려 달을 가리지 않는다고 보장할 수 있습니까?"

모두 "이 말이 맞다."고 하였다. 드디어 이날 물염정에 갔다.

물염정에서 가장 아름다워 눈동자에 해당하는 것은 적벽이다. 적벽은 기이하면서도 웅장하고 삼엄하면서도 빼어나다. 바위의 높이가 몇십 길쯤 되고 너비는 수백 걸음은 된다. 도끼로 쪼개어 놓은 것 같은 담홍색 바위 절벽이 깎아지른 듯 서 있다. 절벽 아래로는 배를 띄울 수 있을 만한 맑은 못이 되었는데, 못의 위아래는 온통 흰 돌이다. 못에서 정자 쪽으로 몇십 걸음 걸어가다 보면, 모두 향기로운 풀로 뒤덮인 넓은 언덕과 마주치게 된다. 서로 어울려 가다가 서다가 하자니 몹시 즐거웠다.

정자에 이르니 다시 훤하게 탁 트인다. 시내는 정자를 두르며 만을 이루어 흐르고, 산봉우리들은 정자 앞으로 내려와 모여든다. 정자 앞은 온통 울창한 숲과 죽죽 뻗은 대나무들이다. 소위 적벽이란 것이 창살 같은 대나무 사이로 보일락 말락 은은히 비치니, 그 그윽한 광경과 신비한 운치란 가까이서 볼 때와는 비교할 수도 없다.

이에 술을 가져오라 해서 시를 짓고, 이리저리 거닐며 우스갯소리도 하노라니 어느새 날이 저물었다. 돌아온 뒤 큰형님께서 내게 기記를 지으라 하셨다.

「유물염정기游勿染亭記」(1778년, 17세)

🦎

「유물염정기」는 화순 북쪽에 있는 적벽赤壁을 유람한 짤막한 기행문이다. 기행문이라기보다 적벽 일대의 경치를 묘사하는 데 초점을 두었는데, 묘사가 일품이다. 특히 대나무 숲 사이로, 마치 창문의 창살들을 통해 내다보이는 듯한 적벽의 모습을 흥취 있게 잡아내는 솜씨는 젊은 이답게 예민하고 호사스럽다.

가을 모래밭엔 오솔길 뚜렷이 나뉘고	歷歷秋沙細逕分
골짝 어귀 푸른 산엔 구름이 피어날 듯,	洞門靑翠欲生雲
새벽이면 시내 못은 연지색으로 물들고	溪潭曉浸臙脂色
갠 날 바위 절벽엔 비단 무늬 흔들린다.	石壁晴搖錦繡文

그가 물염정을 노래한 시의 한 부분이다.

다산이 16세 되던 해 부친 정재원丁載遠은 화순현감으로 부임했다. 다산 형제는 부친을 따라 화순 임소에 머물면서 독서도 하고 유람도 다니는 즐거운 시간을 보냈다. 이때 둘째 형 정약전丁若銓과 화순 근처의 동림사東林寺에서 겨울을 나며 독서한 추억을 다산은 못내 잊지 못해 한다. 인생을 향한 열정과 젊은이다운 포부, 그리고 만만찮은 자부심을 지닌 청년기 다산 형제의 추억이 어린 장소가 화순현이다.

무등산

유람기

【산은 광주 동쪽 30리에 있는데 일명 무등산이다.】

적벽에 다녀온 며칠 뒤, 조익현曹翊鉉 공【화순 사람이다】이 금소당으로 나를 찾아왔다. 내가 적벽에서 즐거웠던 유람 이야기를 했더니 한탄하며 말했다.

"적벽의 경치는 예쁘게 화장한 여자 같지요. 울긋불긋 분칠하고 눈썹 그린 것이 보기에 즐겁기는 하지만, 가슴을 활짝 넓혀 주고 기운과 뜻을 펴게 할 만한 것은 없지요. 그대는 서석산을 못 보았지요? 우뚝 앉은 것이 마치 큰 인물이나 훌륭한 선비가 말도 않고 웃지도 않으면서 조정에 앉아 있는 것 같지요. 정무를 보고 활동하는 자취를 볼 수는 없지만, 그 공덕과 교화는 만물에 두루 미치지요. 그대는 왜 보러 가지 않으시오?"

그리하여 형제 네 사람이 다시 서석산을 유람할 궁리를 했다. 조공 역시 자기 아우를 보내 우리를 따라가게 했다.

서석산은 높고 험준하며, 뿌리를 내리고 있는 군현만도 일곱이나 된다. 정상에 오르면 북쪽으로는 적상산이 보이고, 남쪽으로는 한라산이 바라보인다. 월출산이나 송광산 따위는 모두 이 산에 딸린 아들 손자뻘 산들이다. 위에는 열세 개의 봉우리가 있는데 항상 흰 구름에 싸여 있다. 여기에는 사당이 하나 있어 무당이 맡고 있다. 그가 하는 말이, "항상 산허리에서 우레가 울리며 구름이 비로 변해서 자욱하게 산 아래로 밀려가는데, 산 위는 여전히 푸른 하늘 그대로입니다."라고 한다. 참으로 높은 산 아닌가? 가운데 봉우리 정상에 서니, 표연히 세상사가 우습게 여겨지고 내 길을 나 홀로 가리라는 생각이 들면서, 인생의 고락이란 마음에 둘 만한 일이 아니라는 각성이 든다. 왜 그런지 나도 모를 일이다.

대체로 뛰어난 산수라는 것은 반드시 기묘한 바위와 깎아지른 절벽, 물보라를 날리는 샘, 괴상한 폭포가 있어서, 온갖 어지러운 자태와 붉고 푸른 온갖 모습을 갖추어야 비로소 유명한 산과 물을 적어 놓은 책에 낄 수 있는 법이다. 서석산은 높고 험준한 것이 호남에서 제일일 뿐이다. 그러나 이 산이 다른 모든 산보다 뛰어나다는 것을 조공은 그 혼자 알아보았으니, 그 산과 사람이 모두 위대하다고 하겠다.

규봉의 아래로 해서 돌아왔다. 규봉이란 봉우리는 두 개의 봉우리

가 깎아지른 듯 서 있는 모습이 마치 홀笏 같았는데, 그 모서리가 정
확히 직각이었다. 그 아래로 누운 것, 꺾어진 것 등이 또 수십 개가 더
있었다.

「유서석산기遊瑞石山記」(1778년, 17세)

모두가 우러르는 서석산,	瑞石衆所仰
꼭대기엔 묵은 눈 쌓였네.	厜㕒有古雪
태초 혼돈의 모습 고치지 않고	不改渾沌形
참되게 쌓아 우뚝한 데 이르렀네.	眞積致峻巋
여러 산들 마음껏 곱고 교묘한데	諸山騁纖巧
깎고 새겨서 뼈마디를 드러냈네.	刻削露骨節
오르려 할 땐 아득해 방법이 없더니	將登邈無階
멀리 오자 나직이 둘러선 걸 알겠네.	及遠知卑列
특이한 행실은 빛나 쉽게 드러나지만	僻行皭易顯
지극한 덕은 어렴풋 구별하기 어렵네.	至德闇難別
사랑스러워라, 이 충만한 본질	愛茲磅礴質
함축해 하나도 새지 않았도다.	涵蓄靳一洩
천둥과 폭우에도 깎이지 않고	雷雨不受鑱
하늘이 만든 것 삼가 보전했네.	謹保天所設
자연히 구름 안개 피어 있다가	自然有雲霧

이따금 아래 세상 열기 식히네.   時滄下土熱

서석산 유람을 마치고 나서 다산은 또 「서석산에 올라登瑞石山」란 시
를 남겨 놓았다. 「서석산 유람기」와 함께 읽을 만하다. 시와 산문이 서
로 해설해 준다 싶다.

산을 다녀 본 사람은 안다. 산이 얼마나 서로 다른지. 광주 무등산은
'멀리서 보면 나지막하고 평퍼짐하지만, 막상 오르려면 높고 험준해
함부로 접근하기가 어려운' 그런 산이다. 거대하게 엎드려 있는 골산
이다. 그러나 이 산은 그 '무릎 아래 지란芝蘭을 기르듯' 여러 작은 산
들과 마을들과 사람들을 감싸 안은 호남의 주산이다. 간드러진 온갖
표정을 지닌 예쁜 산들과는 격이 다르다.

사람도 그렇다. 눈이 반짝거리고 표정이 민첩하며, 상상력과 정서가
풍부해서 무슨 이야기고 그의 입을 거치면 신선한 빛을 발한다. 때로
는 간드러진 한량이고, 때로는 예민한 시인이다. 그와 함께 있으면 재
미있고, 언제나 신선하다. 반면 언제나 무덤덤한 사람도 있다. 고승의
등처럼 넉넉하고 고즈넉하다. 엄격한 스승처럼 어렵고 조심스럽다. 그
러나 돌아보면 언제나 보이지 않는 그 보살핌이 나를 길러 왔고, 넉넉
하고 깊은 도가 방 안에 가득하다.

사람은 자신의 그릇만큼만 받아들인다. 산수의 아름다움도 자신과 닮
은 것을 알아보고 사랑한다. 다산은 서석산의 아름다움을 기술하면서
서석산을 알아본 조익현이라는 인물에 함께 찬탄하고 있다. 「서석산

유람기」는 무등산 이야기이면서 동시에 무등산 사람인 조익현 이야기
인 것이다.

큰형수님의
추억

약용이 아이 적, 부모님을 따라 연천현連川縣에 간 적이 있었다. 아직도 생각나는 것은 돌아가신 어머님께서 술 담그고 장 담그고 하는 살림 여가에 큰형수와 저포놀이를 하시던 것이다. "셋이야", "여섯이요" 하며 몹시 즐거웠었다.

몇 년 뒤 어머님께서 세상을 등지셨다. 그때 약용의 나이가 겨우 아홉 살이었는데, 머리엔 이와 서캐가 바글거리고 얼굴엔 때가 덕지덕지했다. 큰형수는 날마다 빗기고 씻기고 하느라고 애를 쓰셨다. 그러나 약용은 또 약용대로 몸을 흔들어 달아나 버리고 형수 옆으로 가려 하지 않았다. 형수는 빗이 담긴 조그만 바구니와 세숫대야를 들고서 가는 곳마다 따라와 어루만지며 사정을 하곤 했다. 달아나 버리면 잡아 오고 울면 놀리고 했다. 꾸짖고 놀리고 하는 소리가 뒤섞여서 떠들썩해지곤 했었다. 온 집안이 그 일로 해서 한바탕 웃곤 했는데 모두들 약용을 밉살스러워했었다.

맏형수는 모습과 성품이 씩씩하여 대장부처럼 늠름하셨고, 녹록하게 잘지 않으셨다. 어머님께서는 돌아가셨고 아버님도 관직에서 물러나 집에 계시니 생활은 더욱 곤궁해졌다. 그러다 보니 조상의 제사를 받들고 손님을 접대하고 하는 비용을 마련할 길이 없었다. 큰형수 혼자서 이것들을 다 감당하셨는데, 팔찌나 비녀, 패물들을 모두 팔아 변통하시거나, 심지어는 솜도 두지 않은 속바지로 겨울을 나시기도 했었다. 그런데도 집안사람들은 아무도 몰랐다. 이제 집안 형편이 조금 나아져서 죽으로라도 끼니를 이을 수 있게 되었는데 형수께서는 누리지 못하시니, 슬프다!

형수의 성은 이씨다. 본관은 경주고, 시조는 고려의 명신 알평謁平이다. 뒤에 정형廷馨이란 분이 이조판서를 지냈는데 문학으로 이름을 떨쳤다. 그 5대 뒤에 달鑵이란 분이 계셨는데, 힘으로 호랑이를 잡으셨다. 붓을 버리고 무과에 투신해서 전라도 병마절도사까지 하셨다. 이분이 부만溥萬을 낳으셨다. 청주 한씨인 종해宗海의 따님과 혼인하여 건륭乾隆 경오년[1750] 3월 24일에 형수를 낳으셨다.

형수는 겨우 열다섯 살에 우리 큰형님께 시집오셨다. 경자년[1780]에 돌아가신 아버님을 따라 예천군에 가셨다가 역질을 앓아 돌아가시니 4월 15일이었다. 충주 하담荷潭 선영의 동남쪽 언덕에 장사 지냈는데, 이곳은 우리 조부모님과 부모님의 묘역이다.

명銘은 다음과 같다.

시어머니 섬기기도 쉽지 않은데,	事姑未易
시어머니가 계모면 더욱 어렵네.	姑而繼母則難
시아버지 섬기기도 쉽지 않은데,	事舅未易
시아버지가 홀아비면 더욱 어렵네.	舅而無妻則難
시동생 대우하기도 쉽지 않은데,	遇叔未易
어머니 잃은 시동생은 더욱 어렵네.	叔而無母則難
이것을 잘하셔서 유감없었으니,	能於是無憾
이것이 맏형수의 넉넉함이셨네.	是惟丘嫂之寬

「구수공인이씨묘지명丘嫂恭人李氏墓誌銘」(집필 연도 미상)

꽃

다산은 나이 아홉 살에 어머니를 잃었다. 어머니 해남 윤씨는 아버지 정재원의 재취 부인이었다. 해남 윤씨가 돌아간 이듬해 정재원은 황씨 처녀를 소실로 얻었으나 얼마 안 돼 죽고 다시 김씨를 소실로 얻었다. 이후 다산은 15세에 풍산 홍씨와 결혼하기까지 두 여인, 맏형수와 서모 김씨의 손길에 양육되었다. 형제 중 막내였던 다산과 특별한 유대가 형성되었던 여성들이었다. 다산은 이 두 여성에 대한 애정을 그들의 묘지명을 지어 남김으로써 표현했다. 이 글과 「서모김씨묘지명庶母金氏墓誌銘」이 그것이다.

형수 이씨는 첫째 부인의 아들에게 시집와 재취 시어머니를 섬기는 역할에, 재취 시어머니조차 일찍 돌아가고 남겨진 어린 시동생을 돌보아야 하는 힘든 역할을 맡았던 사람이다. 게다가 살림도 넉넉지 않았다. 정약용은 그런 그녀의 삶을 자신과 관련된 몇 개의 인상적인 추억들로 집약해 놓았다. 짤막한 서술 속에 그녀가 겪어 내야 했던 삶의 갈피들을 짚어 내 그리면서, 그 속에 자신의 이해와 동정을 녹여 놓은 것이다. 특히 두 번째 에피소드는 이 작품의 절정이다. 아직 자신도 젊은 형수가 막내 시동생을 다루느라고 애를 먹는 모습이 웃음을 자아내는 장면이지만, 동시에 두 사람과 이 집안의 여러 가지 속사정들을 보게 한다. 씻기 싫어하는 남자아이, 어머니에 대한 그리움과 형수에 대한 데면데면함이 뒤섞인 소년의 심리, 형수와 시동생의 관계에 유달리 엄격한 예절을 요구하는 유교식 인간관계 속에서 형수의 난감하고 복잡했을 심정, 그리고 이런 일들을 함께 겪은 뒤 생겼을 서로에 대한 각별한 감정 등을 이 짧은 에피소드를 통해 환히 들여다보도록 해 놓았다.

그리고 명銘에서 말했다. 참으로 어려운 시집살이를 하였으나 잘 감당하셨으니, 모두가 형수의 넉넉함 때문이었다고. 다산은 인정의 갈피를 잘 아는 사람이었고, 그것을 외면하고 도학군자인 체하지 않는 사람이었다.

수종사에
놀다

어릴 때 왔던 곳에 어른이 되어 온 것이 한 가지 즐거움이고, 가난하고 낮은 신분일 때 지나다니던 곳에 출세해서 온 것이 한 가지 즐거움이고, 혼자서 다녀가곤 하던 곳에 귀한 손님들과 좋은 벗들을 이끌고 온 것이 한 가지 즐거움이다.

나는 옛날 아이였을 때 처음 수종사에 왔었고, 그사이 다시 왔던 것은 독서하기 위해서였다. 올 때마다 두어 사람과 짝지어 쓸쓸하고 적막하게 다녀갔다. 계묘년[1783] 봄, 나는 경의經義로 급제하여 진사가 되었다. 초천으로 돌아가려는데 아버님께서 "이번 걸음은 단출해선 안 된다. 친구들을 두루 불러 함께 가거라." 하셨다. 그래서 좌랑佐郎 목만중睦萬中, 승지承旨 오대익吳大益, 장령掌令 윤필병尹弼秉, 교리校理 이정운李鼎運이 모두 와서 함께 배를 탔고, 광주부윤廣州府尹

이 세악細樂[장구·북·피리·저·깡깡이로 편성된 군대 음악] 한 대를 보내 행
차를 도왔다.

초천에 돌아와 사흘째 되던 날 수종사로 놀러 가는데, 젊은이 10여
명이 따라나섰다. 나이 든 사람은 소를 타거나 나귀를 타고, 젊은이는
모두 걸었다. 절에 도착했을 때는 막 해가 저물고 있어서, 동남쪽 산
봉우리들이 석양에 빨갛게 물들고, 강물은 햇빛에 빛나며 창문으로
어리비치고 있었다. 여러 사람이 와자하게 어울려 즐겼다. 밤이 되자
달빛이 대낮처럼 밝았다. 함께 이리저리 거닐며 달구경을 하고 술을
내오게 하여 시를 지었다. 술이 돌자, 나는 세 가지 즐거움에 대해 이
야기해서 여러 분들을 흥겹게 했다.

수종사는 신라시대의 옛 절이다. 절에는 샘이 하나 있는데, 물이
바위 구멍에서 나와서 땅에 떨어지면서 종소리를 내기 때문에 '수종
水鍾'이라 한다고 한다.

「유수종사기游水鍾寺記」(1783년, 22세)

🌿

운길산 수종사 이야기이다. 다산의 생가에서 멀지 않아, 어린 시절 다
산은 이 절에 공부하러 드나들곤 했다. 이해 봄 2월, 초시에 합격해서
진사가 된 스물두 살의 다산은 떠들썩한 악대를 앞세우고, 이미 벼슬
에 나가 있던 친구, 선배들과 어울려 고향 집으로 돌아와 다시 수종사
에 올랐다. 인생의 한 단계를 통과해서 주변의 축복 속에 옛 장소에 돌

아오게 된 것이었다. 위낙에도 수종사는 아름다운 곳이지만, 이 봄날은 날씨마저도 좋아서 유난히 눈부신 석양과 강물이 있었고, 달도 대낮처럼 밝았다. 아니 그것조차 흥겨운 마음에 비친 모습이었을 것이다. 이 떠들썩한 모임에서 참석자들에게 전한 감사의 인사가 '세 가지 즐거움'이다. 치기 어려 보이지만, 세상을 향해 발을 내딛게 된 젊은이의 패기만만한 즐거움, 그것이 흥겹게 허용되는 자리였을 것이다.

이날 모임에서 지어진 시들은 『화앵첩畫櫻帖』으로 꾸며졌다. 진사가 되면 앵두를 차려 앵두 잔치[櫻桃宴]를 여는데, 시절이 일러 아직 앵두가 나오지 않았기에 앵두 그림으로 대신했다고 한다. 정재원은 아들의 진사 합격 축하 모임에서 만들어진 시첩에 이것으로 제목을 써 주었다고 한다. 생각하면 인생의 아름다운 한 장면이다.

수종사는 아름다운 절이다. 운길산 높은 마루에 종처럼 걸려 있는 이절에 올라서면, 두물머리 일대가 훤히 내려다보인다.

뾰족한 산 빛은 감청색	嶽色尖紺碧
누각 모습 푸른 산중턱에 있네.	樓容寄翠微
문을 밀치면 강이 들어오고	排門江正入
처마가 이어져 바위에 기대었네.	連簾石相依

―「수종사에 묵으며宿水鍾寺」 중에서

유서 깊은 고찰이긴 하지만 자그마한 암자인 이 절은 다산 덕에 더 유명세를 탔던 것 같다. 다산에겐 평생 자기 집 정원 같은 곳으로, 만년엔 그를 찾아온 한양 일대의 시인 문객들, 각처의 승려들이 드나들었다.

1835년 어느 날, 다산을 찾아온 홍길주洪吉周와 홍현주洪顯周 형제, 이만용李晩用 등이 정학연 등과 어울려 수종사 유람에 나섰다. 이들은 일흔넷 다산의 건강을 염려해 동행을 말렸다. 그날 밤 다산은 마음으로 그 유람을 따라가면서 연작시 여러 편을 남겼다.

수종산이 옛날엔 내 정원이어서	水鍾山昔作吾園
생각나면 훌쩍 금방 절 문이었지.	意到翻然卽寺門
지금 보니 문득 솟아난 죽순 같으니	今視忽如抽竹筍
푸른 하늘에 옥처럼 서서 잡기 어렵네.	靑霄玉立杳難捫

검버섯 피고 등이 굽어도 마음은 어린애	凍梨痀背尙童心
한 번 박차면 비로봉 정상일 것만 같네.	一蹴毗盧頂上臨
쇠약하다고 아이들의 제지를 몹시 받으니	劣弱苦遭兒輩制
효도가 효도 아니니라, 증삼을 기억하려마.	孝乎非孝憶曾參

공자의 제자인 증삼曾參은 어버이를 섬기는 것은 뜻을 받드는 것이 최고라고 한 적이 있다. '세 가지 즐거움'을 이야기하던 날로부터 50년도 더 지난 다음이었고, 서거하기 한 해 전이었다.

최 군의

시

한가한 여름날, 사촌 동생 공권公權이 시집 한 권을 맡기면서 "이것은 강릉 사는 최 군의 작품인데, 품평해 주십시오."라고 한다.

내가 남의 시집을 열람한 것이 백여 권을 헤아린다. 헐뜯을 것인가? 사람들이 싫어할 것이다. 그러면 칭찬할 것인가? 그것은 내가 싫다. 그러니 이놈의 물건을 만나면 벌써 쭈글쭈글 주름이 잡히며 눈썹이 곤두선다. 결국 미적거리며 책을 가져다 옆눈으로 힐끗 보았다. 두어 편을 읽어 나가자니, 눈썹이 펴지고 눈이 크게 떠지며 나도 모르게 목구멍에서 침 넘어가는 소리가 나고 손가락이 꿈틀거린다. 그러고는 마치 「능운부凌雲賦」를 읽으며 사마상여司馬相如의 사람됨을 상상하는 것처럼 즐거워진다.

그래 급히 그가 머물고 있는 곳을 물어 직접 말을 몰고 그를 보러

갔다. 최 군은 마침 여러 선비들과 함께 있었다. 모인 이들은 모두 우아하고 수려했는데, 어떤 한 사람만 망가진 갓에 떨어진 베옷을 입고 있어 거칠고 초라한 모습이었다. 물어보니, 과연 최 군이었다. 그와 교제를 맺고 돌아와 그 책에 이렇게 써서 돌려보낸다.

「제강릉최군【병호】시권題江陵崔君【秉浩】詩卷」(집필 연도 미상)

✄

시집 머리에 붙인 서문 형식의 짤막한 독후감이다. 이 짤막한 글 속에 젊은 다산의 개성과 시집의 주인 최병호의 개성, 그리고 그의 시 세계의 특성이 함축되어 있다. 구름 위로 날아오른다는 뜻의 '능운凌雲'은 한 무제漢武帝가 사마상여司馬相如의 「대인부大人賦」를 읽으면서 "표표히 구름 위로 날아오를 듯한 기상이 있으니, 천지 사이에 노니는 것 같다."고 칭찬한 말에서 왔다. 그래서 「대인부」를 「능운부」라고도 한다. 시는 사람이다. 다산이 시집에서 발견한 최병호는 '구름 위로 날아오르는' 그런 기상을 지닌 이였다. 겉 꾸밈새만 수려한 속물이 아니다. 독서의 즐거움이란 두 영혼의 해후다. 그러한 해후도 없이 강요되는 독서란 쉰 떡처럼 지루하다. 다산은 이 독후감에다 시를 통해 두 사람의 영혼이 조우하는 순간을 손에 잡힐 듯 생생하게 그려 놓았다. 이 짤막한 글을 읽노라면 마치 이 두 사람을 눈앞에서 만나 보는 듯 즐거워진다.

소나기 속의 폭포 구경
― 세검정 나들이

세검정의 구경거리는 소나기가 쏟아질 때 폭포를 구경하는 것, 바로
이것이다. 그러나 비가 한창 내리는 동안에는 사람들이 비에 젖어 가
며 말에 안장을 얹고 교외로 나서려 하질 않는다. 그러나 비가 개면
산골 물도 또한 이미 기세가 시들며 줄어든다. 그래서 세검정이 가까
운 교외에 있음에도, 성중에 사는 사대부들 중 세검정의 아름다움을
만끽하는 사람은 드물다.

신해년[1791] 여름에 나는 한혜보韓傒甫[한치응韓致應] 등 몇 사람
과 명례방에서 작은 모임을 가졌다. 술잔이 이미 돌고 있었는데, 혹독
한 더위가 찌는 듯하더니 먹구름이 갑자기 사방에서 일어나며 마른
우레가 은은히 들려왔다. 내가 술병을 걷어차며 벌떡 일어나 "이것은
폭우가 쏟아질 징조일세. 자네들 세검정에 가 보지 않으려나? 가지

않겠다는 사람에겐 벌주로 술 열 병을 한꺼번에 주지." 하니, 모두들 "좋지, 이를 말인가." 했다.

그리하여 마부를 재촉해 출발했다. 창의문을 나서자 벌써 손바닥만 한 빗방울이 두세 방울 떨어졌다. 말을 빨리 달려 세검정 아래 이르니, 수문 좌우의 산골짜기 사이는 벌써 암고래 수고래가 물을 뿜어내는 듯했고, 옷소매 역시 빗방울로 얼룩덜룩했다. 정자에 올라 자리를 펴고 앉으니, 난간 앞의 나무들은 이미 미친 듯 나부끼고 뿌려 대는 빗방울로 한기가 뼈에까지 스며들었다. 그러더니 비바람이 크게 일며 산골 물이 갑자기 들이닥치는데, 순식간에 계곡을 메우고 골짜기를 울리며 물결이 일어 부딪치며 쿵쾅거리고, 모래를 일고 바위를 굴리며 와르르 달려 달아난다. 물이 정자의 주춧돌을 할퀴는데, 그 형세가 웅장하고 소리는 맹렬해서 서까래와 난간이 흔들렸다. 두려워라! 안정할 수가 없었다. 내가 "어떤가?" 하니, 모두들 "말로 할 수 있겠는가?" 했다. 술과 음식을 내오게 하니 농지거리가 질탕하게 일어났다.

잠시 있으니 비가 그치고 구름도 걷히며 산골 물도 점점 잔잔해지고, 저녁 해가 나무 사이에 걸려 울긋불긋한 온갖 광경을 연출했다. 서로 베고 누워서는 시를 읊기도 하고 농담도 했다.

잠시 후, 심화오沈華五[심규로沈奎魯]가 이 소식을 듣고 정자로 뒤쫓아 왔다. 그러나 물은 이미 잔잔해진 뒤였다. 처음에 화오도 불렀으나 오지 않았으므로, 여러 사람들이 모두 놀리고 꾸짖었다. 그와 함께 술을 한 차례 더 마시고 돌아왔다.

그때 홍약여洪約汝[홍시제洪時濟], 이휘조李輝祖[이중련李重蓮], 윤무구尹 无咎[윤지눌尹持訥]도 함께였다.

「유세검정기游洗劍亭記」(1791년, 30세)

✤

세상살이 속의 아름다움이란 한여름의 소나기처럼 느닷없이 다가왔다 사라져 간다. 그것은 그 기미를 알아챌 수 있도록 깨어 있는 사람, 적극적으로 누리려는 사람에게만 허락되는 것이다. 소문을 듣고 뒤늦게 따라왔을 때는 이미 늦다. 소나기가 귀찮다면 세검정의 장한 물살도 볼 수 없다. 아름다움은 가까이 있건만, "성중에 사는 사대부들 중 세검정의 아름다움을 만끽하는 사람은 드물다."

이 글은 다산이 30세 되던 신해년(1791)에 쓴 것이다. 초계문신을 거쳐, 이해 5월엔 사간원司諫院 정언正言에 제수되어 승승장구할 때다. 자신만만한 젊은 문사의 화려하고 낭만적이며 구김살 없는 기상을 유감없이 보여 준다. 특히 세검정의 비 내리는 장면을 묘사한 부분은 대단히 호흡이 빠른 힘찬 묘사로 이루어져 있어, 내용만이 아니라 형식상으로도 세검정의 장한 물 흐름을 표현하며 절정을 형성하고 있다. 같은 제목의 시도 있어서 눈에 뜨인다.

층층 성곽 복도가 아스라이 보이고　　　　層城複道入依微

종일 시냇가 정자엔 속된 것 드물다.	盡日溪亭俗物稀
바위 이끼 흠뻑 젖고 나무들은 축축하고	石翠淋漓千樹濕
물소리 어지럽게 두세 봉우리에 날린다.	水聲撩亂數峯飛
어둑어둑 시냇골짝 한가로이 말을 매고	陰陰澗壑閒維馬
투닥투닥 바람 치는 난간에 옷 걸었네.	拍拍簾櫳好挂衣
우두커니 오래 앉아 있기에 안성맞춤이니	但可嗒然成久坐
시를 짓자마자 돌아가잔 말은 말게 하라.	不敎詩就便言歸

산문인 유람기가 순식간에 몰아쳤다 사라지는 한순간을 잡아내는데 몰두한다면, 시에선 어떤 순간의 지속을 노래하고 있다. 사방이 막힌 깊은 골짜기 속 쏟아지는 장대비로 어둑한 계곡 정자, 천지가 빗소리와 물소리만으로 가득한 그 시간을 마치 영원인 것처럼 음미하고 있다.

내 뜰의
꽃나무

내 집은 명례방에 있다. 명례방에는 고관들의 저택이 많아, 번화한 네거리에는 날마다 수레바퀴와 말발굽이 서로 엇갈리며 달린다. 그러니 아침저녁으로 즐길 만한 연못이나 동산이 없다. 해서 내 집 뜰의 절반을 잘라 구획을 하고 좋은 꽃이나 과실나무를 구해서 화분에 심어 채워 놓았다.

석류 중에서도 잎이 두텁고 크며 열매가 단 것을 해석류라고도 하고 왜석류라고도 한다. 왜석류가 네 그루다. 줄기가 곧장 한 길 남짓 솟아오르고 곁가지가 없으며 위는 쟁반 모양으로 둥글게 된 것【속칭 능장류다】이 한 쌍이다. 석류 중에 꽃만 피고 열매는 열리지 않는 것을 꽃석류라 하는데, 꽃석류가 한 그루다. 매화가 두 그루다. 세상에선, 오래된 복숭아나 살구나무의 뿌리 중 썩어서 뼈처럼 된 것을 가져다 괴석 모양으로 조각하고 매화는 겨우 작은 가지 하나만 그 곁에 붙여놓은 것을 기이하다고 친다. 그러나 나는 뿌리와 줄기가 견실하고 가지가 번창한 것을 좋은 것이라고 생각한다. 그것은 이런 나무가 꽃이 아름답기 때문이다. 치자가 두 그루다. 두보杜甫는 "치자는 다른 나무에 비해, 인간 세상에는 진실로 많지 않다."고 하였으니, 역시 희귀한 것이다. 동백이 한 그루다. '황금 잔에 은 받침[金盞銀臺]'이라 불리는 수선화 네 포기를 한 화분에 심은 것이 한 개다. 돗자리만 한 파초가 한 그루요, 나이가 두 살 된 푸른 오동이 두 그루, 만향이 한 그루다. 각종 국화가 열여덟 개의 화분에 담겼고, 부용 화분이 한 개다.

그런 다음, 오가는 종들이 옷자락으로 꽃을 건드리지 않도록 서까래 같은 대나무를 구해 그 동북쪽에 울타리를 설치했다. 이것이 소위 '죽란竹欄'이다. 조정에서 물러 나오면 두건을 젖혀 쓰고 울타리를 따라 거닐거나, 간혹 달빛 아래 홀로 술을 마시며 시를 짓기도 하니, 고요해서 산림이나 전원의 정취가 있었다. 그리하여 시끄러운 수레 소리도 거의 잊어버릴 수 있게 되었다.

윤이서, 이주신, 한혜보, 채이숙, 심화오, 윤무구, 이휘조 등 몇 사람이 날마다 찾아와 얼큰하게 마셨으니, 이것이 소위 '죽란시사竹欄詩社'라는 것이다.

「죽란화목기竹欄花木記」(집필 연도 미상)

사람에게 부대끼며 살아야 하는 도시 살림에서는 자칫 사람이 얼마나 사랑스러운지 잊어버리게 된다. 그럴 때 간절히 그리운 것이 '푸른 친구'들이다. 이 말 없는 친구들에게 물을 주면서 가만히 들여다보면, 저마다 다른 얼굴들이, 얼굴마다 소박하고 청정한 생명의 기쁨으로 넘쳐 난다. 이 친구들을 들여다보고 있노라면, 코에서 몸에서 사람의 지겨운 냄새가 빠져나간다. 그러고 나면 다시 사람들이 사랑스러워진다. 그래서 사람들은 아파트에 살면서도, 베란다 정원이라도 만드는 것이리라. 다산은 이 친구들의 이름을 하나하나 기록하였다. 아이들이나 친구들의 이름과 성격을 하나하나 적어 보듯이.

당시 한양에선 도시적 생활 방식이 발전하고, 정원 가꾸기 열풍이 일었다. 화훼 기술이 발달하고 분재도 유행했다. 분재 화분 하나 값이 집한 채 값과 맞먹기도 했지만, 화훼에 대한 취향은 고상한 것으로 인정되었다. 다산도 중국에 다녀온 지인으로부터 수선화 구근을 선물받기도 한다. "나라의 사절로 중국에 다녀오면서 문익점의 목화씨는 아닐망정 어찌 이까짓 애호품을 가져왔는가?" 하고 도리어 질책하는 글을 쓰긴 했지만. 화분으로 채워진 다산의 뜰은 그런 당대 한양의 풍경이기도 하다.

눈에 띄는 것은 매화 분재에 대한 언급이다. 오래 묵은 나뭇등걸을 괴석 모양으로 조각하고 작은 매화 가지 하나를 접붙여 놓은 것, 그것이 당대에 유행하던 매화 분재의 모습이었던가 보다. 이런 형상은 매화의 고졸古拙한 정신성을 표현하는 방식이었을 것이다. 생각하면 우스운 모습이다. 이러한 형상이 상징하는 것은 모든 부가적인 것을 떨어 버리고 핵심만 남은 형태, 세속의 영리와 이욕을 초월한 고고한 정신성일 터인데, 그것이 가장 값비싼 상품으로 거래되는 시대, 그것이 이 시대이다. 철학은 사라지고 껍질만 남아 유행이 되고 상품이 되는 시대인 것이다. 다산은 그 '고상한' 취향 대신 뿌리와 줄기가 튼튼하고 가지가 많이 발달한 것이 좋다고 한다. 껍질만 남은 정신성 대신 튼실한 건강함이라는 미학을 선택하는 것이다. 다산의 소위 '실학정신'이라는 것의 미학적 모습이기도 할 것이다.

살구꽃 피면 모이고

―『죽란시사첩』서문

위아래로 5천 년 사이에 하필 한 시대에 함께 태어난 것은 우연이 아니다. 가로세로 3만 리 되는 땅에서 하필 한 나라에 함께 태어난 것은 우연이 아니다. 그러나 서로 나이 차가 많고 먼 고을에 산다면 마주해도 정중하게 대할 뿐 즐거울 수는 없다. 죽을 때까지 서로 모르는 사람도 있다. 이 몇 가지 밖에도 지위와 형편이 비슷하지 않고 취향이 같지 않으면, 동갑내기로 이웃에 살아도 함께 모여 놀며 교유하려 하지 않는다. 인생에서 교유가 넓지 못한 까닭이 이것인데, 우리나라는 더욱 심하다.

내가 전에 채이숙蔡邇叔[채홍원蔡弘遠]에게 시 모임을 결성해서 즐기자고 의논했다. 이숙의 말이 "나와 자네는 동갑일세. 나보다 아홉 살 많은 사람이나 나보다 아홉 살 적은 사람이나 나와 자네는 모두 벗

할 수 있지. 그러나 나보다 아홉 살 많은 사람과 나보다 아홉 살 적은 사람이 만나면 깊숙이 몸을 굽혀 인사하고 자리를 사양하고 하느라 모임이 번거로워질 것일세."라고 했다. 그래서 나보다 네 살 많은 사람에서 시작해 나보다 네 살 적은 사람까지, 모두 열다섯 사람을 모았다.

바로, 이주신李舟臣【이름은 유수儒修다】·홍약여洪約汝【이름은 시제時濟다】·이성욱李聖勖【이름은 석하錫夏다】·이자화李子和【이름은 치훈致薰이다】·이양신李良臣【이름은 주석周奭이다】·한혜보韓徯父【이름은 치응致應이다】·유진옥柳振玉【이름은 원명遠鳴이다】·심화오沈華五【이름은 규로奎魯다】·윤무구尹无咎【이름은 지눌持訥이다】·신경보申景甫【이름은 성모星模다】·한원례韓元禮【이름은 백원百源이다】·이휘조李輝祖【이름은 중련重蓮이다】, 그리고 우리 형제와 이숙이다.

이 열다섯 사람은 서로 비슷한 연배로 서로 바라보일 만큼 가까운 곳에 살고, 태평 시대에 급제해서 모두 관리의 명단에 올랐으며, 그 뜻과 취향도 서로 비슷하다. 그러니 시사詩社를 결성해 즐기면서 태평성대를 아름답게 장식하는 것 또한 좋지 않은가?

모임을 결성하고는 규약을 만들었다.

살구꽃이 처음 피면 한 번 모이고, 복숭아꽃이 처음 피면 한 번 모이고, 한여름 외가 익으면 한 번 모이고, 초가을 서늘해질 때 서지西池에서 연꽃을 감상하며 한 번 모이고, 국화가 피면 한 번 모이고, 겨울 큰 눈이 내리면 한 번 모이고, 세모에 화분의 매화가 꽃을 터뜨리면 한 번 모인다.

모일 때마다 술과 안주, 붓과 벼루를 차려 놓고 술 마시며 시 짓는 데 이 바지한다. 나이 적은 이부터 먼저 차려서 나이 많은 이에게까지 이르는데, 한 바퀴가 다 돌면 다시 시작한다.

아들 낳은 사람이 있으면 그가 차리고, 지방관으로 나가는 사람이 있으면 그가 차리고, 승진하는 사람이 있으면 그가 차리고, 자제가 과거에 급제한 사람이 있으면 그가 차린다.

그리고 나서 이름과 규약을 적고 '죽란시사첩'이라 썼다. 그 모임이 내 집에서 많이 열렸기 때문이다.

번옹樊翁[채제공蔡濟恭]께서 이 일을 들으시고는 감탄하며 말씀하셨다.

"훌륭하구나, 이 모임이! 내가 젊었을 때야 어떻게 이런 모임이 있을 수 있었겠는가? 이것은 모두 우리 성상께서 20년 동안 나라를 안정시켜 원기를 회복시키고, 인재를 양성해서 성취시키신 보람이다. 매번 모일 때마다 성상의 은혜를 노래하고 보답할 방법을 생각해야지, 한갓 잔뜩 취해 왁자지껄하게 떠들기만 해선 안 될 것이다."

이숙이 내게 서문을 지으라 하므로, 번옹께서 훈계하신 말씀을 함께 기록해 서문으로 삼는다.

「죽란시사첩서竹欄詩社帖序」(집필 연도 미상)

한양에서 벼슬살이하던 시절, 정약용이 주도한 시 동인 모임이 죽란시사竹欄詩社이다. 그리고 이 모임에서 이루어진 『죽란시사첩竹欄詩社帖』에 서문으로 붙여진 글이다. 죽란시사의 규약문에 해당하는 이 서문에는 인생과 자연의 매 순간들을 흡족하게 향유하는 경쾌한 흥취가 표현되어 있다.

사실 죽란시사는 남인의 정치적 사조직이란 성격이 강한 집단이다. 죽란시사의 사원들은 모두 남인 출신 관료로, 15명 중 9명이 초계문신을 거쳤다. 규장각 초계문신은 정조 시대 젊은 관료가 거치는 최고의 엘리트 코스였다. 자신들의 모임 자체가 태평성대를 장식하는 하나의 꽃이라고 자부하는 이 글에는 이런 엘리트 관료로서의 자부심이 도도하게 드러난다.

이 모임을 주선하고 끌어간 것은 다산이었지만, 그들 뒤에는 정조 대 남인 관료의 영수인 채제공蔡濟恭이 있다. 다산과 함께 이 모임을 발기한 채홍원은 채제공의 양자이기도 하다. 진사가 되고 그 축하연에서 만들어진 『화앵첩畫櫻帖』에 붙인 훗날의 발문에서 다산은 『화앵첩』을 본 채제공이 "우리 남인의 시적 계보를 계승할 사람"으로 지목하고 독려했던 일을 추억한다. 소위 '우리 남인의 시적 계보'란 사실 '남인 출신 관료들의 시적 계보'이다. 오랜만에 남인이 조정에 등용되기 시작한 시대였다. 채제공 같은 선배 세대가 버티고 있고, 무엇보다 국왕인 정조가 그들의 보호자였던 시절이었다. 젊은 남인 관료들의 결집을 위

한 사조직의 성격이 강한 시사이지만, 한 시대의 자신만만한 엘리트들
이 보여 주는 이런 흥겨운 정취는 역시 화사하기 이를 데 없다.

국화

그림자놀이

국화가 다른 꽃들보다 특별히 뛰어난 점이 네 가지 있다. 하나는 늦게 피는 것이고, 또 하나는 오래가는 것이다. 향기로운 것도 그중 한 가지이고, 아름다우나 요염하지 않고 깨끗하나 싸늘하지 않은 것이 그 나머지 하나다. 국화를 사랑하는 것으로 세상에 이름이 나고, 국화의 정취를 안다고 스스로 자부하는 사람도 이 네 가지 중 한 가지 이유로 사랑하는 것일 뿐이다. 나는 이 네 가지 외에 특별히 촛불에 비친 국화의 그림자를 사랑한다. 하여, 매일 밤 담장과 벽을 쓸고 등잔걸이와 등잔을 정돈하고는 조용히 국화 그림자 가운데 혼자 앉아 즐긴다.

하루는 남고南皐 윤이서尹彝敍[윤지범尹持範]에게 들러 그와 이야기하다가 "오늘 저녁에는 저희 집에서 주무시면서 저와 국화 구경이나 하십시다." 했다. 이서는 "국화가 아름답기야 하지마는, 무슨 밤에 구경할 거리가 된단 말인가?" 하더니, 병을 핑계로 사양한다. 나는 "한 번 보기나 하십시오." 하고는 군이 청하여 함께 돌아왔다.

저녁이 되자 짐짓 동자에게 촛불을 꽃 한 송이에 바싹 갖다 대게 하고는, 남고를 끌어다 보여 주며 "기이하지 않습니까?" 했다. 남고는 뚫어져라 바라보더니 "이상하이, 자네 말이. 나는 이것이 기이한 줄 모르겠네." 한다. 그래 나도 "그렇지요." 했다.

잠시 후 다시 동자에게 원래의 법대로 하게 했다. 옷걸이며 책상 등 산만하고 올망졸망한 물건들을 모두 치우고, 국화의 위치를 정돈해서 벽에서 약간 떨어지게 한 다음, 촛불을 적당한 곳에 놓아 국화를 비추게 하였다. 그러자 갑자기 기이한 무늬, 이상한 형태가 온 벽에 가득 찬다.

그중에 가까이 있는 것은 꽃과 잎이 서로 어우러지고 가지와 곁가지가 정연해서 마치 묵화를 펼쳐 놓은 듯하다. 그다음 것은 너울너울 얇은 깃털 옷을 입고 춤추듯 나풀대는데 마치 달이 동쪽 고개에 뜨자 뜰의 나뭇가지가 서쪽 담장에 비치는 것 같다. 그 가운데 멀리 있는 그림자는 구름이나 노을이 엷게 깔린 듯 흐릿하고 모호한가 하면, 파도가 질펀하게 일렁이듯 사라져 버리기도 하고 소용돌이치기도 해서, 언뜻언뜻 비슷한 듯도 하지만 무어라 형용할 수가 없다.

이것을 보자 이서는 큰 소리를 지르고 좋아 날뛰며, 손으로 무릎을 치고 "기이하구나! 이상도 하구나! 천하절경이로구나!" 하고 감탄한다. 감탄이 진정되자 술을 내오게 하였다. 술이 거나해지자 함께 시를 지으며 즐겼다.

이때 주신舟臣과 혜보溪甫와 무구无咎도 같이 모였다.

「국영시서菊影詩序」(집필 연도 미상)

✗

아름다움을 추구하고 탐내는 마음은 인생을 풍요롭게 한다. 아름다움을 발견하는 과정은 하나의 새로운 세상을 열어 가는 경이다. 발견의 환희가 없는, 그래서 평범하고 진부해진 아름다움이란 아름다움의 낡은 껍데기일 뿐이다. 이 글은 새로운 아름다움을 발견하는 환희를 묘사하고 있다. 다산 자신은 짐짓 비켜서 있고, 밤에 국화 그림자를 감상한다는 말에 시큰둥한 주인공을 내세워, 그가 국화 그림자의 아름다움이란 신세계를 발견해 나가는 과정을 시시각각으로 달라지는 주인공의 흥분과 환희와 결합하여 드라마틱하게 엮어 내고 있다.

이 글은 죽란시사 시절인 1796년 무렵에 지어진 것으로 보인다. 당시 서울의 사족층 사이에는 세련된 도시 취향의 문화가 형성되고 있었다. 그 하나가 서화와 골동품을 수집 감상하고, 희귀한 꽃과 나무, 괴석을 수집해 뜰을 장식하는 취미다. 나아가서는 기발하게도 촛불에 비친 국화 그림자를 감상하는 호사가적 취미가 유행하기도 했다. 이 유행은 일종의 광학光學적 관심과도 연결되어 있었던 것으로 보이는데, 이러한 유행에 앞장선 다산의 모습이 보인다.

이날의 모임 이후에 쓰인 짧은 편지 한 편이 더 남아 있다. 한혜보에게 보낸 쪽지 글이다.

「국화 그림자 시 서문菊影詩序」은 거친 졸작이라 부끄럽네. 좋은 작품이 있으면 당연히 바꿔야 할 걸세. 오늘 저녁, 남고 형제분과 주신·이숙 등이 벌써 다 약속했네. 형도 와 보지 않으면 안 되네. 국화 화분이 서너 개 새로 늘었고 꽃과 잎도 다시 무성해졌네. 이릉二陵의 여러 장로들께서 흉내 내 보시지만, 국화 화분이 대여섯 개에 불과한 걸 어쩌겠는가? 서너 집이 합하면 열 개 남짓이야 되겠지만, 우리 집 국화 그림자에 당키나 하겠는가? 싸늘한 눈초리가 풀리지 않는군.

윤지범이 처음 참가한 국화 그림자 감상회 이후 얼마 뒤, 다시 국화 그림자 감상회를 자기 집에서 열겠다고 보낸 일종의 초청장이다. 이 글 「국영시서」도 언급되고 있다. 대릉과 소릉의 장로들도 국화 그림자 감상 모임을 한다고 하지만 내 집의 국화와는 비교도 할 수 없고, 더구나 여러 친구들도 이미 내 집의 모임에 참석하기로 약속이 되어 있으니 자네도 꼭 오라는 억지 같은 초청장이다. 대릉과 소릉은 지금의 정동 일대로, 윤필병尹弼秉·채홍리蔡弘履·이정운李鼎運·권엄權襏·오대익吳大益 등 남인 선배들이 모여 살던 곳이다. 다산이 흠모해 마지않던 선배들이다. 선배들의 모임을 폄하하는 발언을 해 가며 꼭 내 집으로 오라는 치기 어린 억지에서 오히려 이들 사이의 허물없는 친애와 우정이 읽힌다.

죽란시사의 사원들을 중심으로 이루어졌던, 젊은 날의 이 호사스러운 모임은 다산이 나머지 인생 내내 그리워하는 한 순간이기도 하다.

네가 앓을 때
나는

어린 아들은 기유년[1789] 12월 25일에 태어났는데, 실은 경술년의 입춘이 지난 다음이었다. 경술년은 돌아가신 아버님의 회갑 년이었으니, 아버님께서 그 아이를 사랑하셔서 '동갑네'라고 부르시곤 하였다. 그러나 나는 아들이 많은 것이 조심스러워, [두려울 '구懼' 자를 넣어] '구장懼牂'이라 불렀다. 내가 그 애를 유난히 사랑해 '구악懼岳'이라고 바꿔 불렀는데, 구악도 몹시 나를 따라서 잠시도 떼어 놓지 못하게 했다.

신해년[1791] 2월, 내가 아버님을 뵈러 진주에 가게 되었는데, 다른 말로 그 애를 속이고서야 겨우 길을 떠날 수 있었다. 진주에 도착한 뒤, 구악이 천연두를 앓는데 앓는 중에 자꾸 아버지를 부르며 애타게 찾는다는 소식을 들었다. 3월에 내가 진주에서 돌아오니, 구악은 얼굴은 알아보았지만 전처럼 가깝게 따르지 않았다. 그리고 며칠 만에 다리의 종기로 기운이 다해 가고 말았다. 4월 2일이었다.

날짜를 세어 보니, 구악이 한창 고통으로 신음하고 있을 때 나는 촉석루 아래 남강에서 악기를 늘어놓고 기생을 끼고 춤추고 노래하며 물결 따라 오르내리고 있었다. 아아, 한스러워라.

마재의 선영에 묻었으니 내 증조부님의 묘 곁이다.

명銘은 다음과 같다.

가을 난초가 비단처럼 났는데,   秋蘭兮羅生

무성하더니 먼저 시드네.   萋萋兮先萎

혼은 올라가니 깨끗하기도 해라,   魂升兮皎潔

꽃 아래서 놀고 있겠지.   花下兮遊戱

「유자구장광명幼子懼牂壙銘」(집필 연도 미상)

구장은 다산의 셋째 아들이었다. 28세에 얻어 30세에 잃었다. 한창 재롱부리던 아들을 잃고는, 유난히 사랑했던 어린 아들이 고통으로 신음하며 아버지를 찾던 그 시각에 자신은 환락에 빠져 있었다는 자책을 하고 있다.

이 글은 광지壙誌, 즉 묘지명이다. 묘지명은 원래는 무덤 주인의 일생을 돌판이나 사기판에 새겨 함께 묻어 주는 글이다. 물론 문집에만 실리는 글로 짓기도 한다. 비슷한 내용을 다산은 「네 생각憶汝行」이란 시로도 남겨 놓았다. 묘지명이 먼 훗날까지 무덤 주인의 존재를 세상에 증명할 글이라면, 노래는 죽은 자식에게 직접 건네는 마음의 말로, 마치 제문 같은 시이다.

네가 나를 보낼 때 생각하니	憶汝送我時
옷자락 잡고서는 놓질 않았지.	牽衣不相放
돌아왔을 땐 기쁜 표정도 없이	及歸無歡顔
원망하는 마음이 있는 듯했다.	似有怨慕想
마마로 죽는 것이야 어쩌랴만	死痘不奈何
종기로 죽다니 억울치 않으냐?	死瘤豈不枉
악증을 없애려면 웅황이 좋으니	雄黃利去惡
몹쓸 증상이 어찌 자랐겠느냐?	陰蝕何由長
인삼 녹용을 달여 먹일 판에,	方將灌蔘茸
냉약이라니 웬 망령이었는지.	冷藥一何妄
그때 네가 모진 고통 겪을 때	曩汝苦痛楚
나는 한창 질탕히 놀고 있었다.	我方愉佚宕
푸른 물결 속에서 장구 치고	撾鼓綠波中
붉은 누각 위에서 기생 끼고.	携妓紅樓上
뜻이 황폐하면 재앙을 받는 법,	志荒宜受殃
어찌 징벌을 면할 수 있겠느냐?	惡能免懲創

너를 초천으로 떠나보내서	送汝苕川去
서쪽 언덕에 묻어 주리라.	且就西丘葬
내 장차 거기서 늙으리니	吾將老此中
네 의지할 곳 있게 해 주마.	使汝有依仰

'뜻이 황폐했으니 재앙을 받는 것이 당연하지, 어찌 징벌을 면하겠느냐.'며 가슴을 치는 젊은 아버지의 회한이 쓰리다. 대부분의 제문처럼, 이 시에서도 아이를 잃는 과정에서 치료가 잘못된 점이 있는지 세세히 따지고, 또 아이의 요절이 '내 탓이었다.'고 가슴을 친다. 일반적인 제문의 문법을 따르는 것이다. 그러나 그게 어찌 제문의 관습일 뿐이랴. 어처구니없는 죽음 앞에서 남은 자들이 곱씹게 되는 마음이 관습으로까지 굳어진 것이리라. 더구나 어린 자식을 놓친 아비의 마음이랴.

다산은 구장을 잃게 된 것이 병 자체보다 잘못된 치료법 때문이라고 생각했던 것 같다. 이후로도 다산은 여러 아이들을 잃는데, 분명하지는 않으나 천연두가 원인인 듯하다. 이 개인적인 회한을 다산은 『마과회통麻科會通』의 저술로 승화한다. 사람마다 같은 경험을 하지만 경험을 처리하는 방식은 다르다.

발꿈치 들고
바라보는 마음

임자년[1792] 여름, 우리 형제는 진주晉州에서 아버님 상을 당했다. 하담荷潭의 선영으로 모셔서 장례를 치르고, 돌아와 초천苕川 집에 여막을 차렸다. 상복을 벗기 전이지만 집이 무너지려 해서 아버님의 유지에 따라 지붕을 얹고 수리했다. 큰형님께서는 목수를 시켜 특별히 집 동남쪽 땅을 반 칸쯤 할애해 정자를 짓게 하셨다. 정자 짓는 것을 본 친척과 이웃들은 모두 규모가 협소해 불편할 것이라고 입방아를 찧었으나 큰형님께선 흔들리지 않으셨다.

상복을 벗자 형님께선 그 정자에 '망하望荷[하담을 바라보다]'라는 현판을 다시고, 날마다 일어나면 그 위에 올라가 계셨다. 슬퍼하고 근심하시는 품이 마치 무언가 바라보지만 잘 보이지 않는 것 같았다. 한숨을 쉬고 목이 메어 우시면서 해가 저물도록 내려오지 않으실 때도 있었다. 그제야 정자가 불편할 것이라고 입방아를 찧던 사람들도 그것이 부모를 그리워하는 마음에서 나온 것으로 이러쿵저러쿵할 일이 아니라는 걸 알았다.

하담은 초천에서 거의 2백여 리나 되는 곳이다. 그 사이엔 높은 언덕과 험준한 산봉우리들이 겹겹이 두르고 있어 그 수를 다 셀 수도 없다. 그러니 천 자짜리 높은 누대를 짓고 그 위에서 발꿈치를 들고 목을 늘여 바라본다고 한들, 어찌 산소에 심어진 소나무나 삼나무의 가지 끝이라도 조금 보이겠는가? 바라보아도 보이지 않는다는 점에선 평지나 정자 위나 마찬가지이니, 정자가 무슨 소용이겠는가?

그렇긴 하지만 효자의 마음이 요행을 바라는 것일 뿐이다. 우제虞祭를 지내고는 혼백이 집에 돌아오시지 않았을까 생각하는 것도 요행을 바라는 것이다. 제사를 지내면서 신께서 음식을 흠향하시길 바라는 것도 요행을 바라는 것이다. 쑥을 태워 하늘에서 혼魂을 부르고, 술을 부어 땅에서 백魄을 부르는 것, 그 웃음과 말씀을 생각하고 그 거처하시던 것을 생각하며 사흘간 재계하고, 재계해서 어버이를 만나 보리라 기대하는 것도 모두가 요행을 바라는 것일 뿐이다. 그러니 사람의 자식으로 요행을 바라는 이런 마음이 없는 자와는 이것을 이야기할 수 없다.

2백 리 밖에 서서 산소를 바라보는 자도 요행을 바라는 것이고, 평지에 서서 바라보다 보이지 않자 몇 자 높이를 더해서 혹 보일까 하는 것도 요행을 바라는 마음이다. 바라보아도 보이지 않는다는 점에서 말한다면 천 자라도 높지 않지만, 요행을 바라는 효자의 마음이라는 점에서 말한다면 이 정자도 절대 낮지 않다. 이 정자에 오르는 사람은 이 두 가지 경우를 찬찬히 살펴보면 더 이상 할 말이 없을 것이다.

큰형님께서 내게 기記를 지으라 하시기에 눈물을 삼키며 이렇게 쓴다.

「망하루기望荷樓記」(집필 연도 미상)

✗

정약용의 큰형은 정약현丁若鉉이다. 정약전, 정약종과 정약용의 형이자, 황사영의 장인이고 이벽의 자형이다. 친가와 처가, 사돈가까지 그를 둘러싼 주변은 초기 조선 천주교의 핵심 인물들이 포진한 숲이었다. 신유박해로 그의 주변은 풍비박산되었다. 그럼에도 불구하고 그는 종가를 지키며 끝까지 살아남았다.

이 글에 묘사된 정약현은 미련스러울 만큼 고졸古拙한 모습이다. 세상엔 얼핏 형식적이고 답답하게 보이는 일들이 있다. 그러나 어떤 행위, 어떤 형식이든 그 처음의 마음을 잊어버리지 않는다면, 이처럼 아름다운 행위가 되기도 한다. 세련되고 멋지지 않고 고지식하고 답답해 보이지만, 때론 위선으로도 보이겠지만, 사람살이에는 그런 둔중한 아름다움이 있는 것이다. 정약용은 정약현을 그런 사람으로 묘사한다. 그리고 「수오재기守吾齋記」에선 그의 이런 성품이 환란의 와중에도 살아남아 종가를 지킬 수 있었던 이유였을 것이라고 말한다.

훗날 강진 시절, 다산 자신도 이런 마음이 무엇인지 뼈저리게 알게 되었을 것이다.

북쪽을 바라보니 바위산이 천 겹 만 겹 北望巖厓千萬疊
이래서야 고향을 바라볼 도리가 없구나. 從來無路見鄕關

강진에서의 어느 날, 포구에서 바라보이는 풍경을 읊은 시의 한 부분이다.

얹혀사는
동산

남고南皐 윤이서尹彝敍[윤지범尹持範]는 과거에 급제한 지가 이미 10여 년 되었건만 아직 한 번도 제대로 봉급을 받아 본 적이 없다. 때때로 서울에 나그네로 오가며 정착하지 못하고 있었다. 그가 정착할 곳 없이 남의 집에 얹혀 있는 것을 안타깝게 여긴 어떤 이가 가족들을 데리고 올라오라고 권했다. 그 말대로 이사를 했지만 여전히 집은 없어, 육촌 아우인 윤무구尹无咎의 집에 얹혀살았다. 마침 이시한李是釬 군이 그 이웃에서 작은 집을 빌려 살다가 아내의 돈으로 다른 곳으로 이사하게 되어, 그 집을 그에게 주었다. 이서는 마침내 여기에 붙여 살게 되었는데, 집 뒤에 살구나무 동산이 있었다. 이것이 소위 '얹혀사는 동산' ― 기원寄園이다.

이서가 처음 나그네살이를 할 무렵에는 그래도 자기 한 몸만, 그것도 한 곳에서 얹혀살았다. 그런데 지금은 가족을 끌고 왔으니, 그 자신과 노모와 처자가 모두 함께 얹혀살게 되었고, 게다가 얹혀사는 곳도 여러 번 바뀌었다. 그가 얹혀삶이 너무 심하지 않은가?

그러나 이서가 스스로 '얹혀산다[㝢]'고 하는 것이 어찌 이 때문이겠는가? 만약 이서에게 서울 한복판에 집을 주어, 높직하고 넓고 큰 집에서 살게 한다면 스스로 얹혀산다고 여기지 않을까? 세상 사람들은 모두 얹혀산다. 사람들이 어리석게도 안주하여 삶을 즐기는 것은 비유하자면 무릉도원의 사람들이 나고 자라고 장가가고 시집가고 하면서 그들의 선조가 진秦의 화를 피해서 이곳으로 왔다는 사실은 모르는 것과 같다.

달관한 사람만이 이 세상이 안주할 만한 곳이 못 되며 삶이란 끝이 있다는 것을 안다. 그는 만물이란 생기자마자 사라지는 부싯돌의 불꽃이나 물거품 같은 것이어서, 미련을 가질 만한 것이 아님을 안다. 그런 뒤엔 발걸음이 높은 벼슬자리에서 벗어나고, 금은보화를 깨진 기왓장처럼 던져 버리고 어슬렁어슬렁 세상 돌아가는 대로 살면서 사물과 함께 침몰하지 않을 수 있게 된다. 그런 뒤에는 땅에 덫이 설치되어 있어도 걸리지 않고, 하늘에 그물이 펼쳐져 있어도 잡히지 않는다. 그리하여 세상에 들거나 나거나 그 자초지종을 남들이 알지 못한다. 이런 경우는 '얹혀사는' 것이 나에게서 연유한 것이다.

자신을 수양하고 고결하게 행동하니, 우둔한 세상 풍속을 북돋울 만하다. 뛰어나고 아름다운 문장은 국가의 사업을 장식하기에 충분하다. 그러나 지방관은 보고하지 않고, 담당 관리도 천거하지 않는다. 기구하게 몰락해서, 한 번도 임금을 모시는 말석에나마 참석해 나라를 위해 몸 바쳐 보지 못한다. 바람에 날리는 나뭇잎이나 연잎 위를 구르는 이슬처럼 떠돌고 흘러 다니며, 순식간에 이리 구르고 저리 쏟아져 머물려 하지 않는다. 이런 경우는 '얹혀사는' 것이 남에게서 연유한 것이다.

나는 모르겠다. 이서의 '얹혀삶'은 내게서 연유한 것인가? 아니면 남에게서 연유한 것인가? 내게서 연유해도 '얹혀사는' 것이고, 남에게서 연유해도 '얹혀사는' 것이다. 내가 스스로 얹혀사는 것이나 남이 나를 얹혀살게 하는 것이나, 어느 것이든 얹혀사는 것이다. 이것이 자기 정원에 스스로 이런 이름을 붙인 이유이려나?

「기원기寄園記」(집필 연도 미상)

✤

남고 윤지범은 다산의 사환 시절, 죽란시사의 좌장이다. 해남 윤선도의 후손인 그는 26세에 과거에 합격했으나 윤선도의 후손을 꺼리는 조정의 공론 때문에 실제 직책을 맡지 못한 채 10여 년을 고향 해남에 묻혀 살았다. 이후 정조에게 기용되었으나 1791년 진산사건珍山事件으로 다시 떠돌았다. 그러다 채제공의 권유에 따라 서울로 이사했으나 거처할 집 한 채를 마련할 도리가 없었다. 마침내 지인의 호의로 작은 집을 빌려서 식솔들과 살림을 꾸릴 수 있게 되자 그는 자신이 살게 된

곳에 '엎혀사는 동산'이라는 이름을 붙였다. 1795년엔 수원으로 이사를 했으니, 길어야 두어 해 살았던 집일 것이다.

다산보다 열 살 연상인 그는 다산을 몹시 사랑했고, 다산 역시 마치 연인을 대하듯 사모하던 선배였다. 죽란시사 시절뿐 아니라 모두가 등 돌린 유배 시절을 거쳐 해배 후 만년까지도 한결같이 다산을 사랑하고 다산을 위해 통곡했던 사람이다. 이 귀한 사람이 제 몸과 가족들을 들일 집 한 채가 없는 상황을 다산은 두 가지로 논고한다. 한편으로 그를 그렇게 만드는 세상의 책임을 따지고, 동시에 '엎혀사는 동산'이라고 버젓이 명명하는 윤지범의 속내를 풀이한다. 어차피 세상이란 잠깐 머물다 가는 여관, 모든 것은 끝난다. 이 끝난다는 사실은 현실에 아등바등하지 않고 초연하게 제 갈 길을 가게 하는 힘의 근원이다. 이에 대한 통찰이 자유의 근원인 것이다. 고단하고 서글픈 현실과 고상한 정신적 달관이 기묘한 긴장 관계를 이루며 아슬아슬하게 동거하는 글이다.

윤지범의 노래엔 연나라나 초나라의 슬프고 강개한 소리가 있었다고 다산은 윤지범의 묘지명에서 말한다. '엎혀사는 동산'이란 이름에도 그런 기운이 있다.

우물 바닥에서 본
별빛

어린 딸은 건륭 임자년[1792] 2월 27일에 태어났다. 그 애의 어미가 순산한 것을 효라고 생각해 처음에는 '효순孝順'이라고 불렀었다. 그러다가 부모가 몹시 사랑한 나머지 혀 꼬부라진 소리로 그 애를 부르는 바람에 '호동'으로 바꿔 불리게 되었다. 조금 자라자 감겨 놓은 머리카락이 이마를 덮고 나풀나풀 늘어져 자줏빛으로 부드러운 것이 게 집게발의 터럭 같았다. 그래서 늘 정수리를 어루만지며 우리말로 '게 앞발'이라고 불렀었다.

성질이 효성스러워 부모가 성이 나서 다투기라도 하면 곁에서 재롱을 떨며 웃어 양쪽 모두를 풀어 주었다. 부모가 때가 지나도 밥을 먹지 않거나 하면 귀여운 말로 권하기도 했다.

태어난 지 24개월 만에 천연두를 앓았는데, 발진을 시키지 못해 검은 사마귀가 되더니 하루 만에 숨이 끊어지고 말았다. 그때가 갑인년 [1794] 초하룻날의 밤 사경四更이었다.

모습이 단정하고 어여뻤는데 병이 들자 새카맣게 타고 삭아서 검은 숯덩이 같았다. 그래도 죽을 무렵엔 다시 열에 들떠서 잠시 귀여운 웃음과 말을 지어 보였다. 가엾어라!

어린 아들 구장도 세 살에 죽어서 마재에 묻었다. 이제 또 이곳으로 보내 묻는다. 그 오빠의 무덤과 종이 한 장 사이로 이웃하게 했으니, 서로 의지하고 따르게 하려는 것이다.

「유녀광지幼女壙志」(1794년, 33세)

⚘

여기서는 번역하지 않은 다산의 자녀 묘지명이 하나 더 있다. 그것은 「유자삼동예명幼子三同瘞銘」이다. 이 묘지명에는 시가 붙어 있는데, 내용상으로는 삼동에 대한 것이라기보다는 효순에 대한 것일 가능성이 있다. 어쨌든 부기해 둔다.

네 모습은 타서 숯처럼 검으니	爾形焦黑如炭
다시는 옛날의 귀여운 얼굴 없네.	無復舊時嬌顔
귀여운 얼굴 아슴아슴해 기억나지 않으니	嬌顔怳忽難記
우물 바닥에서 본 별빛 같아라.	井底看星一般
네 혼은 눈처럼 깨끗해	爾魂潔白如雪

날고 날아 구름 사이로 들어가네.   飛飛去入雲間

구름 사이는 천리만리   雲間千里萬里

부모는 눈물이 줄줄 흐른다.   父母淚落潛潛

죽란시사의 벗들
— 짧은 편지들

한혜보【치응】에게 답함答韓傒父【致應】

을사년의 『아악보雅樂譜』 서문을 이제야 얽었네. 격률은 틀리지 않았
네만, 자잘한 벌레나 새기고 호랑이나 수놓아 잔뜩 꾸미기만 한 글이
어서, 임금의 눈을 더럽힐 만한 것은 못 되니 부끄럽고 부끄럽네.

들으니 윤외심尹畏心[윤영희尹永僖]과 마작놀이를 하면서 호박나물
한 사발을 내기로 걸었다고 하네. 풍류가 어찌 그리 지나친가? 옛날
의 선비들은 아마 그렇지 않았을 성싶네.

한혜보에게與韓傒甫

장맛비가 열흘 넘게 내리네. 그러니 형은 두건도 벗고 버선도 벗은 채
맨머리로 시원한 누각 위에 앉아 기보棋譜나 강패보江牌譜 같은 것이

나 펼쳤다 닫았다 하며 늙는 줄도 모르고 계실 걸세. 모르겠군, 그 속에 어떤 맛이 있는가? 비 갠 뒤에 세검정에 놀러 가려면 미리 계획을 세워 놓아야 하네. 이숙邇叔[채홍원蔡弘遠]이 승문원承文院에서 퇴근하길 기다렸다 가면 이미 물은 다 빠지고 바위가 드러날 걸세.

성옹星翁[이익李瀷]의 『해동악부海東樂府』를 빌려주시면 좋겠네. 쩨쩨하게 굴지 마시게. 쩨쩨하게 굴지 마시게.

채이숙【홍원】에게 與蔡邇叔【弘遠】

고달프고 고달픈 이조참의 자리에선 아직도 못 풀려났는가? 비 온 뒤라 탕춘대 아래엔 폭포가 한창일 텐데, 훌쩍 날아가 함께 구경하러 갈 수 없으니 애석하네. 근래에 나는 명나라 사람 주대소朱大韶를 흉내내, 새벽에 일어나면 맨머리로 시원한 누각에 앉아서 오색의 붓으로 옛글 몇 장을 품평하곤 한다네. 그리고 허미수許眉叟[허목許穆]가 칡붓으로 과두문자蝌蚪文字[고대 문자]를 쓰던 일을 사모한다네.

산 밖의 일에 관해선 알지 못하네. 어떤 무관武官이 들러서 전하기를, 하루살이가 큰 나무를 흔드는 일이 있어서 한차례 성을 내었고, 임금께서 칭찬하시는 비평이 계셨으니, 한층 더 출중하였다고 하더군. 내게 부쳐서 보게 해 줄 수 있겠는가?

채이숙에게 답함 答蔡邇叔

강가 정자에 나가 달밤에 뱃놀이를 하자는 의논은 아주 좋네. 모든 것이 원만하기를 바라다가 결국 못 하게 될 걸세. 그러니 8할이나 9할쯤 마음에 맞으면 용감하게 결행해야 할 걸세. 여름철 음식은 쉽게 물크러지고 쉬니, 대략 명색이나 갖춰서 따라온 마부나 하인배들이 배고프지나 않게 하면 충분할 걸세.

7월 보름도 지났는데 이리 덥군. 지금 소식蘇軾의 「적벽부赤壁賦」를 읽고 있는데, 문득 서늘한 기운이 가득하군. 어째서 그런 것일까?

채이숙에게 답함 答蔡邇叔

이곳에 와서야 금정金井이 바로 채씨의 마을인 줄을 알게 되었네. 구봉九峯이라는 이름도 우연이 아니었네그려. 형이 아이 적에 고기 잡으며 놀던 곳을 하나하나 손가락으로 가리켜 보자니 쓸쓸한 마음을 감당할 수가 없네. 어곡은 골이 그윽하면서도 훤하게 트였고 깊숙하면서도 외지지 않으니, 집 짓고 살기에 참으로 좋은 곳일세. 소동파가 〈연강첩장도烟江疊嶂圖〉를 보고 했던 말처럼, 곧장 두어 이랑 밭을 마련하고 싶군.

세상일은 자주 듣고 싶지 않네. 멋대로 지저귀게 내버려 두면 지쳐서 그만둘 것이네.

이주신에게 답함 答李周臣

약 복용을 권하는 편지를 받았으니, 몹시도 고맙네. 다만 이번 처방에도 승마升麻가 들었으니, '이승마李升麻'라는 별명을 어떻게 면하겠는가? 박부자朴附子·정패모鄭貝母와 함께 한 세상에 이름이 나란할 걸세.

상소문의 원본을 보니, 대구로 놓은 말 하나가 눈을 번쩍 뜨게 하네. 다만 그 깊은 뜻이야 누가 알려는지? 밝으신 임금께서만은 틀림없이 통촉하실 걸세.

『십대가문十大家文』은 조趙에게 돌려줘야 할 걸세.

윤무구【지눌】에게 답함答尹无咎【持訥】

편지를 받고, 청렴결백한 일 처리를 알게 되어 몹시 기쁘고 기쁘다네. 다만 평양엔 한번 가면 젊은이의 객기를 면치 못하는 법일세. 사대부가 군현郡縣에 재직할 때는 내부 법도를 지켜 상관을 존중해야지, 불화로 기강을 무너뜨려선 안 되네.

가수굴佳殊窟에서 나는 석종유石鐘乳가 아주 좋다던데, 나를 위해 구해 줄 수 있겠나? 구루句漏에서 나는 단사丹砂를 혼자서만 욕심내선 안 될 걸세.

윤이서【지범】께與尹彝敍【持範】

남고南皐[윤지범尹持範]께서 아직 오시지 않았을 때는 신선처럼 까마득해서 잡을 수 없을 것 같다가도, 막상 오시면 모습도 보통 사람에 지나지 않고 말씀도 현실과 맞지 않아서 전혀 특별할 것이 없습니다. 그러다가도 남고께서 가시고 나면 신선이 혼자 홀쩍 떠나 버린 것 같아, 짝 잃은 학처럼 외로워지고 상갓집 개마냥 기가 죽어 마음은 쓸쓸해지고 기운이 없어집니다. 아아! 당신 자신도 그 까닭은 모르실 겁니다.

윤이서께 與尹彝敍

오늘 시를 지어 진택震澤[신광하申光河]의 영전에 제사 지낼까 합니다. 생전에 진택께선 시를 창포절임보다도 좋아하셨으니, 이제 시로 제사를 지내면 안주나 젓갈 따위로 제사 지내는 것과는 비교할 수 없을 정도로 기뻐하시고 흠향하실 것입니다. 어떻습니까? 어떻습니까? 다만 제 시는 시장에서 사 온 술이나 포처럼 비루하니, 남고의 시를 함께 올릴 수 있다면 향기로운 냄새가 조미되어 구제될 수 있을 것 같습니다.

윤이서께 與尹彝敍

지난번 편지에는 꿈에 죽란竹欄[다산을 가리킴]을 보았는데 안색이 파리해서 병이 났나 의심했다고 하셨습니다. 그러나 약용은 근래 살이 제법 불었습니다. 어젯밤 꿈에 남고를 뵈었는데 안색이 희고 풍만하기에 혼자 기뻐했습니다. 그런데 오늘 아침 남쪽 소식을 가져온 사람이 있어 남고께서 근래 다시 수척해지셨음을 알게 되었습니다. 꿈과 실제가 모두 상반되니 어쩌겠습니까?

옛사람 소식蘇軾은 구기자와 국화를 기꺼이 먹으며, 겨나 싸라기를 먹고도 박처럼 살이 찌기도 하고 쌀밥에 고기반찬을 먹고도 먹 자루처럼 시커멓게 야위기도 하니, 하증何曾의 만 전錢짜리 사치스러운 밥상이나 유고庾杲의 세 가지 부추나물이 참으로 꿈속에서 살찌고 마른 것을 비교하는 것에 지나지 않아, 끝내는 모두 썩어 갈 뿐이라고 여겼습니다. 무얼 한탄하겠습니까.

(집필 연도 미상)

⚜

다산이 서울에서 벼슬살이하던 무렵, 한창 잘나가던 죽란시사 시절의 친구들과 주고받은 짧은 편지들이다. 책을 빌려 보고 돌려주고, 독후감을 나누고 서로의 글을 비평한다. 놀러 갈 일을 작당하고, 상소문 초안을 두고 의견을 교환하고, 세상 돌아가는 형편을 서로 알리고, 병에는 약 처방을 나눈다. 지방관으로 나가 서로를 그리워하기도 하고, 때론 가벼운 청탁을 하기도 한다. "구루에서 나는 단사"란 도사 갈홍葛洪이 불사약의 재료인 단사가 많이 나온다는 소리를 듣고 구루에 부임하길 자원했던 일을 가리키고 있다. 연인을 그리는 편지인 양 애틋하고, 때론 농담과 짓궂은 놀림이 오가고, 치기조차 짐짓 드러낸다.

편지의 수신인인 한치응, 채홍원, 이유수李儒修(자는 주신舟臣), 윤지눌은 모두 죽란시사의 사원으로, 그중에서도 특별한 우정을 나눈 이들이다. 처지와 출신뿐 아니라 포부와 취향과 장래를 공유했던 친구요 동료들이었다. 현실에서 날개가 꺾인 좌절의 시간에도 여전히 우정을 지켜 주었던 사람들이기도 하다.

그리고 남고 윤지범(이서彝敍)은 윤지눌의 형으로, 다산과 나이 차이가 열 살이나 난다. 해서 사원은 되지 못한 대신 시회의 좌장으로 모임에 참여하며 후배들의 사랑과 존경을 받았다. 사랑하는 선배께 바치는 헌사 같기도 한 절절한 편지들도 함께 두었다.

한 시대를 맡으리라 자임했을 이 집단과 찬란했던 그들의 우정은 그러나 처량한 끝을 맺는다. 대략 20년쯤 뒤, 긴 유배를 끝내고 고향 집에 돌아와 환갑을 맞은 다산은 동갑인 채홍원에게 편지를 썼다.

> 옛날 죽란시사를 생각하네. 무인년생이 넷이었는데 약여約汝〔홍시제洪時濟〕만 겨우 살아 있고, 임오년생이 셋이었는데 하나는 죽고【윤지눌】하나는 폐족이 되었고, 형도 자리를 못 잡고 떠도시네. 인생의 성쇠가 이럴 줄이야 어찌 알았겠나? 회갑이란 말은 후세에 생긴 것이지만, 이해 임오년을 만나 자기 신세를 돌아보니 슬픔을 금할 길 없네. 형께서도 그러하시리라 싶소.

무인년생 중 혼자 살아 있다던 홍시제는 이 무렵 지방 수령으로 있었다. 다산의 환갑을 축하해 잔치 음식을 선사했던 모양이다. 이런 답신도 남아 있다.

> 암행어사가 성안에서 조사하고 있으면, 그 고을의 수령은 다리가 후들거리고 몸이 떨리며 혼이 나가는 법인데, 어느 겨를에 종이를 펴고 붓을 잡아서

친구의 환갑잔치에 술과 안주를 보낼 생각을 하겠습니까? 형은 이미 수양이 확고해져서 쇠바퀴가 머리 꼭대기로 굴러가도 머리털 하나 까딱하지 않나 봅니다.

부용정의
봄날

지금 임금 19년[1795] 봄, 임금께서는 '꽃구경하고 낚시하는 연회[賞花釣魚宴]'를 베푸셨다. 그때 나는 규장각에서 책을 편찬하고 있었는데, 글 짓느라 수고한다고 특별히 연회에 참석하게 하셨다. 모두 10여 명의 대신과 규장각 관원들이 당시 연회에 참석했다.

임금께선 단풍정丹楓亭에서 말을 타시고, 여러 신하들에게도 말을 타고 따르게 하셨다. 임금의 행차는 유근문逌勤門에서 북쪽으로 궁궐 담장을 따라 집춘문集春門 안으로 해서 다시 구불구불 돌아 석거각石渠閣 아래에 도착해 말에서 내렸다. 상림上林[창덕궁 후원]엔 온갖 꽃이 활짝 피어 봄빛이 화창했다.

임금께서 여러 신하들을 둘러보며 말씀하셨다.

"내가 감히 즐겁게 놀려는 게 아니오. 경들과 함께 즐김으로써 마음과 뜻이 서로 통하게 해서, 천지의 조화에 응하려는 것이오."

여러 신하들은 모두 머리 조아려 감사를 올렸다.

술잔이 돌자 임금의 얼굴빛은 즐겁고 기쁘셨고 음성은 온화하고 화창하셨다. 술상을 물리고, 임금께서는 여러 신하들과 자리를 옮겨 후원 안의 여러 정자에 다니셨다. 날이 저물 무렵 부용정芙蓉亭에 도착했다. 임금께선 물가의 난간에서 낚싯대를 늘이셨고, 여러 신하들은 연못 가장자리에 앉아 낚시를 드리웠다. 물고기를 낚으면 통 속에 두었다가 조금 지나 모두 놓아주었다. 여러 신하들에게 배를 띄우고 배 속에서 시를 짓되, 정해진 시간 내에 짓지 못하는 사람은 연못 가운데 작은 섬에 안치하도록 명령하셨는데, 몇몇 사람이 진짜로 섬으로 귀양을 갔으나 곧 풀어 주셨다. 다시 음식을 내오게 해서 취하게 마시고 배부르게 먹었다. 임금께서 어전의 홍사 초롱을 내려 주셔서, 길을 밝혀 원院으로 돌아왔다.

삼가 생각하건대, 임금과 신하의 관계는 하늘은 높고 땅은 낮은 것과 같다. 그러나 임금의 도가 너무 높기만 해서 마음과 뜻이 서로 통하지 않는다면, 온갖 정무는 자질구레하게 많아지고, 천지의 조화는 어그러져 재앙과 이변이 일어날 것이다. 그러므로 하늘이 내려오고 땅이 올라가는 것을 '편안하다[泰]'고 하니, 군자의 도는 자라고 소인의 도는 쇠퇴하여 음양이 조화를 이루므로, 사특하고 바르지 못한 기운이 올라탈 틈이 없어진다.

우리 성상께선 뜻이 공손하고 검소하셔서 말 달리며 활 쏘고 사냥

하는 것을 즐기지 않으신다. 음악과 미인, 노리개도 가까이하지 않으시고, 환관과 후궁이라도 봐주지 않으신다. 다만 벼슬하는 사대부들 중 문학과 경전에 조예가 있는 자들과 즐겁게 놀고 잔치도 하신다. 비록 온갖 악기를 잔뜩 늘어놓고 번갈아 가며 연주하는 적은 없지만, 음식을 내려 주시고 낯빛을 부드럽고 편안하게 해서 마치 집안의 부자 사이처럼 친하게 대해 주시고 엄하고 강한 모습을 하지 않으신다. 그러므로 여러 신하들도 하고 싶은 말을 모두 말씀드리니, 민생의 고통이나 뒷골목의 답답한 사정까지 모두 임금의 귀에 다다를 수 있었다. 경전을 담론하고 시를 이야기하는 자들도 꺼리거나 두려워하지 않고 성심껏 질정하고 변론할 수 있었다. 아아! 이것이 어찌 "군자의 도는 자라고 소인의 도는 쇠퇴하는" 것이 아니겠는가?

전에 송나라의 호전胡銓은 명원정에서 임금을 모시고 잔치한 다음 물러 나와 『옥음문답玉音問答』을 지어서, 군신이 함께한 성대한 일을 기록했었다. 신이 지금 잔치에 참여했으니, 또 어찌 기기記를 지어 성인의 덕을 찬양하지 않겠는가? 이에 기기記를 짓는다.

「부용정시연기芙蓉亭侍宴記」(1795년, 34세)

꽃

1795년 3월, 다산은 규장각 교서승校書承으로 명받아 『화성의례통고 華城儀禮通攷』를 짓고 있었다. 정조가 신하들에게 베푼 연회에 글 짓느라 수고한다고 특별히 초대되었다고 한다. 특별한 총애였을 것이다.

정조가 베푼 연회는 마치 아버지와 아들들이 모인 집안 잔치처럼 편안하고 친밀한 분위기였다고 한다. 가벼운 장난도 하고, 어두워 돌아갈 길을 염려해 어전의 홍사 초롱을 들려 보내기도 한다. 자상한 아버지의 모습이다.

글의 후반부는 앞의 기사에 대한 의론으로, 부용정의 연회를 정조의 통치 방식으로 이해해 그것을 찬양하는 논리를 개진하고 있다. 사실 신하들과의 사이가 군신이자 사제 간이고 부자간 같기를 자임했던 것이 정조의 통치 방식이기도 했다.

그 하루가 다산 인생의 절정이었다. 성인이라 믿는 왕의 절대적인 신임과 편애에 가까운 총애를 받아 거리낄 것 없이 잔치를 즐겼던 그 화창하던 날, 다산은 평생 그리움과 비탄에 차서 그날을 되뇐다. 유배지에서 "을묘년 봄에 꽃구경하고 물고기 낚으며 잔치하던 일"이 문득 생각나 부른 「여몽령如夢令」이라는 노래는 이렇다.

호숫가엔 눈부신 봄이 이르러	湖上艷陽春至
눈 가득히 지던 붉은 꽃과 부드러운 비췻빛 잎사귀,	滿眼殘紅軟翠
꽃구경하며 잔치하던 일 낱낱이 생각나	細憶賞花筵
두 줄기 맑은 눈물 떨구네.	放下一雙淸淚
취한 듯	如醉
취한 듯	如醉
벌써 십 년 전 일이라네.	曾是十年前事

카메라

옵스쿠라

산과 호수 사이에 집을 지으니, 아름다운 모래톱과 바위 봉우리가 양편으로 얼비추고, 대나무·꽃·바위가 떨기떨기 쌓여 있고, 누각과 울타리는 구불구불 둘러 있다. 맑고 좋은 날을 골라 방을 닫고, 들창이라든가 창문같이 바깥 빛이 들어올 만한 것은 모두 틀어막아서 방 안을 칠흑 같게 한다. 구멍 한 개만을 남겨 돋보기 하나를 가져다 구멍에 맞추어 놓는다. 그러고는 눈처럼 흰 종이판을 가져다 돋보기에서 두어 자 떨어뜨려 놓고【돋보기의 볼록한 정도에 따라 거리는 달라진다】비치는 것을 받는다.

그러면 아름다운 모래톱과 바위 봉우리가, 떨기를 지은 대나무·꽃·바위들, 구불구불 두르고 있는 누각이나 울타리와 함께 모두 종이 판 위에 와서 떨어진다. 짙은 청색과 옅은 초록은 그 빛깔 그대로

요, 성근 가지와 빽빽한 잎사귀는 그 모양 그대로다. 짜임새가 분명하고 위치도 정연해 천연적인 한 폭의 그림인데, 실낱이나 터럭처럼 자세하다. 고개지顧愷之·육탐미陸探微라도 이룰 수 없을, 천하의 기이한 볼거리이다.

애석한 것은 바람 부는 나뭇가지는 움직여서 묘사가 어렵고, 사물의 형상이 뒤집어지니 감상하려면 어지럽다는 점이다. 지금 머리카락 하나 다르지 않은 초상화를 그리고 싶은 사람이 있다면 이것 말곤 달리 좋은 방법이 없을 것이다. 그렇긴 하지만 진흙으로 빚은 것처럼 뜰 복판에 꼼짝도 않고 단정히 앉아 있는 사람이 아니라면, 바람 부는 나뭇가지처럼 묘사하기 어려울 것이다.

「칠실관화설漆室觀畫說」(집필 연도 미상)

꽃

초보적 형태의 암실형 카메라 옵스쿠라를 시험하고 있는 모습을 보여주는 글이다. 이 글에선 카메라 옵스쿠라를 이용해 풍경화를 그리는 것을 이야기하고 있지만, 다산의 다른 글「복암 이기양 묘지명茯菴李基讓墓誌銘」에 의하면 정약전의 집에서 실제로 카메라 옵스쿠라를 이용해 초상화 초본을 얻으려는 실험이 시행되었다고 한다. 머리카락 하나라도 움직이면 묘사가 불가능하기에, 이기양은 해를 마주한 채 뜰에 앉아 오랫동안 진흙으로 빚은 듯 미동도 않고 앉아 있었다고 한다. 이 실험이 성공해서 실제로 이기양의 초상화 초본이 이루어졌는지는 확인할 수 없다. 그저 당대 젊은 지식인들 사이에서 새로운 광학적 지식이 퍼지면서 빛에 대한 탐구와 실험이 이루어지고 있었다는 사실을 확인할 수 있을 뿐이다. 물론 중국을 통해 들어온 새로운 서양 문물의 일부였을 것이다.

'설說'이니 기본적으로 설명문이다. 그러나 이 글에선 설명문의 명료하고 경제적인 문체 대신 흥분과 감탄 같은 감정적 격앙이 느껴지는 과잉된 문체를 구사한다. 이 글의 정서적 고점은 "천하의 기이한 볼거리이다."라는 감탄 구절이다. 원문은 이 문장에 이르기까지 일곱 자를 중심으로 변주된 구절들을 반복하고, 이어 넉 자의 구절을 연달아 사용함으로써 정서적 고조를 차근차근 쌓아 간다. 그리고 그 끝에 "고개지·육탐미라도 이룰 수 없을, 천하의 기이한 볼거리"라는 감탄을 터뜨린다. 고개지와 육탐미는 육조시대의 대표적 화가로 형체의 특징을 정확하게 묘사한 것으로 유명한 사람들이다. 건조하고 명료할 것을 지향하는 설명문의 문체로서는 과잉이다. 그러나 여기서 우리가 보게 되는 것은 새로운 지식을 대하는 짜릿한 흥분이다. 미학적 경지로까지 승화된,「국화 그림자놀이菊影詩序」와 동궤의 흥분이다.

지금

여기서

내게 없는 것을 바라보고 가리키며 '저것[彼]'이라고 한다. 내게 있는 것을 의식해 자세히 보고는 '이것[斯]'이라고 한다. '이것'이라는 것은 이미 얻어서 내 몸에 지니고 있는 것이다. 그러나 만약 내가 손에 넣은 것이 내 바람을 채우기에 부족하다면 만족시켜 줄 만한 것을 바라지 않을 수가 없게 돼, 그것을 바라보고 가리키며 '저것'이라고 하게 되는 것이다. 이것은 천하의 공통된 근심거리이다.

지구는 둥글고 땅은 사방으로 평탄하니 하늘 아래 내가 앉아 있는 자리가 가장 높은 곳이다. 그러나 백성들 중에는 곤륜산에 올라가고, 형산衡山과 곽산霍山에 올라가며 높은 곳을 추구하는 사람들이 있다. 이미 가 버린 것은 뒤쫓을 수 없고 앞으로 올 일은 기약할 수 없으니, 하늘 아래 지금 누리고 있는 처지가 가장 즐거운 것이다. 그런데도 백성들 중에는 가마와 말을 다 망가뜨리고 전답을 탕진해 가며 즐거움을 구하는 사람들이 있다. 땀을 흘리고 숨을 헐떡이며 평생 동안 미혹되어 오직 '저것'만을 바라보며 '이것'을 누릴 줄 모르는 지 오래되었다.

불가에서는 스스로 욕심이 없다고 여긴다. 그러나 그 소위 '바라밀'이라는 것은 저 언덕[彼岸]에 이른다는 말이다. 아침부터 밤까지 목탁을 두드리며 오직 '저것'만을 선망하니, 역시 어리석지 않은가?

정 선생[정이程頤]께서 염예灩澦의 언덕 위를 지날 때, 어떤 나무꾼이 소리를 높여 "버리고 가는 것이 이와 같도다, 거침없이 가는 것이 이와 같구나."라고 했다. '이[斯]'란 지극한 존귀함이 존재하는 곳이다. 그러므로 지인至人인 나무꾼이 현인인 정 선생에게 이렇게 권면했던 것이다. 진晉의 문공文公은 집을 짓고 "이곳에서 노래하고 이곳에서 곡하리라."고 기원했다. '이곳[斯]'이라 한 것은 자신에게서 만족하고 남에게서 구하지 않는다는 것이다. 그러므로 군자가 훌륭하게 여긴 것이다. 공자께선 여덟 명의 선량한 사람들과 여덟 명의 온화한 사람들[八元八凱]이 한 시대에 동시에 활동했던 장관을 칭찬하면서 "요임금·순임금 이후 이때에 전성기를 이루었다."고 하셨다. 공자께선 순임금의 음악인 소소簫韶가 훌륭하게 제작되었음을 칭찬하면서 "음악이 이에 이를 줄이야 생각지 못하였다."고 하셨다. 이상의 예에서 보듯이, 세상의 소위 '미美'와 '선善'이란 모두 '이것[斯]'에서 절정을 이루니 '이것' 위에 다시는 더할 것이 없다.

지금 청해절도사淸海節度使인 이민수李民秀 공이 자신의 서재에

'어사於斯[이곳에서]'라는 현판을 달았다. 휘하의 비장裨將들을 불러 그 의미를 설명하고 나서, 나에게 그 뜻을 부연해 주길 요청했다. 하여 이처럼 써서 그의 요구에 부응한다.

「어사재기於斯齋記」(집필 연도 미상)

다산이 천주교 신자였는지에 대해서는 논란이 여전하지만, 적어도 그가 '천당에 가기 위해서' 한때라도 천주교에 마음을 두었던 것은 아니라는 사실 한 가지는 분명해 보인다. 그에게는 '지금 여기'를 떠나 '훗날의 저기'를 선망하는 마음이 용납될 여지가 없었다고 보인다. 오히려 그는 '지금 여기'를 성스럽게 만들기 위해 노력한 사람이다. 철저한 소외 속에서 보내야 했던 생애 후반기에 다산의 생각은 폭과 깊이를 확보해 가며 색채가 바뀌지만, 결코 '지금 여기'를 떠나지는 않는다. 초월하지도 일탈하지도 않는 것이다. 오히려 철저해지고 있다고 할 수 있다. 그런 뜻에서 다산은 '범부凡夫'의 모습을 적극적으로 철저히 완성해 나가려는 사람이었다. 멋은 없지만, 감동시킨다.

'지금 여기서 이 사람들과' 결판을 내야 하리라. '다음에 저기서 다른 사람들과'는 우리의 영역이 아니다. 그런 기회가 있어도 좋으리라. 그러나 내가 할 수 있는 것은 '지금 여기서'다. '지금 여기와 이 사람들'이 사랑스러워도 절망스러워도 마찬가지다. "이곳에서 노래하고 이곳에서 곡하리라."

금강산에 가는

까닭

귀는 어쩌서 잘 들리는 것일까? 부르는 소리를 들으면 달려가고, 꾸짖는 소리를 들으면 멈추고, 포효하는 소리를 듣고 위험을 피하기 위해서다. 나아가서는 금관악기·돌 악기·현악기·목관악기 등 온갖 악기로 연주하는 음악을 듣고 즐기기 위함이다. 눈은 어쩌서 환하게 보이는가? 험하고 평탄한 것을 구분하고 마르고 젖은 것을 알아채서, 취하거나 버리거나 나아가거나 물러서기 위해서다. 나아가서는 온갖 기이하고 아름다운 화초와 서화, 골동품 같은 것들을 즐기기 위해서다. 산은 어쩌서 거대한가? 바람을 막고 물을 저장하고, 금·은·구리·철, 좋은 재목과 보석을 생산해 내니, 그것을 이용해 인간의 삶을 풍요롭게 하기 위해서다. 나아가서는 금강산 같은 것이 솟아 있기도 하니, 이처럼 만물의 이치란 쉽사리 따져 물을 수 있는 것이 아니다.

금강산에선 오곡이 나지 않는다. 또 금·은·구리 같은 금속이나 여덟 가지 중요한 돌들, 녹나무나 예장나무와 같은 진귀한 목재, 동물의 뼈나 가죽, 털 따위의 자원은 어느 한 가지도 얻을 수 없다. 그저 가파른 봉우리와 빽빽한 바위의 기이한 모습과 깊은 못이나 급하게 쏟아지는 폭포의 쟁그랑거리는 소리나 넘실거리는 물결이 비할 데 없이 아름다워 사람을 놀라게 하고, 그리하여 천하에 이름을 떨치는 것일 뿐이다.

그런데도 사람들은 마른 식량을 싸 들고 들판과 시내를 건너 우거진 수풀을 헤치고 가파른 바위를 지나 등에 땀이 흐르고 숨을 몰아쉬면서도 기어코 한 번 구경하고야 마는 것을 호쾌한 일로 여긴다. 이것은 또 어찌 된 까닭인가? 현악기와 피리로 연주하는 음악으로도 부족해서 쟁그랑거리는 물소리와 사납게 쏟아지는 폭포 소리를 듣고 기뻐하려는 것이요, 꽃과 나무, 골동품으로도 부족해서 가파른 봉우리와 괴석들을 보고 즐기려는 것이다. 그렇다면 이목의 욕심에 탐닉하는 것이 너무 심하지 않은가? 내가 보기엔 욕심이 많은 것인데, 어째서 세상은 이 사람들을 맑고 고상하며 마음이 편안하고 담백한 사람이라고 하는가?

내가 그 이유를 알 것 같다. 귀와 눈이 부르는 소리와 꾸짖는 소리를 구분하고 평탄하고 험한 것을 알아채는 것은 모두 그 육신을 부양하려는 것이다. 현악기나 관악기, 꽃과 나무 같은 것들은 마음을 부양하는 것이다. 산이 보화 등 여러 가지 물건들을 생산해 이롭게 쓰도록 하는 것은 모두 그것으로 사람의 몸을 부양하려는 것이다. 가파른 봉우리나 괴석들, 쟁그랑거리는 물소리나 급하게 쏟아지는 폭포가 되어 구경거리를 제공하는 것은 마음을 부양하기 위해서다. 몸을 기르는 것은 아무리 작은 것이라도 탐닉하면 사욕이 된다. 그러나 마음을 기르는 것은 설령 탐닉해서 빠져나올 줄 모르더라도 군자는 탐욕스럽다고 하지 않는다.

내 벗인 심화오沈華五【심규로沈奎魯】와 이휘조李輝祖【이중련李重蓮】가 금강산으로 유람을 떠나려 한다. 그들이 떠나려 할 때 이 글을 써서 준다. 두 사람이 마음을 기르는 방법을 알았으면 싶어서다.

「송심【규로】교리 이【중련】한림 유금강산서
送沈【奎魯】教理 李【重蓮】翰林 游金剛山序」(집필 연도 미상)

✄

조선 후기엔 금강산 유람이 일대 유행이었다. 사람들은 왜 금강산에 그처럼 가고 싶어 하는가? 금강산에선 우리의 일상적인 필요에 부응할 만한 것이 아무것도 생산되지 않는다. 그래도 사람들은 고기가 물을 향하듯 금강산으로 끌린다. 그것은 '쓸모없는 것의 아름다움'에 끌리는 인간의 마음이다. 이 '쓸모없는 것의 아름다움'에 끌리는 것은 한갓 호사 취미일까? 아니다. 그것이야말로 인간이 육체적인 존재일 뿐만 아니라 정신적인 존재라는 증거다.

다산은 매우 현실적인 사람이다. 인간의 기술과 실용을 중시하고, 인간 기술사를 발전사로 파악한, 당시로선 혁신적인 사고를 하던 사람이다. 이 글의 도입부도 그런 실용적 사고로부터 시작하고 있다. 그러나 '쓸모없는 것의 아름다움'과 그 중요함을 이야기하는 것에서 우리는 인문학적 사고의 바탕을 잃지 않는 과학적 사고의 조화로움을 보게된다.

다산은 이들이 금강산 유람에서 돌아왔다는 소식을 듣고, 이중련李重蓮에게 짧은 편지를 썼다.

> 금강산에서 돌아온 줄 알면서도 즉시 만나지 못하니 한일세. 다만 나흘 동안에 내금강과 외금강의 여러 명승지를 두루 돌아봤다니, 어찌 그렇게 귀신처럼 빠른가? 전에 듣기론 날렵한 몸집에 튼튼한 다리를 지닌 깡마른 중이라도 백여 일은 돼야 대강이나마 돌아볼 수 있다고 하던데, 형과 화오는 나흘 만에 마칠 수 있었다니, 큰 말 탄 높은 벼슬아치의 걸음은 나물 먹고 짚신신는 자가 따를 수 있는 게 참말로 아닌가 보이. 지어 온 시들을 숨겨 두어선안 되네. 급히 이쪽으로 가지고 와 비평과 평가를 받아야 환골탈태換骨奪胎할 수 있을 걸세.

백여 일은 머물며 둘러보아야 대충이라도 볼 수 있다는 금강산을 불과 나흘 만에 다녀왔다니, 높은 벼슬아치들의 유람이란 그런 것인가 보다고 은근히 놀리고 있다. 그러면서 금강산에서 지어 온 시들을 즉시 자신에게 가져와 감정을 받아야 환골탈태라도 할 수 있을 것이라고, 농

기 다분한 주문을 하고 있다. 문학이란 바로 그 '쓸모없는 것' 중에도
쓸모없는 것일 터이다.

천진암의

산나물

정사년[1797] 여름, 나는 명례방에 살고 있었다. 석류꽃이 갓 피어나고 보슬비가 말쑥하게 개니, 초천苕川에선 고기잡이하기에 맞춤한 때라는 생각이 들었다. 법에 벼슬하는 자는 임금께 고하지 않고서는 도성 문을 나설 수 없게 되어 있으나, 고하면 갈 수 없을 터다. 드디어 그대로 초천으로 갔다.

다음 날 강을 가로질러 그물을 던져 물고기를 잡았다. 크고 작은 물고기가 모두 50여 마리, 작은 배는 감당하지 못해 겨우 몇 촌 정도만 잠기지 않고 물 밖으로 나왔다. 배를 옮겨 남자주에 대고는 즐겁게 배불리 먹었다.

다 먹고 나서, 내가 말했다.

"옛날에 장한張翰이 강동을 그리워하며 농어와 순채 이야기를 했었는데, 물고기라면 내가 이미 맛보았소. 지금 산나물이 한창 향기로울 테니, 천진암으로 놀러 가야지 않겠소?"

그래서 형제 네 사람과 친척 서너 사람이 함께 천진암으로 갔다. 산에 올라가니 초목이 빽빽한데, 산속에는 온갖 꽃이 만발하여 향기가 코를 찔렀다. 온갖 새들이 어울려 노래하는데, 곡조가 맑고 매끄러웠다. 서로 어울려 걸으며 새소리를 들으니 몹시 즐거웠다. 절에 도착해서는 술 한 잔에 시 한 수씩 지으며 날을 보냈다. 사흘이 지나서야 비로소 돌아왔으니, 시를 20여 수 지었고, 냉이, 고사리, 두릅 따위 대여섯 가지 산나물을 맛보았다.

「유천진암기游天眞菴記」(1797년, 36세)

✹

그물처럼 얽힌 일상이 사방에서 조여 오는 듯할 때가 있다. 세상이 온통 내게 칼을 들이대고 있는 것 같은 순간, 자칫 그대로 도마에 오른 물고기 신세가 될 것 같다. 그런 때, 유난히 산수가 아름다운 고향 마을에서 피붙이들과 고기잡이하고 산나물을 먹으며, 킬킬거리고 지내는 며칠 ― 상상만 해도 숨통이 트인다.

1797년 다산 36세 때의 작품이다. 여름이라 했으니, 한창 천주교 시비에 휘말려 있을 때다. 이런 때 잠깐 동안의 고향 나들이가 얼마나 달콤했을까? 사실대로만 기록한 짤막한 기문이지만, 맑은 서정이 봄의 산채 향기 같은 사랑스러운 작품이다.

다산의 말년 어느 초여름 날, 다산은 다시 천진암에서 하룻밤을 잤다. 대략 30년 만이었다. 절은 퇴락해서 옛 모습을 찾아볼 수 없었다.

지난 자취는 희미해서 찾아볼 수가 없고,	前躅凄迷不可求
녹음 깊은 곳 꾀꼬리 울음소리도 그쳤다.	黃鸝啼斷綠陰幽
졸졸 물은 썩은 홈통 따라 방울져 떨어지고	朽筒引滴涓涓水
첩첩 무덤 사이 깨진 기와가 갈아 뒤집힌다.	破瓦耕翻壘壘丘
허깨비 세상 세 밤의 인연 남기지 말지니	幻境休留三宿戀
좋은 산은 그저 한 번만 놀아야 하리.	名山只合一番游
또 머리가 이처럼 온통 흰 것을 보게나,	且看白髮渾如此
세월은 참말 급류를 내려가는 배 같으이.	逝景眞同下瀨舟

절도 퇴락하고 사람들도 가고, 그가 겪어 온 급류 같은 세월도 한바탕 허깨비 세상에서 벌어진 연극 같다. 세상에 뿌리내리지 않으려는 불교의 수행자들은 뽕나무가 심긴 곳, 사람 사는 마을에서 세 밤 이상 자지 않는단다. 세 밤을 머물면 벌써 인연이 생겨나기 때문이다. 천진암으로 젊은 날의 추억을 찾아온 이 걸음이 그런 부질없는 연연함이었구나 하는 시이다.

곡산 북쪽

산수

무오년[1798] 3월 27일, 새벽에 북창北倉을 향해 출발했다. 마부와 종자들은 모두 물리치고 악공 네 사람만 데려갔다. 30리를 가서 문성진에 도착하고 검암관을 넘었다. 평안도 양덕과 함경도 영풍으로 가는 길이 이 관문을 통과한다. 그 사이 북쪽에서 곡산부에 이르는 작은 길들이 모두 이곳 검암관으로 모이니, 이곳은 진실로 요충지다. 성에는 살받이 문이 두어 개 있었는데, 문의 판자가 엉성했다.

　몇 리를 가다 동쪽을 바라보니, 강가로 저마다 모양이 다른 기괴한 모습의 산봉우리들이 우뚝우뚝 서 있었다. 노복에게 물어보니 "이곳이 내일 유람할 곳"이라 했다. 30리를 가서 광현을 넘었는데, 고개가 제법 험해서 말에서 내려 걸었더니 두 다리가 시큰거리고 아팠다. 그런데 까마득히 가파른 절벽 위에서는 소 두 마리가 화전을 갈고 있는 것이 2층으로 겹쳐 보였다. 정말 희한한 광경이었다.

10리를 가서 북창에 도착했는데, 북창은 흘엽촌에 있다. 흘엽촌 뒤로 거대한 산이 웅장하게 버티고 서 있는데, 초목이 울창하고 산봉우리들도 아주 삼엄하고 말쑥했다. 이름을 물어보았으나 없다고 했다. 양곡 방출을 마치고, 다시 10리를 가서 난뢰교에 도착했다. 다리 머리엔 조그만 배 두 척이 정박해서 기다리고 있었다.

날은 이미 저물어 저녁볕이 바위 절벽에 우리어 붉고 푸른 온갖 형상을 만들어 내고 있었다. 강가 모래 언덕엔 향기로운 풀들이 비단처럼 깔렸고, 누런 송아지가 뛰어다니니 완연한 강마을 풍경이다. 배에 오르니 음악이 시작되고, 여울은 배를 화살처럼 빨리 몰아갔다. 여울을 지나니 바로 깊은 소를 이루었는데, 푸른 절벽과 자줏빛 바위가 거꾸로 물속에 비쳤고, 바위 모퉁이엔 온갖 꽃이 흐드러지게 피어 있었다. 산새들이 엇갈려 나는데, 새끼 꿩은 어미를 부르고, 비둘기도 서로 짝을 부른다.

바야흐로 봄과 여름이 바뀌는 때, 초목의 새잎이 막 돋아 나오니, 짙은 것은 초록색이고 옅은 것은 앵무새 깃털 같은 연두색이다. 소의 물빛도 어떤 곳은 검푸르고 어떤 곳은 맑은 녹색이다. 물가는 온통 흰 조약돌과 깨끗한 모래다. 여울과 소가 번갈아, 배는 쏜살같이 달려가기도 하고 둥실둥실 떠가기도 한다. 그에 따라 산봉우리들도 번갈아 나타나고 숨는데, 가지가지로 기묘하다. 배가 한창 달려갈 때는 병풍처럼 늘어선 봉우리들이 순식간에 뾰족한 머리와 날카로운 뿔로 변하며 우뚝 하늘을 찌를 듯하다가도, 지나쳐 또 한 굽이 돌아들면 뾰족한 머리 날카로운 뿔들은 구름이 사라지듯 안개가 흩어지듯 다시 병풍이나 가리개가 되어 버린다. 한결같이 안개 낀 나무들이 신기루로 나타났다 사라지는 듯 변화무쌍하니 참으로 기이한 경지였다.

10리를 갔다. 동쪽으로 맑고 푸른빛의 우뚝 솟은 봉우리들이 여러 개 보여서 물어보니 아미산이라 하고 아래가 미산촌이라고 했다. 서쪽으로는 평평한 강 언덕이 넓게 펼쳐지고 수십 채의 인가가 있었다. 물어보니 석병촌이라 했다. 석병촌 사람 김성진이 술 한 병과 작은 물고기 10여 마리를 가지고 왔다. 예절은 촌스럽지만 뜻은 진실했으므로 내가 받았다.

다시 10리를 가니, 큰 여울이 있었는데 철파탄이라고 했다. 여울이 마치 폭포 같아서 배가 곧장 거꾸로 쏟아지듯 떨어지니, 흰 물결이 번갈아 배 안으로 튀어 들어왔다. 옷이 모두 젖었으나 또한 유쾌했다. 거센 여울이 끝나자 다시 평온한 물길이 이어지고 평평한 강 언덕이 펼쳐졌다. 버드나무 그늘에는 마을 노인들이 술을 가지고 와서 나를 기다리고 있었다. 물어보니 송현촌이라 한다. 마을 맞은편에 팔뚝처럼 평평한 언덕이 있었는데, 온통 무성한 숲과 쭉쭉 뻗은 나무들로 덮여 있어 보기 좋았다. 5리를 더 가서 동창에 도착하니, 바로 생황촌이었다. 마을의 터가 넓고 평평하며 한가하게 툭 트였으니 송현보다 낫다. 이날은 동창에서 잤다.

28일, 일찍 일어나 식량을 방출하고, 느지막이 앞 시내에 배를 띄웠다. 동쪽으로 우뚝 솟은 두 개의 산봉우리가 보여 물어보니 달운산이라 했다. 삐죽삐죽한 바위들이 높이 솟았는데, 맑은 산 기운이 어린 가운데 저녁 햇살이 환히 비치고 있었다. 봉우리 앞의 절벽이 2, 3리는 되게 뻗어 있었는데, 높이가 천 길이다. 절벽 위에 옛 성터가 있는데, 네 개의 문이 모두 천연의 돌문이었다. 산 밑에서 물이 시작되어 강으로 흘러든다. 그 북쪽에는 조음동이 있는데 바로 성 우계成牛溪[성혼成渾]가 난리를 피해 왔던 곳이니, 지금은 장양촌이라고도 하고 생황촌이라고도 부른다.

서쪽의 맞은편 언덕엔 기이한 봉우리가 곧게 서 있었는데, 이름은 강선암【일명 파목암이라 한다】이다. 또 그 서쪽에는 붉은색 석벽이 있는데 휴류암이라 한다. 바위 북쪽으로 골짜기 문이 활짝 열렸으니 그 안이 오류동이다. 우계도 이곳에 머물러 살았다고 한다.

마을의 동남쪽에는 큰 산이 있는데, 역시 제법 험준했다. 이름은 오류산이었다. 여울을 몇 개 지나 알운령【속명은 알가지다】 아래에 배를 대었다. 산세가 사방을 빙 둘러 안았고, 그 아래는 맑은 연못이 되었다. 신록이 물에 비쳐 능라비단 같은데, 악기 소리가 서서히 울리니 산과 골짜기가 메아리쳐 온다. 연못 가운데에 대여섯 개의 섬이 있었는데 모두 돌산이었다. 높이는 한 장 남짓이고, 넓이는 백여 명에서 어떤 것은 수십 명이 앉을 만했다. 푸른 산봉우리와 붉은 절벽이 웅장하게 강 한복판을 누르며 서 있고, 맞은편 언덕엔 깨끗한 모래가 희디희니, 사랑스러운 경치였다.

뱃사공에겐 밥을 지으라 하고 작은 배엔 피리와 비파를 싣고서, 섬들 사이를 뚫고 지나다니며 이리저리 선회하니, 음악 소리가 간드러진다. 강가의 돌길에선 양식을 지고 가던 사람이 짐을 풀어 놓고 춤을 추고, 산꼭대기에서 화전을 갈던 사람도 호미를 놓고 발을 쭉 뻗고 앉아 구경하니, 그것이 더욱 즐겁게 해 주었다.

배가 한 번 돌아 방향을 바꾸니, 바위 두 개가 언덕을 끼고 마주 서 있어 완연히 골짜기로 들어가는 문이 되었다. 높이는 다 백여 길인데, 동쪽은 바로 알운령이고 서쪽은 후월대【내가 붙인 이름이다】라 한다. 후월대는 깎아지른 듯이 절벽처럼 서 있는데, 길이가 수백 걸음이나 되고 그 꼭대기에는 몇백 명이 앉을 수 있다. 그 위에 있는 푸른 소나무 수십 그루가 기걸 차고 빼어났는데, 절벽에 비스듬히 걸려 있기도 하고 너럭바위 위를 가로지르기도 했다. 마을의 노인들이 악기를 가지고 그 꼭대기로 왔다. "갱" 하며 한 번 타자 소리가 공중에서 나부끼는데, 참으로 천상의 음악 같다는 생각이 들었다. 소나무 사이에 무덤이 있기에 어찌 된 것인지 물어보았더니, 장사 지낸 지 이미 10년이나 되었는데 백성들이 옮기고 싶어 한다고 했다. 물을 따라 위아래로 오르내리노라니 즐거워 돌아가는 것도 잊었다.

어느새 석양이 배에 가득하고 서늘한 바람이 천천히 불어왔다. 배를 놓아 내려오는데 서쪽으로 높은 산봉우리 하나가 보여 물어보니 적성령이라 했다. 적성령 아래는 문암촌이라고 하는데, 마을의 북쪽에 두 언덕이 마주 서서 골짜기의 문을 이루고 있었다. 마을 앞은 보리밭인데 백 날은 갈아야 할 만큼 넓었고, 한가하고 텅 빈 논도 역시 평평하게 펼쳐져 있어서 양주 땅 미원의 들판을 생각나게 했다. 이곳은 강의 서쪽에 있으니 이른바 양지쪽의 먹미【지명】고, 음지쪽의 먹미가 되는 것은 강의 동쪽에 있다. 지세가 양지에 비해 조금 낮으나 평평하고 온화하여 기뻐할 만하다. 그 동쪽에는 매우 험준한 돌산이 있어 물어보았더니 이름이 없다고 했다. 언덕 위엔 버드나무 수백 그루가 늘어져 있고, 버드나무 너머로는 온통 깨끗한 모래와 흰 자갈들이 있다. 그 남쪽은 오연烏淵인데, 거대한 산봉우리가 물 아가리를 막고 있다.

이 음양의 먹미는 사방으로 둘러싸인 가운데 땅이 사방 각각 10여 리인데, 훤하니 툭 트여서 바람과 기후가 조화롭고, 토질이 비옥하다. 산을 등지고 물가를 향해 자리 잡았으니 고기잡이도 할 수 있고 나무도 할 수 있다. 북쪽에는 아름다운 하담이 있고 남쪽엔 기이한 오연이 있으니, 참으로 사대부가 살 만한 곳이다.

내가 한강을 거슬러서 단양까지 가 보았고, 남쪽으로는 낙동강과 촉석루에서 노닐었으며, 서남쪽으로는 백마강에서 노닐었고, 서쪽으로는 임진강과 벽란도까지 다 돌아다니며 구경했다. 그 사이의 이름난 동산이나 경치가 아름다운 곳은 손가락으로 이루 다 꼽을 수 없을 정도다. 그러나 지금 하나하나 기억해 보아도 어느 한 곳도 음양 먹미의 땅과 짝할 만한 곳이 없다. 내가 배 안에서 두 마을의 노인들을 불러 양지쪽은 지전촌芝田村, 음지쪽은 유랑촌柳浪村이라 부르라고 했다.

조금 뒤, 방향을 바꿔 오연에 이르렀다. 오연은 작년 가을에도 놀러 왔었던 곳이지만, 다시 보니 더욱 기괴했다. 봉우리가 모두 열두 개인데, 크고 높은 봉우리가 여섯 개, 작고 낮은 봉우리가 여섯 개다. 높은 것은 천 길이고 낮은 것도 백 길인데, 그 모습이 하나같이 한양에서 꽃 가꾸는 사람들이 말하는 '매우 기이한 괴석'이라는 것과 똑같다. 제일 크고 높은 봉우리가 곧바로 강 복판에 꽂혀 있고, 나머지 봉우리들이 벽처럼 강가를 빙 둘러싸고 있다. 못은 빛깔이 칠흑같이 검고, 깊이를 측량할 수 없다. 봄날의 대낮이라도 이곳에 오면 음산하고 써늘해서 오래 있을 수가 없다.

이리저리 배회하며 시간을 보내다 배를 놓아 물결 따라 내려왔다. 이곳을 지나자 여울의 기세는 더욱 급해져서 순식간에 10여 리를 내려왔다. 문성진 아래 마하탄 앞에 이르니 날은 벌써 어둑어둑했다. 강가의 촌가에 묵었다. 문성진의 첨사僉使가 최창규에게 술을 가지고 마중 나오게 했다.

29일, 맑음. 내가 마침 병이 심해져 서창西倉으로 갈 수가 없었다. 일찍 출발해 관가로 돌아왔다.

「곡산북방산수기谷山北坊山水記」(1798년, 37세)

꙼

천주교 신봉 문제로 인한 시비가 끊이지 않자 정조는 다산을 곡산부사로 내보낸다. 그리하여 다산은 1797년 윤6월부터 2년 가까이 황해도 곡산의 부사로 재직하게 된다.

곡산부사로 재직하는 동안 다산은 모두 다섯 편의 산수 유람기를 남겨 놓았다. 그 가운데 가장 긴 글이 「곡산북방산수기」이다. 이 글은 부임한 다음 해인 1798년 봄의 여행을 기록한 것인데, 환곡을 방출하는 문제로 관내의 창고들을 순시하는 여정이었던 듯하다. 이 무렵의 글인 「자하담 범주기紫霞潭汎舟記」에는 관내를 순시하는 기회에 곡산 영내를 유람하겠다는 관찰사의 요청을, '관내순시라는 것이 산수를 유람하자는 것이냐.'며 '백성을 수고롭게 하여 상관을 즐겁게 할 수는 없다.'고 거절했다는 내용이 있다. 그러니 환곡을 방출하는 공사가 목적이었을 이 여행도 간소한 것이었으리라 짐작된다.

행장은 단출했겠지만, 산수의 아름다움을 누리는 기쁨조차 단출한 것은 아니다. 악공 네 사람만 대동한 이 여행의 기쁨을 다산은 섬세한 자연 묘사와 더불어 영롱하게 그려 내고 있다. 날짜와 여정을 따라 서술하는 일지의 형식을 취하고 있지만, 「곡산북방산수기」는 기록문학의 성격보다는 서정적 문예문의 향취가 강한 작품이다.

탈이 나는 바람에 가지 못했다는 서창 부근은 이듬해인 1799년 봄에 두 아들을 데리고 유람한다. 이때 남겨진 것이 「창옥동기蒼玉洞記」다. 10리에 걸쳐 굽이굽이 절경이 펼쳐진다는 창옥동은, 산골물이 쏟아져 타고 흐르는 푸른 바위들이 마치 푸른 유리처럼 빛나기에 '푸른 옥 골짜기[蒼玉洞]'라는 이름을 가졌다고 했다. 다산은 이 숨겨진 비경을 대하고서, 이 놀랍도록 아름다운 경치도 알아주는 이가 없으니 그저 이름 없는 골짜기일 뿐이라고, 깊은 한탄을 내뱉는다. 고문古文을 구사하는 선비들이 늘 하는 말이기도 하지만, 곡산 시절 다산의 이런 한탄에서는 그의 깊은 우울을 읽게 되기도 한다.

장천용

장천용張天慵은 해서海西 사람이다. 원래는 '천용天用'이라 했다. 관찰사 이의준李義駿 공이 관내를 순찰하는 중에 곡산에 이르러 그와 놀고서는, 쓸 '용用' 자를 게으를 '용慵' 자로 바꿔 '천용天慵'으로 고쳐 주었다. 이후로는 천용天慵으로 행세했다.

내가 곡산에 부임한 다음 해, 연못을 파고 정자를 지어 놓고 달구경을 했다. 맑은 밤 앉아 있자니 퉁소 소리나 들었으면 하는 생각이 들어 혼잣말로 가만히 탄식했다. 어떤 자가 앞으로 나오더니 "읍에 장생이란 자가 있는데 퉁소를 잘 불고 거문고를 잘 탑니다. 그가 관청에 들어오길 좋아하지 않지만, 지금 급히 나졸들을 보내 그 집에 가면 잡아 올 수 있을 것입니다." 했다. 내가 "아니다. 그 사람이 정말 고집이 있다면, 잡아서 오게 할 수야 있겠지만 어떻게 잡아다 퉁소를 불게 할 수 있겠느냐? 너는 가서 내 뜻을 전하되, 응하지 않거든 강요하진 말아라." 했다.

조금 후, 심부름 갔던 자가 돌아왔는데 장생도 벌써 문 앞에 와 있었다. 오기는 왔는데 망건도 벗고 맨발에다, 옷은 입었으되 띠도 매지 않았다. 몹시 취해 있었으나 눈빛은 맑디맑았다. 손에 통소를 쥐고는 있었지만 불려고 하지 않고 소주만 찾았다. 서너 잔 주었더니 더욱 취해서 좌우를 가리지 못했다. 그래 부축해 데리고 가서 바깥채에 재우게 했다.

다음 날 다시 연못가 정자로 불러, 이번엔 술을 한 잔만 주었다. 그랬더니 천용은 얼굴빛을 가다듬고 말하기를 "통소는 저의 장기가 아닙니다. 정말 잘하는 것은 그림입니다." 했다. 비단을 가져오게 했더니, 산수, 신선, 서역의 승려, 괴상한 새, 오래된 덩굴, 고목 등 수십 폭의 수묵화를 그리는데, 능수능란해서 그림 그린 흔적이 보이지 않았다. 한결같이 굳세고 괴이해 사람의 의표를 넘어서는 것들이었다. 사물의 모습을 본떠 그리는데 털 하나까지 섬세하고 교묘하게 그려 그 정수를 드러내니, 놀란 소리를 멈출 수 없었다. 다 그리더니 붓을 던지고는 술을 찾았다. 또다시 몹시 취해 버려서 부축해서 데리고 가게 했다. 다음 날 다시 불렀지만, 이미 거문고를 어깨에 메고 허리엔 통소를 차고 동쪽 금강산으로 들어가 버렸다고 했다.

이듬해 봄, 중국 사신이 오게 되었다. 천용이 전에 신세를 진 사람이 평산부平山府의 관청 수리를 맡게 되어, 천용에게 단청을 그려 달라고 불렀다. 천용과 함께 일하던 사람이 아버지 상복을 입고 있었는데, 천용은 그가 짚은 지팡이가 특이한 소리를 내는 대나무라는 것을 알아보았다. 밤에 그것을 훔쳐다가 구멍을 뚫어 통소를 만들어서 태백산성 중봉 꼭대기에 올라가 밤새도록 불고 돌아왔다. 그 사람이 화가 나서 몹시 꾸짖었더니, 천용은 드디어 떠나 버렸다.

몇 달 뒤 나는 해임되어 돌아왔다. 다시 몇 달 뒤, 천용은 특별히 곡산 가람산의 산수를 그려 부쳐 왔다. 그리고 올해에는 영동으로 이사할 것이라고 했다.

천용에게는 아내가 있었는데 아주 못생겼었다. 일찍이 풍을 맞아서, 실을 잣고 바느질을 하거나 밥을 짓지도 못했고, 자녀를 생산하지도 못했다. 성질도 못되어서 항상 누운 채 천용을 헐뜯었다. 그러나 천용은 조금도 게을러지지 않고 보살피니, 마을 사람들이 모두 신기하게 여겼다.

「장천용전張天慵傳」(집필 연도 미상)

❧

조선 후기의 '천재' 개념의 등장을 보게 되는 소재다. 상식과 일상을 뛰어넘는 천재의 권리, 그 낭만적 천재의 권리를 다산은 한껏 이해하고 포용한다. 그러나 장천용이 최종적으로 완성되는 것은 '인간으로서의 도리'를 외면하지 않기 때문이다. 아무런 실제적인 쓸모도 없는 아내를 지성으로 돌보는 천용의 인품이 아니라면, 이 파격적인 천재는 한

날 괴팍한 환쟁이, 악공 — 광대에 그칠 것이다. 일상과 규격을 뛰어넘는 천재성이라는 것이 허울뿐인 인습과 규격을 뛰어넘는 것이어야지, 단순한 일탈은 아닐 것이기 때문이다. 오히려 가장 본질적인 의미에서 '사람'을 발견하고 '사람다움'을 실천하는 것이 바로 천재적 일탈의 의미가 아니겠는가?

장천용이라는 하층민에게서 이런 천재, 진정한 인간의 가능성을 발견하는 다산의 안목을 확인하게 된다. 18세기 후반, 인습과 허울 좋은 권위에 의지하는 상류층 사람들에게서 기대할 수 없는 발랄하고 진정한 인간성을 하층민에게서 발견하고 있다.

중국 간다고
우쭐하기에

만리장성의 남쪽, 오령五嶺의 북쪽에 나라를 세운 것을 '중국中國'이라고 하고, 요하遼河의 동쪽에 나라를 세운 것을 '동국東國'이라고 한다. 동국 사람이 중국에 유람 가게 되면, 모두들 감탄하고 자랑하며 부러워한다.

그러나 내가 생각하기엔, 소위 '중국'이란 것이 어째서 '가운데[中]'인지, 소위 '동국'이란 것이 어째서 '동쪽[東]'인지 모르겠다. 대체로 해가 머리 꼭대기에 있으면 정오다. 그러니 정오부터 해가 뜨고 지는 시각까지의 시간이 같으면, 내가 서 있는 곳이 동서의 가운데일 것이다. 북극은 땅에서 몇 도쯤 높이 나오고 남극은 땅보다 몇 도쯤 낮게 들어간다. 그러니 그 전체 거리의 반만 되면 내가 서 있는 곳이 남북의 가운데일 것이다. 내가 서 있는 곳이 동서남북의 한가운데라면, 어디든 '중국'이 아닌 곳이 없으리니, 어디가 이른바 '동국'인가? 어디를 가든 모두 '중국'이라면 이른바 '중국'이란 어디인가?

그렇다면 '중국'이란 무엇을 가지고 말하는 것인가? 요堯임금과 순舜임금, 우禹임금과 탕湯임금 같은 성군들의 정치가 있는 곳을 중국이라 하고, 공자孔子·안자顏子·자사子思·맹자孟子의 학문이 있는 곳을 중국이라고 한다. 그렇다면 오늘날 중국을 '중국'이라고 해야 할 이유는 무엇 때문인가? 성인의 정치와 성인의 학문이라면 우리나라가 이미 배워서 옮겨 와 버렸으니, 하필 다시 먼 곳에 가서 구해야 하겠는가?

밭에 씨를 뿌리고 심는 데 편리한 방법을 사용해 오곡을 무성하게 하니, 이것만은 배울 만하다. 그러나 이것은 옛날의 훌륭한 관리들이 남긴 혜택이다. 문학과 예술에 해박하고 고상한 능력이 있어 비속하지 않은 것만은 배울 만하다. 그러나 이것은 옛 명사들의 여운일 뿐이다. 지금 중국에서 더 취할 만한 것은 이런 것들뿐이다. 이 밖에는 강하고 사나운 기풍과 음란하고 교묘하며 기괴한 기예들이라, 예의와 풍속을 타락시키고 사람의 마음을 방탕하게 만드니 선왕이 애쓰시던 바가 아니다. 무슨 볼 것이 있겠는가?

내 벗 혜보가 사신의 명을 받아 청나라에 가게 되었는데, 중국에 가게 되었다 해서 자못 우쭐하는 기색이다. 그래 내가 '중국'이니 '동국'이니 하는 것에 관한 내 의견을 펼쳐서 그것을 꺾고, 또 이렇게 권면한다.

「송한교리【치응】사연서【시위서장관】送韓校理【致應】使燕序【時爲書狀官】」

(집필 연도 미상)

✗

어느 시대건 그 시대를 선도하는 선진 문명이 있다. 이 선진 문명이 강대국의 힘의 논리와 결합하면, 그것은 신화가 되고 억압이 된다. 후발국의 국민들에게는 열등감과 선망, 내부적 분열을 조장하기도 한다.

18세기에 중국 청나라를 여행한 조선 사람들은 혼란에 빠졌다. 이것이 '되놈'의 나라인가? 물질문명만이 아니라 정신문화도 찬란했다. 정묘호란과 병자호란, 두 번에 걸친 침략전쟁으로 '삼전도의 굴욕'을 안겨 준 당사자이면서도 현실적인 선진국이자 강대국인 청에 대한 입장을 어떻게 정리할 것인가? 요샛말로 하면, 그야말로 자유주의자 겸 세계주의자로 살 것인가, 민족주의자로 살 것인가 하는 문제에 부딪혔다고도 할 수 있다.

그러다 보니 청나라를 유람할 드문 기회를 잡은 인사들 사이에서는 일종의 문화적 귀족 의식이 자라나기도 했다. 다산은 이 우스운 '후진국' 백성의 '중국 병'을 질타한다. 선진 문물을 수용하는 것과 선진국 추수주의는 명백히 다르다는 것이다.

벗이란 '의리'로 만난 사이다. 그러니 서로 질책함에 사양하지 않는 법이다. 다산은 절친한 벗의 들뜬 행동에 그렇게 호된 질책을 보내고 있다.

늙은 낚시꾼의
뱃집

원굉도袁宏道는 천금을 주고 배 한 척을 사서 배 안에다 북과 피리 악대 등 여러 가지 즐길 거리들을 갖추어 놓고 마음 내키는 대로 실컷 노닐다가, 이것 때문에 패가망신한다 하더라도 후회하지 않겠노라고 말했다. 이런 것은 미치광이나 탕자들이나 할 짓이지, 내 뜻은 아니다.

나는 약간의 돈으로 배 한 척을 사련다. 배 안에는 어망 네댓 벌과 낚싯대 한두 대를 벌여 놓고, 크고 작은 솥, 술잔과 쟁반 등 여러 가지 부엌살림을 갖추고, 방 한 칸을 만들어 구들을 놓고 싶다. 집은 두 아이에게 맡기고, 늙은 처와 어린 아들, 어린 종 하나를 데리고 떠다니는 뱃집을 몰고 수종산과 초천 사이를 오가며, 오늘은 월계의 못에서 고기를 잡고 내일은 석호의 굽이에서 낚시질하며 또 그다음 날에는 문암의 여울에서 고기잡이하련다. 바람 속에서 밥 먹고 물 위에서 자면서, 물결 가운데의 오리들처럼 둥실둥실 떠다닌다. 그러다 때때로 짤막한 시가를 지어 기구한 여러 가지 회포를 나 홀로 풀어내기도 하는 것 ― 이것이 내가 원하는 것이다.

옛사람들 가운데 이렇게 산 이가 있었으니, 은사 장지화張志和가 바로 그다. 장지화도 본래는 한림학사翰林學士였는데, 만년에는 관직에서 물러나 이렇게 살며 스스로를 '연파조수烟波釣叟[안개 낀 물결 사이에서 낚시하는 늙은이]'라고 했다. 내가 그 풍모를 듣고 흠모하여 '초상연파조수지가苕上烟波釣叟之家[안개 낀 물결 사이에서 낚시하는 초천 늙은이의 집]'라고 쓰고는, 목공을 시켜 패로 만들어 간직해 온 지가 두어 해 되었다. 앞으로 내 배에 달기 위해서였는데, '집[家]'이라고 한 것은 수상 가옥[浮家]이라는 말이다.

경신년[1800] 초여름, 처자를 거느리고 초천의 농막으로 돌아와서 막 뱃집을 마련하려는 참이었다. 임금님께서 내가 떠났다는 말을 들으시고 소환하도록 내각에 명령을 내리셨으니, 아아, 내가 또 어찌하겠나? 다시 서울로 돌아가면서 그 나무패를 꺼내 집 뒤 유산酉山의 정자에 붙여 놓고 떠났다. 이것으로써 내가 돌아보고 머뭇거리며 연연했지만 차마 자기 뜻을 고수하지 못했던 까닭을 기록한다.

「초상연파조수지가기苕上烟波釣叟之家記」(1800년, 39세)

다산은 1796년경 북한강을 따라 올라가다가, 젊은이 하나와 소년 하나를 데리고 강 위에서 생활하는 늙은 낚시꾼 일가를 보았다.

[전략]

영감은 취해서 곯아떨어졌으니	翁醉無爲睡方熟
두 다리가 뱃전에 걸려 하늘을 우러렀네.	兩脚掛舷仰靑天
해 지는 강에는 흰 물결 부서지고	日落江湖浪痕白
물에 잠긴 산뿌리, 저녁연기 푸르다.	山根浸水村煙碧
젊은이가 아일 불러 영감을 깨우니	少年呼童攬翁起
저무는 하늘빛에 고기 새끼 팔딱인다.	魚兒撥刺天將夕
강심에서 오고 가며 그물을 던지는데	中流布網去復還
베틀 북인 양 이리저리 배를 젓네.	上下刺船如梭擲
들리느니 삐걱이며 노 젓는 소리뿐	伊軋唯聞柔櫓聲
아득히 구름과 물빛이 구분 안 되네.	滄茫不辨雲水色
황혼에 그물 걷어 유랑촌에 배를 대고	黃昏收網泊柳浪
고기를 털어 내니 비린내가 물씬 난다.	摘魚落地聞魚香
관솔불에 세어 버들가지로 꿰노라니	松鐙細數柳條貫
불빛은 물에 비쳐 너울너울 춤을 추네.	鐙光照水銅龍長
촌사람 장사치들 다투어 와서 보고	野夫估客爭來看
쟁그랑 돈을 던지니 광주리로 하나 가득.	鏗鏗擲錢錢滿筐

물 위에서 먹고 자도 아무 탈 없이	水宿風餐了無恙
떠다니는 뱃집으로 애오라지 떠돈다네.	浮家泛宅聊倘佯

[중략]

언젠가 두 아이를 데리고 초천에 들어가	曾携二兒入苕水
한 젊은이와 한 동자로 삼으리라.	令當一少與一童

두 다리를 하늘을 향해 거꾸로 뱃전에 매단 채 술에 취해 곯아떨어진 어부의 모습은 참으로 '천진' 그대로인 한 폭의 '취선도醉仙圖'다. 그러나 이 「양강우어자楊江遇漁者」에는 어로 작업의 건강한 노동이 있고, 잡은 물고기를 어시장에서 돈으로 바꾸는 생활이 있다. 다산이 꿈꾸는 전원생활은 생활이 빠진 초월적 은둔이 아니다. 「초상연파조수지가기」에서는 장지화를 수상생활의 모델로 이야기하고 있지만, 실상 애초의 모델은 바로 그 늙은 낚시꾼이었다.

「초상연파조수지가기」는 화가 급박한 상황에서 지은 글이다. 이 글을 쓴 것은 1800년 4월 무렵인데, 6월에는 정조가 서거하고 다음 해 정월에 다산은 신유사옥으로 체포된다. 이 글에선 「양강우어자」의 천진한 세계와는 다른 초조와 쓸쓸함이 짙게 묻어 나오고 있다.

다산이 이 소원을 실현한 것은 그로부터 20년 이상이 흐른 다음이었다. 고향 집에 돌아와 보내던 만년, 다산은 두 차례에 걸쳐 춘천을 뱃길로 왕래한다. 1823년 초여름, 음력 4월의 뱃길 여행은 정학연이 아들 정대림丁大林의 아내를 맞으러 가는 길이었다. 20년 전, 함께 데리고 다니겠다던 어린 아들은 그 후 몇 년 만에 죽었고, 집을 맡기겠다던 아들은 이제 시아버지가 되어 며느리를 맞으러 간다. 이 여행에서 다산은 두 채의 '물에 뜬 집[浮家汎宅]'을 꾸렸다.

별도로 널찍한 고깃배를 구해 집처럼 꾸몄다. 문미門楣에는 '산수록재山水綠齋[산수 푸른 집]'라는 현판을 걸었으니, 내가 썼다. 좌우 기둥에는 '장지화가 초계·삽계 사이에서 노닌 흥취[張志和苕霅之趣]', '예원진이 세 묘호에서 노닌 정취[倪元鎭湖泖之情]'라고 썼으니, 승지 신작申綽의 예서隸書이다. 학연의 배에는 '황효와 녹효 사이에서 노닐다[游於黃驍綠驍之間]'라고 쓰고, 그 기둥에는 '부가범택浮家汎宅[물에 뜬 집], 수숙풍찬水宿風餐[물 위에서 자고 바람 속에 밥 먹는다]'이라고 썼다. 병풍과 천막, 양탄자와 요 등 설비와 붓과 벼루, 서적 등에서부터 약탕관과 다관茶罐, 밥솥·국솥 따위에 이르기까지 갖추지 않은 것이 없었다.

빠진 것이 있다면, 화공 한 사람을 대동시켜 곳곳마다 아름다운 경치를 그림으로 그리게 하고 싶었으나 화공이 병이 나서 중간에 빠져 버린 일 정도이다.

이 여행은 세상에서 도망치듯 쫓기듯 물 위를 떠돌겠다는 꿈과는 달리, 아들·손자만이 아니라 추종자까지 거느린 길이었다. 쓸쓸한 대신 흥취가 감돌았다. 손자며느리를 맞으러 가는 길일 뿐 아니라 그에게는 유람길이고 북한강의 물줄기를 둘러보는 답사 여행길이기도 했다. 그리고 이 여행의 기록은 산문과 운문으로 구성된 「산행일기汕行日記」로 남았다.

겨울에
시내를 건너듯

그만두고 하지 않고 싶지만 부득이하게 할 수밖에 없는 것, 이것은 그만둘 수 없는 일이다. 자기는 하고 싶으나 남들이 모르게 하기 위해 안 하는 것, 이것은 그만둘 수 있는 일이다. 그만둘 수 없는 일은, 항상 그 일을 하고는 있지만 자신은 하고 싶지 않기 때문에 종종 그만두게 된다. 하고 싶은 일이라 항상 그것을 하고는 있지만, 남들이 모르게 하려고 하므로 또 종종 그만두게 된다. 이것을 잘 살피면 세상에 아무 일도 없을 것이다.

내 병을 내가 스스로 안다. 용감하되 무모하고, 선善을 좋아하되 선택할 줄 모른다. 마음이 내키면 곧장 실천해서 회의하거나 두려워하지 않는다. 그만둘 수도 있는 일이지만 마음에 흔쾌히 감동되는 바가 있으면 그만두지 않는다. 할 만하지 않아도 마음에 꺼림칙해서 상쾌

하지 않으면 절대로 그만두지를 못한다. 이런 이유로 어려 몽매할 때
는 이단으로 치달리면서도 의심하지 않았고, 자라서는 과거 보는 일
에 빠져 뒤도 돌아보지 않았으며, 30대에는 기왕의 일들을 깊이 후회
하면서도 두려워하지 않았다. 이러니 한없이 선을 좋아했어도 비방
은 유독 많이 받았다. 아아, 그 또한 운명인가? 성격이다. 내가 어찌
감히 운명이라 말하겠는가?

노자老子의 말에 보니 "망설이기[與]를 겨울에 시내를 건너듯, 겁
내기[猶]를 사방 이웃을 두려워하듯 한다."고 했다. 아아, 이 두 마디
가 내 병에 약이 아니겠는가? 대개 겨울에 시내를 건너는 자는 추위
가 뼈마디를 쑤시니 매우 부득이하지 않으면 건너지 않는 법이고, 사
방의 이웃을 두려워하는 자는 이웃의 시선이 언제나 신변에 있으니
비록 매우 부득이한 경우라도 하지 않는다.

누군가에게 편지를 써서 경전과 예법에 대한 견해 차이를 논하려
는가? 생각해 보니 하지 않아도 해로울 것 없다. 하지 않아도 해로울
것 없는 것은 부득이한 것이 아니다. 부득이한 것이 아니니 그만둔다.
누군가를 논하는 상소를 단단히 봉해 올려서 조정 신하들의 잘잘못
을 말하려는가? 생각해 보니 이것은 남들이 알지 못하게 하려는 것
이라. 남들이 알지 못하게 하려는 것은 마음에 몹시 두렵기 때문이다.
마음에 몹시 두렵다면 또 그만둔다. 널리 진기한 물건을 모으고 옛 그
릇들을 감상하려는가? 또 그만둔다. 관직에 있으면서 관청 재물을 농
간해 그 나머지를 훔치고 싶은가? 또 그만둔다. 마음에서 일어나고

싹트는 것들 모두 매우 부득이하지 않으면 또 그만둔다. 설령 매우 부득이하더라도 남들이 알지 못하게 하고 싶은 것은 또 그만둔다. 이처럼 살핀다면 세상에 무슨 일이 있겠는가?

내가 이 생각을 한 지가 거의 6, 7년이 되었다. 이것을 내 집에 현판으로 붙이려다 생각해 보고는 또 그만두었었다. 초천에 돌아와서야 비로소 문미門楣에 써 붙이고, 이렇게 이름 붙인 까닭을 함께 기록해 아이들에게 보인다.

「여유당기與猶堂記」(1800년경, 39세경)

✦

1800년 가을에 낙향하여 이듬해 봄에 체포되기 전까지 초천에 머무르던 시기의 글이다. 그야말로 '살얼음 낀 겨울 시내를 건너듯', '사방에서 노려보는 사람들 사이를 걸어가듯' 극도로 불안하던 시절에, 자신의 사랑방에 붙인 이름을 스스로 풀이한 글이다.

젊은 시절 다산의 글이나 행동들은 대단히 단호해 한 점 타협이 없다. 젊고 순수한 열정, 그 타협할 줄 모르는 무모함에 대해 깊은 반성을 내비치는 글이다. 젊은 날의 열정이란 그 순수한 무모함으로 해서, 때로는 결과 없이 자신을 소모하기도 한다. 그러나 그렇게 소모하고 말기엔, 인생은 그 이상의 것이다. 호랑이 밥이 되고 말기엔 할 일이 너무 많다. 하고 싶지 않은 것, 굳이 하지 않아도 되는 것, 남들이 알까 꺼려지는 것을 모두 빼고 나면 무엇이 남나? 꼭 해야 하고 반드시 하고 싶은 것, 하늘이나 사람에게 떳떳한 일이 남는다. 그것은 겨울 시내를 건너듯이, 뼛속까지 시린 일이라도 해야 하는 것이다. 그것이 무엇이었는지, 다산의 이후 행적에서 찾아볼 수 있을 것이다.

돌도

칭찬만 하게

초천의 농막으로 돌아온 뒤 나는 날마다 형제, 친척들과 유산酉山의 정자에 모여 술과 참외를 먹고 마시며 떠들기를 즐겼다. 술이 거나해지자 어떤 이가 술병을 치고 책상을 두드리며 일어나 말했다.

"누구누구는 이익을 추구해 부끄러운 줄 모르는데도 권세와 명예를 거머쥐었으니 분통이 터질 노릇이요, 누구누구는 욕심 없이 담담하여 자취를 멀리 숨기다가 끝내 묻혀 버리고 출세하지 못하니 애석한 일입니다."

내가 술 한 잔을 부어서 꿇어앉으며 다음과 같이 청했다.

"예전에 반고班固는 옛사람들을 품평하다가 끝내 두헌竇憲의 죄에 연좌되었고, 허소許劭는 당대의 인물들을 품평하다가 결국은 조조曹操에게 협박당했습니다. 사람은 품평할 대상이 아닙니다. 이런 이유로 삼가 벌주를 드립니다."

얼마 지나자 또 어떤 이가 쯧쯧찟찟 하고 혀를 차며 일어나 말했다.

"저 말은 장에 내가는 쌀 짐도 지지 못하면서 꼴과 콩만 축내고, 저 개는 담장을 뚫고 넘어오는 도적도 지키지 못하면서 뼈다귀만 바라고 있구나."

나는 다시 한 잔을 부어 들고는 꿇어앉아 청했다.

"예전에 맹 정승[맹사성孟思誠]께서는 어느 소가 더 나으냐고 묻는 말에 소가 들으면 기분 상할까 봐 대답하지 않으셨습니다. 짐승도 품평해서는 안 됩니다. 이런 까닭에 삼가 벌주를 드립니다."

여러 손님들이 낯을 찡그리고 불쾌해하며 말했다.

"그대의 정자에서 놀기가 참으로 힘들구려! 우리가 앞으로는 입을 꿰매고 혀를 묶어 두고 있으리까?"

내가 말했다.

"이게 무슨 말씀이십니까? 종일토록 큰소리로 지껄여도 금하지 않는 것이 있습니다. 여러분들을 위해 제가 먼저 해 보지요. 부암의 바위는 우뚝 삼엄하게 서서 북쪽으로는 고랑의 성난 물결을 막아 주고 남쪽으로는 필탄의 흰 모래사장을 펼쳐 놓으니, 이 바위가 이 정자에 공이 있습니다. 남자주의 바위는 돌무더기가 쌓인 것이 죽 늘어서서 옷깃이나 띠처럼 둘러싼 두 물을 갈라 오강의 배들을 받아들이니, 이는 바위가 이 정자에 다정하게 하는 것입니다. 석호의 바위는 붉고 푸른 온갖 모양을 만들어 내는데, 새벽이면 환한 아침노을에 물들고 저녁이면 석양에 안겨 정자 마루의 서까래를 비춥니다. 그러면 상쾌한 기운이 저절로 생기니 이는 바위가 이 정자에 아취를 더해 주는 것입니다. 대체로 사물 중에 지각이 없는 것이 돌입니다. 종일토록 품평해도 화낼 줄 모릅니다. 누가 그대들에게 입을 꿰매고 혀를 묶어 두라고 했습니까?"

그러자 어떤 이가 나를 나무랐다.

"예전에 유후留侯[장량張良]는 바위를 보배로 여겨 제사 지냈고, 원장元章[미불米芾]은 바위를 좋아한 나머지 공경하며 절까지 하였네. 자네가 바위를 품평하니 어찌 된 것인가?"

내가 대답했다.

"옳습니다! 바로 그렇기에 제가 칭찬만 하였지요. 언제 모욕하며 불손하게 말한 적이 있었소이까?"

이전에는 정자에 이름이 없었으나 이때부터 품석정品石亭이라고 부르게 되었다. 그때 오고 간 이야기를 기록해 이 정자의 기記로 삼는다.

「품석정기品石亭記」(집필 연도 미상)

※

남에 대한 품평이란 참으로 쓸모없는 것이다. 그러나 사람들이란 쓸데없이 남을 품평하느라 얼마나 시간을 헛되이 보내는가? 또한 남에 대한 품평을 하느라 얼마나 위험과 격랑을 겪기도 하는가? 삶에서 핵심 적인 것만 남겨 두고 나머지를 제거하자면, 우선 제거해야 할 것이 남 을 품평하는 짓 아닐까?

나를 지키는
집

'수오재守吾齋'라는 것은 큰형님께서 당신 방에 붙이신 이름이다. 나는 처음에 의아하게 여기며, "사물 중에 '나'처럼 나와 견고히 묶여 있어 절대 서로 떨어질 수 없는 것이 없다. 그러니 지키지 않는다고 어디로 가겠는가? 이상한 이름이구나." 했었다. 장기로 귀양 온 이래로 홀로 살면서 내 사려가 정밀해졌다. 하루는 갑자기 이것에 대해 환히 깨달아지는 것이 있었다. 그래, 박차고 일어나며 혼자 말했다.

"대체로 세상의 모든 것이 다 지킬 필요 없지만 '나'만은 지켜야 한다. 내 밭을 떠메고 도망칠 수 있는 자가 있을까? 밭은 지킬 필요가 없다. 내 집을 머리에 이고 달아날 수 있는 자가 있을까? 집도 지킬 필요가 없다. 내 동산의 꽃나무, 과실나무 같은 나무들을 뽑아 갈 수 있을까? 그 뿌리는 땅에 깊이 박혀 있다. 내 책들을 훔쳐다가 없애 버릴 수 있을까? 성현들의 경전은 세상에 물이나 불처럼 널리 퍼져 있다. 그러니 누가 그것을 없앨 수 있겠는가? 내 옷과 식량을 훔쳐서 나를 궁색하게 할 수 있을까? 지금 천하의 실이 모두 내 옷이요, 천하의 곡식이 모두 내 먹을거리다. 제가 비록 그중 한둘을 훔친다고 해도 온 세상의 것을 모두 다 가져갈 수야 있겠는가? 그러니 세상의 모든 것이 다 지킬 필요 없다.

오직 이른바 '나'라는 것만은 그 성질이 잘 달아나고 드나듦이 무상하다. 더없이 친밀하게 바싹 붙어서 등 돌릴 수 없을 것 같다가도, 잠깐이라도 살피지 않으면 가지 못하는 곳이 없다. 이익과 벼슬이 유혹하면 가 버리고, 위세와 재앙이 두렵게 하면 가 버리고, 궁·상·각·치·우宮商角徵羽 아름다운 음악 소리가 흐르는 것을 들으면 가 버리고, 푸른 눈썹 흰 이를 한 미인의 아름다운 자태를 보면 가 버린다. 가서는 돌아올 줄 모르니 잡아도 끌어올 수가 없다. 그러니 천하에 '나'처럼 잃기 쉬운 것이 없다. 굴레를 씌우고 동아줄로 동이고 빗장을 잠그고 자물쇠를 채워서 굳게 지켜야 하지 않겠는가?"

나는 '나'를 허술하게 간직하였다가 잃어버린 자다. 어려서는 과거 합격이라는 명예가 좋아 보여 빠져 헤맨 것이 10년이었다. 마침내 처지가 바뀌어 조정의 반열에 나아가 검은 사모에 비단 도포를 꿰고서는 벌건 대낮의 큰길 위를 미친 듯이 달렸으니, 이러기를 12년이다. 또다시 처지가 바뀌니, 한강을 건너고 새재를 넘어 친척을 이별하고 선산도 버리고서 곧장 넓은 바닷가 울창한 대나무 숲으로 달려와서야 멈추었다. 그러니 나도 땀을 흘리고 어깨로 숨을 몰아쉬며 황급히 '나'의 발자취를 따라와 함께 이곳에 이르렀다. 내가 '나'에게 말했다.

"자네는 왜 여기에 왔는가? 여우 귀신에게 홀려서 왔는가? 아니면 바다 귀신이 불러서 왔는가? 자네의 가족과 친척들은 모두 초천에 있는데 어째서 고향으로 돌아가지 않는가?"

이른바 '나'는 엉겨 붙은 듯 움직이지 않으며 돌아갈 줄 몰랐다. 그 기색을 보니 마치 구속하는 것이 있어서 돌아가고 싶어도 돌아갈 수 없는 것처럼 보였다. 드디어 그를 붙들어 함께 머물게 되었다.

이때 내 둘째 형님이신 좌랑공佐郎公께서도 당신의 '나'를 잃고 남쪽 바다 가운데에까지 추적해 오셔서, 그 역시 '나'를 붙잡아 함께 머무셨다. 오직 내 큰형님만이 당신의 '나'를 잃지 않으시고 편안히 단정한 모습으로 '나를 지키는 집[守吾齋]'에 앉아 계셨다. 아마도 평소부터 지키셨기에 잃지 않으실 수 있었던 것 아니겠는가? 이것이 그분이 당신 서재의 이름을 '수오재'라고 지은 까닭이었구나!

큰형님께서는 전에 "아버님께서 내 자字를 태현太玄이라 지어 주셨으니, 나는 오직 내 '태현'을 지키려 한다. 해서 이것을 내 서재의 이름으로 삼았다."고 말씀하신 적이 있었다. 그러나 이것은 아버님을 평계 대시는 말씀이다. 맹자孟子께서 "무엇을 지키는 것이 큰가? 자신을 지키는 것이 크다."고 하셨으니, 참으로 옳은 말씀이다!

마침내 그 혼잣말을 적어 큰형님께 아뢰고 수오재의 기記로 삼는다.

수오재守吾齋 정약현丁若鉉은 다산의 배다른 맏형이다. 이벽李蘗이 그의 처남이고 황사영黃嗣永은 그의 사위였으며, 이승훈李承薰은 그의 매부다. 정약전, 정약종, 정약용 3형제의 형이기도 했으니, 신유사옥으로 그의 주변은 말 그대로 풍비박산이 났다. 그러나 그는 그 와중에도 종가를 지탱하며 집안을 지켜 냈다. 정약용은 어린 시절 그가 『장자莊子』의 「소요유逍遙游」편을 읽고 있으면, 그 소리가 하도 낭랑해서 자기 책 읽는 것도 잊어버린 채 홀린 듯이 듣곤 했었다고 추억한다. 그러고는 그의 성품이 '염담간정恬澹簡靜[세상의 명예와 이해관계에 초연하며 담백하고 조촐함]'하다고 하였다. 그의 자인 '태현' 역시 그런 의미다. 태현은 현묘한 우주의 원초적인 모습이다. 그것은 하늘을 타고난 사람의 본성이기도 하다. 이런 성품이 천주교 박해의 한가운데서도 자신을 보전하고 가문을 끊어지지 않게 지키도록 한 힘이었으리라.

신유사옥(1801)으로 체포된 다산은 2월 27일에 경상도 영일군 장기로 유배를 떠난다. 이 글은 1차 유배 되었던 1801년 3월에서 10월 사이 장기에서 지어진 것으로 보인다. 엄청난 혼란의 와중에, 다산은 세상에 휩쓸리지 않고 자신의 본성을 지키며 사는 조촐한 삶의 가치를 새삼스럽게 깨달은 것 같다.

이 기문은 일반적인 경우라면 매우 서술적인 글이 되었을 주제를 '두 개의 나'를 인물화하는 매우 드라마틱한 방식으로 형상화하고 있다. '두 개의 자아' 개념도 재미있지만, 환란의 와중에서 정체성의 혼란을 느끼는 다산의 심리 상태를 가장 정확히 표현하는 방식이기도 할 것 같다. 온 집안과 몸이 무너지는 환란 끝에 '내가 누구인가?' 하는 근본적인 각성에 맞닥뜨린 다산의 모습을 이보다 더 잘 표현할 수 있을까? 강진 시절 다산은 혼자 종가를 지키고 있는 이 맏형을 그리워하는 「큰형님을 그리며憶伯氏」라는 시를 남겼다.

적막한 강산 속의 집에서	寥落江山屋
혈혈단신 홀로 늙는 몸.	煢孤獨老身
세상엔 아우가 있다지만	人間猶有弟
마을엔 가까운 이 없으리.	村裏更無親
제사는 의식이 소략하고	祭祀儀文略
못가 대엔 봄빛 새롭겠지.	池臺氣色新
그저 오래 사셔서	但敎年壽永
이생의 인연을 다시 잇게 하시길.	重結此生因

—「일곱 그리움七懷」중에서

옛날 육조시대 사령운謝靈運의 꿈에 아우인 사혜련謝惠連이 나타나 시 짓는 것을 도와주었다는 고사가 있다. 그 유명한 "연못에 봄풀이 나고 [池塘生春草]" 구절에 얽힌 이야기이다. 세상에 아우들이 있다지만 늙

은 형은 의지할 수 없고, 집안의 크고 작은 제사도 홀로 지낼 테니 자연

단출해질 것이다. 그 적막한 처지를 민망히 여기는 시이다.

소라껍질

두 개

농아는 곡산谷山에서 잉태되어 기미년[1799] 12월 초이튿날 태어나 임술년[1802] 11월 30일에 죽었다. 홍역을 앓다가 마마가 되고 마마가 악성 종기가 되었던 것이다. 내가 강진의 귀양지에서 글을 지어 그 아이 형에게 보내, 그 아이를 묻은 곳에서 곡하고 알리게 했다. 「농아를 곡하는 글哭農兒文」은 다음과 같다.

네가 세상에 들어왔다 나간 것이 겨우 3년 동안인데, 그중 두 해를 나와 헤어져 살았구나. 사람이 60년을 산다면 40년을 아비와 헤어져 산 셈이니, 참으로 슬프구나!

네가 태어났을 때, 나는 근심이 깊어 네 이름을 '농農'이라 지었다. 집안 형편이 미치기만 한다면야 어찌 너를 농사지으며 살게 하고 말

128

겠느냐? 하지만 죽느니보다는 나았다. 내가 죽는다면 기쁘게 황령黃嶺을 넘고 열수洌水[한강]를 건너갈 수 있을 테니, 내게는 죽는 것이 사는 것보다 낫다. 나는 죽는 게 사는 것보다 나은데도 살아 있고 너는 사는 것이 죽는 것보다 나은데도 죽었으니, 내 맘대로 할 수 있는 것이 아니구나.

내가 네 곁에 있었더라도 꼭 너를 살리지는 못했을 것이다. 그러나 네 어머니의 편지에는 네가 "아버지가 돌아오시면 내 홍역이 금방 낫고, 아버지가 돌아오시면 내 마마도 금방 나을 거야."라고 했다고 하였더구나. 네가 무슨 생각이 있어서 이런 말을 하지는 않았을 테지만, 그러나 너는 내가 돌아오는 것으로 의지를 삼았었구나. 네 소원이 이루어지지 않았으니, 참으로 슬프구나!

신유년[1801] 겨울, 과천의 객점에서 네 어머니가 너를 안고 나를 전송했었다. 네 어머니가 나를 가리키며 "저 분이 네 아버지이시다." 하니, 너는 따라서 나를 가리키며 "저 분이 내 아버지."라고 했었다. 그러나 '아버지'가 아버지라는 것을 너는 실상 아직 알지 못하였을 테니, 참으로 슬프구나!

이웃 사람이 가는 편에 소라껍질 두 개를 보내 네게 주게 했었다. 네 어머니의 편지에는, 네가 강진에서 사람이 올 때마다 소라껍질을 찾다가 없으면 몹시 풀이 죽곤 하더니 네가 죽어 갈 무렵에야 소라껍질이 도착했다고 하였구나. 참으로 슬프구나!

너는 모습이 깎아 놓은 듯 예뻤다. 코 왼쪽에 조그만 검은 점이 있었고 웃으면 양쪽 어금니가 뾰족하니 드러났었다. 아아, 나는 네 모습을 생각하며 잊지 않는 것으로 네게 보상하마.【집에서 온 편지에는 생일날 묻었다고 했다.】

복암茯菴[이기양李基讓]은 항상 요절한 자녀들의 생년월일과 이름, 자, 얼굴 모습 그리고 죽은 해와 날짜까지 갖추어 적어 주어서 훗날 증거가 되게 하고, 그 삶의 흔적이 남도록 해 주어야 한다고 말했었다. 참으로 어진 말이다.

나는 경자년[1780] 가을에 예천군醴泉郡 사옥에서 태 안의 첫째 아이를 떨어뜨렸다. 신축년[1781] 7월, 아내가 임신 중 학질을 앓아 딸 하나를 조산했다. 여덟 달 만에 태어나 나흘 만에 죽었으니 미처 이름도 없었다. 와서瓦署의 언덕에 묻었다. 그다음에 무장武牂과 문장文牂을 낳았는데 다행히 성장했다. 그다음은 구장懼牂이라 했고, 그다음은 딸로 효순孝順이라 했는데 순산한 것을 효성스럽다고 여겼기 때문이다. 구장과 효순에게는 모두 광명壙銘이 있다. 진짜 무덤에 넣은 광명은 아니고 책에만 기록한 것이다. 그다음에 딸 하나를 얻었는데, 지금 열 살로 이미 두 번의 홍역을 치렀으니 요절은 면하려나? 그다음은 삼동三童이라 했는데, 마마로 곡산에서 죽었다. 그가 죽었을 때 아내는 임신 중이었는데 슬픔으로 아들을 낳았고, 그 아들은 열흘 만에 또 마마를 앓아 며칠도 되지 않아 요절했다. 그다음이 바로 농장農牂이다. 삼동은 병진년[1796] 11월【초닷새다】에 태어나 무오년[1798] 9

월【초나흘이다】에 죽었다. 그다음은 미처 이름도 없었다. 구장과 효순은 두척斗尺의 언덕에 묻었고, 삼동과 그다음 아이도 두척의 산기슭에 묻었다. 농장도 반드시 그 산자락에 묻어야 할 것이다.

모두 6남 3녀를 낳아 2남 1녀가 살고 4남 2녀가 죽었으니, 죽은 아이가 산 아이의 두 배다. 아아, 내가 하늘에 죄를 지어 이처럼 잔혹한 일을 당하는 것이니, 어쩌겠는가?

「농아광지農兒壙志」(1802년, 41세)

1802년 12월, 유배지에서 농아의 죽음을 전해 들은 다산은 죽은 아이의 두 형에게 편지를 썼다.

> 우리 농農이가 죽었다니, 애달프고 참혹하다. 그 아이의 삶이 가엽구나. 내가 몹시 쇠약해진 터에 이런 일을 만나니, 정말 마음을 너그럽게 먹을 도리가 없구나. 너희들 밑으로 아들 넷과 딸 하나를 잃었다. 그중 하나는 열몇 일 만에 죽어 그 얼굴도 기억나지 않으나, 나머지 셋은 모두 세 살이었으니 손안의 구슬처럼 재롱을 보다가 잃었다. 그러나 모두 나와 너희 어머니 손에서 죽었으니, 죽은 것이 운명이라 여겨 이처럼 간과 폐를 칼로 찌르고 쪼개는 것 같진 않았다. 내가 이 하늘 끝 한 모퉁이에 있어 헤어진 지 오래되었는데 잃었으니, 다른 아이들과는 한층 다르구나.
>
> 나는 생사고락의 이치를 대충이나마 아는데도 오히려 이런데, 더구나 너희

어머니는 품 안에서 꺼내 흙구덩이에 넣었으니, 그 살았을 적의 사랑스럽고 기특하던 말 한마디, 행동 하나하나가 귀에 쟁쟁하고 눈에 삼삼할 것이다. 더구나 정에 끌리고 이성적이지 못한 부인이 아니시냐? 나는 여기에 있고 너희들은 모두 장성해서 밉살스러우니, 오직 이 아이에게 마음을 붙여 목숨을 부지했을 것이다. 더구나 큰 병으로 몹시 쇠약해진 끝에 이런 일을 당했으니 하루 이틀 사이에 따라 죽지 않는 것만도 크게 이상한 일이다. 그 처지가 되어 생각해 보니, 내가 그 아이의 아비임도 잊어버리고 다만 그 어미를 위해 슬퍼하게 된다. 너희들은 아무쪼록 마음을 다해 효성으로 봉양해서 어머니의 목숨을 보존하도록 해라.

마지막 가는 길을 지켜 주지도 못한 어린 자식의 죽음을, 그나마 편지로 접한 참혹한 마음이 고스란히 드러나는 편지다. 남편도 없이 혼자 그 참혹한 일을 겪어 냈을, 그야말로 '병처病妻'에 대한 안타까운 연민도 절절하다. 수신자가 죽은 아이의 형이고, 그 어미의 자식들이기에 이렇게 절절한 하소연도 가능했을 것이다.

「농아광지」의 앞부분은 그 죽은 아이에게 직접 건네는 말을 쓴 일종의 편지이다. 「농아를 곡하는 글」이라고 했고 무덤 앞에서 읽어 주라 했으니, 사실상 제문으로 지어진 것이다. 품 안에 안고 영결하지 못한 아비가 죽은 자식에게 건네는 마지막 말인 것이다. 아비가 무엇인지도 모를 나이에 헤어져 간간이 오는 소식으로만 아비를 상상해야 했던 자식에게 안타깝고 슬픈 마음을 이야기하는 것으로 죽은 자식과 자신을 위로하고 있다.

농아를 위한 이 묘지는 묘지로는 다소 특별한 모습이다. 농아를 위한 제문에다 아기 적에 잃은 다른 자식들 모두에 대한 기록인 뒷부분을 합쳐 묘지로 삼고 있다. 「농아광지」가 굳이 써야 할 내용도 없는 어린 아이의 묘지이니 이렇게 했을 것이다. 자기 아이들의 탄생과 죽음에 대한 기록인 뒷부분에는 유산했거나 태어난 지 나흘 만에 죽은 아이까지 모두 포함되어 있다. 너무 인연이 짧았으므로, 다른 네 아이의 광지에 쓰인 정도의 추억조차도 만들 시간이 없었던 아이들이다. 그리고 '그들이 살았었던 흔적을 만들어 주어야 한다.'고 했다던 이기양의 말을 기록해 두었다. 태어나지도 못했거나 태어났어도 미처 성장하기 전에 죽은 어린아이들이라도 내 자식으로, 또 한 인간으로 존재를 인정받아야 한다는 생각이 드러난다. 이것은 다정한 아비의 모습이기도 하지만, 인간의 존엄에 대해 생각하는 다산의 지성이 드러나는 것이기도 하리라.

나를 단속하는 글

― 사의재에 붙인 기

사의재四宜齋는 내가 강진康津에 귀양 와서 사는 거처이다.

생각은 마땅히 담백해야 하니, 담백하지 않은 점이 있으면 빨리 맑게 해야 한다.

외모는 마땅히 의젓해야 하니, 의젓하지 않은 점이 있으면 빨리 단정히 해야 한다.

언어는 마땅히 과묵해야 하니, 과묵하지 않은 점이 있으면 빨리 멈추어야 한다.

행동은 마땅히 신중해야 하니, 신중하지 않은 점이 있으면 빨리 늦추어야 한다.

이리하여 그 방의 이름을 '사의재四宜齋'라고 붙였다. '마땅하다 [宜]'는 것은 '옳다[義]'는 뜻이니, 옳음으로 단속하는 것이다. 나이가 많아지는 것을 염려하고, 뜻한 바 학업이 무너지는 것을 슬퍼하며, 바라건대 이로써 스스로 반성하려 한다.

이날은 가경嘉慶 8년[1803] 12월 초열흘이다. 동짓날이니, 갑자년 [1804]이 시작되는 날이다. 이날『주역周易』건괘乾卦를 읽었다.

「사의재기四宜齋記」(1803년, 42세)

사의재는 다산이 강진에 정착해서 처음 머물렀던 곳이다. 위험한 죄인이라고 모두들 문을 닫아걸 때 동문 밖 주막의 할멈이 뒷방 하나를 내주어 거처하기 시작했다던 바로 그 주막 뒷방이다. 1803년 겨울이니 귀양살이를 시작한 지도 3년이다. 어수선한 마음을 다잡으며 본격적으로 공부를 시작했나 보다. 강진 시절 다산의 공부는 한동안『주역』에 집중되어 있다.「사의재기」를 쓴 날『주역』의 건괘를 읽었노라고 적어 놓았다.

천하의 글들을 다 씹어 먹어서	盡茹天下書
마침내『주역』으로 토해 내리라.	竟欲吐周易
하늘이 그 비밀을 드러내시려	天欲破其慳
내게 삼 년의 귀양을 내리셨거니.	賜我三年謫

이 무렵 지었을 것으로 보이는 「우울을 쫓아 버리다遣憂十二章」12수 중 한 수이다. 이 시의 뒤에는 강진 주막 골방에서 했을 다산의 싸움이 있다. 천주교 문제로 끊임없이 시달림을 받기는 했을망정, "금마문과 옥당 사이에서 날아오르던" 것이 한양에서 벼슬살이하던 시절의 다산 이었다. 적도 많았지만 친구도 많았던 시절, 포부와 이상을 공유하는 사람들로 해서 위태로워도 외롭지는 않은 시절이었다. 그러다 하루아 침에 땅끝 강진 바닷가로 유배되었다. 동지들은 사라지고 사방에 적들 만 남았다. 요동치며 심신을 감아 오는 분노와 무력감, 공포, 살을 저미 는 외로움과의 사투 ― 그 싸움이 쉬웠을 리 없다.

슬픔은 돌로 눌러도 다시 일어나고	愁將石壓猶還起
꿈은 안개 낀 듯 번번이 흐릿하다.	夢似烟迷每不明

바위로 꾹꾹 눌러 놓아도 자꾸만 다시 고개를 쳐들며 일어서는 슬픔이 야, 밤새 안개 속을 헤매는 불안한 꿈자리야, 끝내는 그저 오랜 친구같 이 익숙해졌을 것이다. 이 시는 그런 격랑을 뒤로하고, 천하의 책을 다 공부해서 『주역』에 대한 저술을 하고 싶다고 '뚜벅' 말한다. 너무나 담 담해서 그 담담이 겪어 온 격랑을 구체적으로 눈치채지 못하면 이 시 는 너무나 무미건조하기만 하다.
연작시의 마지막은 이렇다.

백성이 굶주려도 나를 원망하지는 않고	民飢不我怨
백성이 완악해도 나는 모르는 일이다.	民頑我不知
후세에 나를 평가하는 사람들은 말할 터,	後世論我曰
"기회를 얻었으면, 큰일을 했을 것"이라.	得志必有爲

젊은 날의 열정을 온통 바쳤던 일들이 이제 더 이상 내 책임도 내 알 바도 아닌 것은 얼마나 가슴 쓰라린가? 그러나 다산은 여기에 잡히지 않는다. 내 작업은 먼 훗날 사람들로 하여금 말하게 할 것이다. '기회를 얻었더라면, 대단한 일을 이루었을 사람이었다.'고.

이런 시들은 누구에게 보여 주기 위해서가 아니라, 자기 자신에게 되풀이해서 다짐하느라고 지었을 것이다. 「사의재기」의 단정함 속에는 「우울을 쫓아 버리다」 시에서 보는 것 같은, 그렇게 자신을 단속하는 강한 의지가 배어 있다. 『주역』은 어쩌면 그런 질문에 가장 적절한 교재였을지 모른다.

열녀문은
가문의 복이 아니다

절부節婦 최씨는 내 재종 아우인 상여象如의 아내다.

신유년[1801] 봄, 나는 장기로 귀양 갔다. 상여가 때마침 어머니의 초상을 당해 작별 인사를 나누지 못했다. 상여는 초상으로 인한 슬픔이 너무 큰 데다가 가문이 폐족이 된 것을 상심한 나머지 슬픔과 근심으로 병이 들었고, 11월 1일에 죽었다.

절부는 시신을 염할 때 필요한 홑이불 따위와 찬장에 남아 있던 포와 육장으로 장만한 제물 등 장례 초기의 여러 것들을 손수 마름질해 만들고 마련했다. 다만 물도 간장도 입에 넣지 않으며 "이렇게 하는 게 예법입니다."라고 했다. 집안사람들은 이상하게 여기지 않았다.

상복으로 갈아입은 그날 밤, 그녀의 방에서 이상한 소리가 났다. 촛불을 켜고 보니 절부가 목을 매어 죽어 있었다. 그 품속에서 편지

하나가 나왔는데, 편지에는 "조금 더 연명할까 했으나, 가난한 시가가 염려되어 두 번 매장하는 수고를 끼치지 않으려 합니다."라고 했다. 아! 매섭구나, 그 죽음이여!

시아버지가 애통하게 곡을 하면서 말했다. "너를 모르는 사람들은 너의 절개를 말하지만, 네 효성은 알지 못하는구나. 예전 내 돌아가신 어머님 권 유인孺人께서 이질을 앓으셨을 때, 네가 우리 집에 시집온 지 겨우 한 해쯤이었다. 너는 부축해서 뒷간에 올라가고 부축해서 뒷간에서 내려오며, 죽과 미음을 가려서 드시도록 하고, 이불과 베개를 편안하게 해서 눕혀 드렸었다. 요강의 더러운 것을 씻고 옷에 묻은 오물을 닦아 내기를 하루에 40~50차례나 하면서도 소홀해지지 않았다. 때때로 네 시어머니가 하려 하면 너는 '힘들지 않습니다.'라고 했고, 유인께서도 너를 편하게 여기셨다. 아, 너는 효부다!"

합장이 끝나자 온 마을의 선비들이 "정상여의 아내처럼 정절과 효행이 있는 사람이 묻혀 버리고 표창되지 않는다면 그것은 우리의 수치"라고 의논을 정했다. 관가에 표창을 신청하기 위해 상여의 아우인 규건奎建이 내게 글을 청해 왔다.

내가 말했다. "예전에 우리 선조이신 교리공校理公의 상이 나자, 목숙인睦淑人께서 순절하셨다. 조정에 정려旌閭를 청하려는 사람이 있었다. 우담愚潭 선생[정시한丁時翰]께서는 '그만두라. 까닭 없이 지아비를 따라 죽는 것은 올바른 도리가 아니니, 열녀로 표창하는 것은 가문의 복을 기르는 것이 못 된다.' 하셨다. 해서 마침내 중지되었다. 내가 또 어찌 감히 글을 짓겠는가?" 그러곤 그 사실을 적어 무덤에 넣게 했다.

절부는 그 선대가 강화 사람이다. 6대조 수璓는 관찰사였다. 그 지아비는 자가 상여이고, 이름은 약착若鑿이다.

명銘은 다음과 같다.

절개가 정결하고	節旣嚠矣
효행도 아름답네.	孝隨以章
이 한 자짜리 봉분은	此封者尺
절부이고 효부인 최씨의 무덤이라.	是唯節孝婦崔氏之藏

「절부최씨묘지명節婦崔氏墓誌銘」(1801년, 40세)

✼

지금도 시골 동네마다 크고 작은 열녀문이나 열녀비 같은 것들이 있다. 골목골목 하다못해 밭 가운데 한 자짜리 돌비석이라도 있다. 이 묘지명의 사연도 낯설지 않은, 익숙한 풍경이다. 그런데 다산의 반응은 낯설다. 그 익숙함과 낯섦 사이에서 묘하게 뒤틀린 글쓰기가 구사된 것이 이 묘지명이다.

이 묘지명은 열녀를 찬양하기 위해서라기보다는 오히려 열녀 풍습을 비판하고 경계하기 위해서 지은 것이라는 인상을 준다. 다산은 「열부론烈婦論」이란 논문에서 '열녀' 풍속에 대해 단호한 목소리로 말한다. 그저 남편이 죽었기 때문에 따라 죽음을 결단하는, 혹은 결단하도록 내몰리는 소위 '순절殉節'이란 "스스로 제 목숨을 끊는 일일 뿐"으로 "천하에서 제일 흉한 일"이다. 그러니 그것을 장려하는 나라, 그것을 선양하는 가문이란 세상에서 제일 흉한 일을 제 백성들에게, 제 식구에게 권하고 요구하는 나라요 가문이라는 것이 그 논지이다.

그런데 가까운 일가에서 지아비를 따라 목숨을 끊은 며느리가 생겼고, 열녀문을 신청하기 위해 필요한 글 ─ 아마도 열녀전을 지어 달라는 부탁을 받은 것이다. 하고 싶지 않지만 안 하기도 어렵고, 동의하지 않으면서도 찬양해야 하는 과제를 받은 셈이다. 다산은 선조의 말을 끌어들여 일가의 입을 막는 동시에 자기가 하고 싶은 이야기를 했다. 집안에 열녀가 나는 것은 결코 좋은 일이 아니다. 하물며 열녀를 장려하는 집안이 복을 받을 리가 없다고.

묘지는 무덤에 같이 묻어 주는 글이다. 남들 보라고 짓는 것이 아니다. 다산은 그녀의 시집 가족들이 원했을, 세상을 향해 그녀의 '열절'을 선전하는 열녀전 대신 묘지를 지었다. 그리고 정결한 지조와 아름다운 효성을 지닌 '절부요 효부'였다고 명銘에서 노래했다. '고생했다, 절부가 되고 효부가 되느라고.'라는 위로처럼 들린다. 그러고 보면 그녀의 품속에서 나온 글이라는 것이 기가 막히다. '저 때문에 장사 한 번 더 치르시게 하는 폐는 끼치지 않겠습니다.'라는 작별 인사라니…… 이것을 훌륭한 행실의 증거라며 내놓은 그녀의 시집과 이것을 차갑게 기술하는 다산의 글쓰기 사이의 거리가 다산의 지성이다.

은자의

거처

『주역周易』 이괘履卦가 무망无妄으로 변하는 효사爻詞에 "유인幽人이
라야 정貞하고 길吉하다."고 하였다. 이것을 나는 이렇게 해석한다. 간
산艮山의 아래와 진림震林의 사이에서, 손巽으로써 은둔하여 천명天
命을 우러러 순응하며, 간산에는 과일 묘목을 심기도 하고 진림에는
채소를 심기도 한다. 큰길을 밟으며 걸으니 탄탄하고, 하늘이 내려 주
는 작위와 봉록을 즐기며 기쁘게 사는 것이다. 이것이 은자의 넉넉함
이니 은자의 삶이 그야말로 길하지 않은가?

　돌아보면, 하늘은 맑은 복을 매우 아낀다. 왕후장상 같은 존귀한
자나 도주陶朱, 의돈猗頓 같은 부자는 거름 덩이처럼 세상에 널렸지
만 이괘 구이九二의 길함을 누렸다는 말은 들리지 않는다. 예전에 장
원將園과 취원就園의 기기를 지은 사람이 있었다. '장차 가게 될[將就]'

것이라는 것은 분명히 아직 가지 못한 것이다.

강진의 황상黃裳이 구체적으로 어떻게 하는지를 묻기에 내가 다음처럼 대답해 주었다.

땅을 고를 때는 반드시 산수가 아름다운 곳을 택해야 한다. 그러나 강을 끼고 있는 산보다는 시냇물을 끼고 있는 산이 낫다. 골짜기 입구에는 높은 바위벽이 있고 조금 들어가면 환하게 열리면서 눈을 즐겁게 해 주는 곳, 이런 곳이 복된 땅[福地]이다. 그 중앙, 땅의 형세가 맺히는 곳에 초가집 서너 칸을 얽되, 나침반 바늘이 정북과 정남을 향하도록 해서 정남향으로 지어야 한다. 집 짓는 일은 극히 정교하게 해야 한다. 순창에서 나는 설화지雪華紙로 벽을 바르고 문미 위에는 담묵淡墨 산수화를 걸고 문 옆에는 고목이나 대나무, 바위를 그리거나 혹은 짧은 시를 쓰기도 한다.

방 안에는 서가書架 두 부部를 설치해 책 1300~1400권을 꽂아 놓는다. 『주역집해周易集解』·『모시소毛詩疏』·『삼례원위三禮源委』를 비롯한 고서, 명화, 산경山經, 지리지, 역법, 의약에 대한 설명서, 군사훈련의 제도, 군자금의 법식, 그리고 초목과 새와 물고기의 계보와 농정과 수리에 대한 학설에서 기보棋譜나 거문고 악보 등에 이르기까지 빠진 것 없이 갖춘다. 책상 위에는 『논어論語』 한 권을 펼쳐 놓고, 곁에는 질 좋은 화리목花梨木으로 만든 탁자를 두는데, 위에는 도연명陶淵明·사령운謝靈運의 시, 두보杜甫·한유韓愈·소식蘇軾·육유陸游의 시, 그리고 『중주악부中州樂府』・『열조시집列朝詩集』 등 시집 몇 질을 올려놓는다. 책상 아래에는 오동烏銅으로 만든 향로를 하나 놓아두고 아침저녁으로 옥유향玉蕤香 한 판씩을 피운다.

뜰 앞엔 높이 두어 자 되는 가림 벽을 하나 둘러 두고, 담 안에는 갖가지 화분을 놓아둔다. 석류, 치자, 백목련 같은 것들을 각기 종류별로 갖추는데, 국화를 가장 많이 갖추어서 모름지기 마흔여덟 가지는 되어야 겨우 구색을 맞췄다고 할 수 있을 것이다. 뜰 오른편엔 조그마한 연못을 파는데, 사방 수십 걸음을 넘지 않는 정도로 한다. 연못에는 연꽃 몇십 포기를 심고 붕어를 기른다. 따로 대나무를 쪼개 홈통을 만들어서 산골짜기 물을 끌어다 연못에 대고, 연못에서 넘치는 물은 담장 구멍을 통해 채마밭으로 흐르게 한다.

채마밭은 수면처럼 고르게 잘 갈아야 한다. 그런 다음 밭두둑이 네모반듯해지게 밭을 구획해서 아욱, 배추, 파, 마늘 등을 심되, 종류별로 나눠 서로 섞이지 않게 한다. 씨를 뿌릴 때는 반드시 고무래를 사용해서, 싹이 났을 때 보면 아롱진 비단 물결 같은 무늬가 있어야 한다. 그래야 겨우 '채마밭'이라고 부를 수 있을 것이다.

조금 떨어져서 오이도 심고 고구마도 심는데, 채마밭 둘레엔 울타리로 장미 수천 그루를 심는다. 그러면 늦봄과 초여름이 교차하는 때 짙은 향기가 채마밭을 둘러보러 나온 사람의 코를 찌를 것이다.

뜰 왼편에 사립문을 세우는데, 흰 대나무를 엮어 문짝을 만든다. 사립문 밖에서 산언덕을 따라 50걸음 남짓 가서 바위 위를 흐르는 시냇가에 초가 한 칸을 세워 두는데, 난간은 대나무로 만든다. 집 주위는 온통 쭉쭉 뻗은 대나무들로 빽빽한 숲이니, 가지가 처마로 들어와도 꺾지 않고 그대로 둔다.

시내를 따라 백 걸음 남짓 걸어간 즈음에 좋은 전답 수백 이랑을 마련해 놓는다. 늦은 봄마다 지팡이를 끌고 밭두둑에 나가 보면, 볏모가 파랗게 돋아나 그 푸름이 사람까지 물들이리니, 한 점 속세의 기운도 없을 것이다. 그러나 몸소 논일을 하지는 말라. 다시 시내를 따라 조금 가면 큰 방죽 한쪽 면과 만나는데, 방죽의 둘레가 5, 6리는 된다. 방죽 안쪽은 온통 연꽃과 가시연으로 덮여 있다. 거룻배 한 척을 만들어서 띄워 놓고, 달밤이면 시인 묵객들을 이끌고 배를 띄운다. 퉁소를 불고 거문고를 타며 방죽을 서너 바퀴 돈 다음 취해서 돌아온다.

방죽으로부터 몇 리를 가면 자그마한 절 한 채를 만난다. 안에는 이름난 승려 한 사람이 있어서 참선도 하고 설법도 하는데, 시를 좋아하고 술도 거리낌 없이 마시는 등 계율에 얽매이지 않는다. 그와 더불어 때때로 오가며 세상사를 잊으면, 이것도 즐거운 일일 것이다.

집 뒤에는 소나무 몇 그루가 용과 호랑이가 서로 움켜잡고 끌어당기는 듯한 모습을 하고 있고, 소나무 아래에는 흰 학 한 쌍이 서 있다. 소나무가 있는 곳으로부터 동쪽으로 작은 남새밭 하나를 마련해 인삼, 도라지, 천궁, 당귀 따위를 심는다.

소나무 북쪽으로는 작은 사립문이 있다. 이 문으로 들어가면 누에를 치는 세 칸짜리 잠실이 나오는데, 이곳에는 누에를 얹어 기르는 잠박을 7층으로 설치한다. 낮차를 마시고 나서는 잠실로 간다. 아내에게 송엽주松葉酒를 따르게 해 두어 잔 마신 뒤, 양잠법이 적힌 책을 가지고 누에를 목욕시키고 실을 잣는 방법 따위를 아내에게 가르쳐 주며, 서로 바라보고 싱긋 웃는다. 문밖에 나라에서 부르는 글이 도착해 있다는 소리를 이미 들었지만 빙그레 웃을 뿐 나아가지 않는다.

이것이 바로 '구이九二의 길함'이다.

「제황상유인첩題黃裳幽人帖」(집필 연도 미상)

꽃

조선 후기 이 무렵엔 의원도意園圖, 의원기意園記들이 많이 만들어진다. 실제 정원이나 장원을 그린 그림이나 기문記文이 아니라 상상 속의 정원 혹은 장원을 그림으로, 글로 표현하는 문화이다. 이상적인 주거공간과 삶에 대한 로망을 상상 속에 쌓아 올리는 것이다. 그런 문화적 유행에선 흔히 명나라 황주성黃周星의 「장취원기將就園記」가 모델이 되었다. 다산도 그런 작업을 한 셈이다.

계기는 제자 황상黃裳의 질문이었다. 1805년 겨울, 맏아들 정학연이 찾아오자 다산은 보은산 고성암에 함께 머물며 『주역』을 가르쳤다. 황상도 합류했다. 그러던 중 『주역』 이괘履卦 구이九二에 나오는 '유인幽人'─은자의 삶이 화제가 되었던 모양이다. 황상이 '유인의 삶'이란 구체적으로 어떤 모습일지 물었다고 한다. 다산의 대답이 「제황상유인첩題黃裳幽人帖」이다. 제자의 물음을 기화로 자신이 생각하는 이상향

다산초당

의 세부를 그려 낸 것이다.

다산이 그려 낸 이상향의 모습은 애쓰면 손에 닿을 것같이 구체적이다. 일상과 생활이 구체적으로 묘사되고 있지만, 농사가 노동이 아닌 아취가 되는 곳, 조촐하나 고상한 취향으로 도배된 초가집, 어린싹들이 아롱진 비단 무늬를 이루고 장미 울타리에서 꽃향기가 바람에 날리는 채마밭, 그 속에서 사이좋은 아내와 책에 파묻혀 사는 삶이라니. 게다가 주변엔 고상하고 탈속한 이웃들도 있어 가끔씩 어울리기도 한다. 요사이 도시농부들이나 전원생활자의 로망인 모습이기도 하다.

이 상상이 다산의 마음에는 꼭 들었던 모양이다. 다산은 고향 집의 아들들에게도 해배된 이후의 생활에 대해 비슷하게 구체적인 계획들을 이야기한다.

책 선반엔 3, 4천 권의 책이 꽂혀 있고, 1년을 버틸 만한 양식이 있고, 동산과 밭엔 뽕나무·삼·채소·과일·꽃·약초들이 질서정연하게 심어져 있어 그 그늘을 즐길 만하다. 마루에 올라 방으로 들어서면 거문고 하나와 투호 하나, 붓과 벼루 그리고 책상에는 볼만한 책들이 있으니, 맑고 우아하며 조촐하여 기뻐할 만하다. 가끔씩 손님이 찾아오면 닭을 잡고 생선회를 마련하고, 막걸리에 맛 좋은 나물 안주로 기분 좋게 배불리 먹고, 그들과 더불어 고금의 역사에 대해 평론한다.

이 계획들은 실제로 몇 가지 형태로 소박하게 실현되기도 한다. 다산의 귤동 다산초당과 황상의 일속산방一粟山房이다. 1808년 봄, 유배지의 다산은 강진 도암면 귤동에 있는 윤단尹慱의 산정으로 옮겨 정착하게 된다. 다산에 정착한 어느 날, 우거진 잡목과 잡초를 잘라 내고 돌을 쌓아 단을 만들고, 그 위아래에 다시 섬돌을 쌓아 올려서 비탈 논을 만들고, 채마밭을 만들었다. 연못을 정돈해서 주변에 꽃나무를 심고, 가산假山을 만들고 샘물을 끌어대었다. 그리고 80운 160구의 긴 시로 새로 조성한 정원의 구석구석을 노래하고, 그 정취를 읊었다. 그 시의 마지막은 이렇다. '송곳 끝 같은 이익을 좇느라 남의 지시에 얽매이고, 애면글면 살면서 기름진 음식을 먹는 것보다야, 하늘을 우러르고 땅을 굽어보아도 부끄러울 것 하나 없는, 제힘으로 먹고사는 백성의 삶이

훨씬 낫다.' "언제나 이괘의 구이를 생각하니, 은자라야 참으로 허물이 없도다[常觀履九二, 幽貞諒无咎]."

껄껄 웃게나, 몽당빗자루 같은 세상

─ 미감을 보내며

미감美鑒 비구가 연파회煙波會에서 『화엄경』을 강하다가 그의 도반道伴과 '등류과等流果'의 의미를 두고 다퉜다. 그러고는 홧김에 그의 책상자를 훔쳐 도망쳐 버렸다. 보은산방으로 나를 찾아왔기에, 내가 한가지 비유를 들어 그를 깨우쳤다.

"너는 몽당빗자루 이야기를 들어 보았는가? 만물의 원기元氣가 사물이 되면 금도 되고 은도 되고, 인삼도 되고 비단도 되고 미인도 된다. 미혹된 사람은 그것을 만나면 보물로 삼고 애인으로 삼아서, 기뻐하고 노여워하고 두려워하고 사랑한다. 깨달은 자가 바라보면 그저 몽당빗자루일 뿐이다.

어찌 이것뿐이겠는가? 꿈에서 통곡하며 우는 사람은 그 마음이 진짜로 슬프다. 꿈에서 짐승처럼 울부짖는 사람은 그 마음이 진짜로 두렸다. 깨어나 생각해 보면 껄껄 크게 웃지 않을 이가 없다. 이런 것은 어째서인가? 그가 만난 것이 망상이기 때문이다.

이렇게 보면, 몽당빗자루도 한 개 망상이고, 곡하며 우는 것도 한 개 망상이고, 짐승처럼 울부짖는 것도 한 개 망상이고, 등류과도 한 개 망상이고, 너도 한 개 망상이고, 네 벗도 한 개 망상이다. 연파煙波도 한 개 망상이고, 청량清凉도 한 개 망상이다. 조사도 한 개 망상이고, 부처도 한 개 망상이다. 너는 어째 껄껄 크게 웃어 버리지 않느냐?"

그러자 미감 비구는 사체四體를 투지投止하고 온몸에 땀을 흘리면서 입꼬리를 올리고 고했다. "제가 깨달았습니다."

부축해 일으키고 장난삼아 짧은 선문답을 했다.

미감이 말했다. "어떤 것이 등류과입니까?"

다산 옹이 말했다. "꽃은 작년에 피었지."

"가지가 어째서 앞선 인연의 결과입니까?"

다산 옹이 말했다. "정혜원의 해당화다."

"'씨앗 물고 날아온 건 분명 고니일 테지.'가 어째서 앞선 인연으로 인한 것입니까?"

다산 옹이 탁자 아래 지팡이로 일갈하며 말했다. "해마다 꽃은 같건만, 해마다 사람은 같지 않네."

선문답이 끝나자 미감은 일어나 사례하고, 다시 연파회를 향해 떠났다.

✂

재미있는 사연이다. 진지하고 고지식한 '학술적' 토론이었나 보다. 도
반과 『화엄경』을 강하다가 해석이 서로 맞지 않자 발끈해서 상대의 책
보따리를 훔쳐 내뺀 스님이 등장한다. 씩씩대며 자신에게 도망쳐 온
스님을 다산은 어이없어한다. 모든 집착과 무명無明을 벗어나라는 것
이 그대들 불가 공부의 가르침일 텐데, 어찌 개념의 해석에 얽매여 이
런 분란을 만드는가? 한 차원만 벗어나 보면 모든 것이 무명이요, 모든
것이 한바탕 망상이다. 너나 나나 삶이나 죽음이나 부처나 조사나 모
두 몽당빗자루이다. 제 가진 것이 몽당빗자루인 줄 모르고 애지중지하
는 꼴인 우리의 미망, 화엄의 교리도 모두 몽당빗자루이거늘, 하물며
'등류과'의 해석이랴?

등류과는 불교에서 말하는 다섯 가지 결과[五果]의 하나이다. 좋은 원
인에서 좋은 결과가, 나쁜 원인에서 나쁜 결과가 맺는 것처럼 원인과
같은 성질을 지닌 결과를 등류과라고 한다. 미감과 다산이 주고받은
선문답은 그 등류과가 주제이다. 애당초 그 등류과로부터 문제가 시작
되었다. "정혜원의 해당화"는 소식의 시 「정혜원 해당화定惠院海棠」를
가리킨다.

문득 아름다운 꽃이 늙은 몸을 비추니   忽逢絶艶照衰朽

탄식하며 말없이 병든 눈을 훔치노라.	歎息無言揩病目
누추한 시골 어디서 이런 꽃을 얻었나?	陋邦何處得此花
호사가가 서촉西蜀에서 옮겨 왔을까?	無乃好事移西蜀
한 치 뿌리도 천 리를 오긴 쉽지 않으니	寸根千里不易致
씨앗 물고 날아온 건 분명 고니일 테지.	銜子飛來定鴻鵠

「정혜원 해당화」의 한 부분이다. "정혜원의 해당화"라는 다산의 대답에 미감이 이어받은 "씨앗 물고 날아온 건 분명 고니일 테지."는 이 시의 한 구절이다. 이어진 것은 다산의 '할喝'이다. "해마다 꽃은 같건만, 해마다 사람은 같지 않네[年年歲歲花相似, 歲歲年年人不同]." 이 구절은 당의 시인 유희이劉希夷의 「백두음白頭吟」에 나오는 시구이다. 무상한 인생에 대한 탄식이지만, 여기선 등류과 혹은 등류과의 논리에 갇히는 것을 타파하는 할로 쓰였다.

인생에 대한 통찰이 무겁지 않은 농담조로 유쾌하게 그려진 글이다. 불교식 농담이다. 농담하라. 껄껄 웃어라.

강진 일대의 승려들과 다산이 맺은 관계를 엿보게 되는 글이기도 하다. 다산은 어느새 선문답을 하는 조사가 되어 있다. 이도 껄껄 웃어야 하는 일이리라.

탐진을 위한
변명

북쪽의 어떤 이가 나를 위해 슬퍼하며 걱정스럽게 말했다.

"탐진이란 곳은 제주 가는 나루로 풍토병이 창궐하는 곳이니, 죄인들이 귀양 가는 곳일세. 자네가 어찌 살겠는가?"

내가 대답했다.

"허허, 무슨 소리인가? 탐진이 어찌 이토록 억울한 소리를 듣는가? 내가 여기서 산 지 5년인데, 타는 듯한 더위는 북쪽보다 덜하고 겨울 추위도 그리 심하지 않다는 걸 깨달았네. 생각해 보면, 귤이 회수를 건너면 탱자가 된다고 했네. 지금 탐진에선 귤과 유자가 나는데, 월출산 북쪽부턴 탱자로 변하네. 이것은 탐진 땅이 중국의 회남淮南과 남북 위도가 같다는 말일세. 중국 사람들이 회남 땅을 '남방의 풍토병이 창궐하는 곳'이라고 하는 걸 본 적이 있는가?

탐진에서 북으로 한양까지가 8백 리 남짓이니, 북극과 위도 차이가 한양과는 3도 남짓 나네. 하여 겨울 낮은 한양보다 좀 길어, 서까래 길이가 두어 자면 창문의 해는 허리춤에 있지. 여름 낮은 한양보다 좀 짧아, 점심밥이 좀 늦어지면 저녁밥이 맛이 없네. 여름을 잘라 겨울에다 붙이고 싶은 것은 북쪽 사람들이 지극히 바라는 바이고, 몹시 기뻐할 일일세. 그런데 강진이 바로 그러하니, 살기 좋은 땅이 아닌가?

한겨울에도 땅이 부드러워 밭을 갈고, 배추와 겨자는 초록이 엇갈려 무늬를 이루고, 노란 햇병아리들이 다니지. 이런 것들을 보면서도 굳이 풍토병이 창궐하는 땅이라고 말하는 것은 여름이 낮은 짧으면서도 기후는 더 맑고 서늘하다는 것을 모르기 때문일 뿐일세. 전에 장인이신 홍 공께서 북진의 경성에서 돌아오셔서는 '4월에도 벌판에 눈이 있다.'고 말씀하신 적이 있네. 내가 '그러면 오곡이 어떻게 익습니까?' 하고 여쭈었더니, 홍 공께선 '여름이 호되게 더워 쇠붙이나 돌도 태워 녹일 지경이고, 조금 더 북쪽으로 가면 [밤이 짧아] 양을 삶아 어깻죽지가 익을 정도의 시간이면 다시 해가 뜬다.'고 하셨네. 이치상 그럴 법하였네.

내가 또 이것을 가지고 생각해 보았네. 지역이 춥고 더운 것은 속일 수 없는 일일세. 피부에 닿는 느낌으로도 증명할 수 있고, 계산으로도 결론지을 수 있지. 그런데 옛날 어떤 사람이 '혹서의 남쪽 변방'이라고 지목하자 천만 사람이 덩달아 그렇게 지목했고, 천만 사람이 덩달아 그렇게 지목하니 끝내 그 무고를 밝혀 주는 사람이 없었던 것일세. 하물며 사람의 훌륭함이나 못남, 공로나 죄 따위의, 간혹 서로 현격히 다르기도 해서 참으로 근거로 내세울 만할 구체적인 것이 없는 일에는 어떻겠는가?"

북쪽의 어떤 이가 나를 위해 슬퍼하며 걱정스럽게 말했다.
"호남은 풍속이 교활하고 박한데, 탐진은 더욱 심하다네. 자네가 어찌 견디겠는가?"
내가 대답했다.
"허허, 무슨 억울한 소리인가? 탐진 백성들은 벼 베기가 끝나면 즉시 밭 없는 가난한 이들이 이웃의 밭을 자기 밭처럼 갈아 보리를 심는 다네. 내가 '좋은 일이구나! 보리가 익으면 그 반을 받는가?'라고 물었네. 아니라고 하더군. '세금을 낼 때 그 반을 부담하는가?'라고 물으니 역시 아니라고 하더군. 【보리가 익으면 경작한 사람이 먹고 밭 주인과 나누지 않으며 세금을 나눠 내지도 않는다.】 '볍씨를 심을 때 힘을 보태는가?'라고 물으니 아니라고 하네. '땅심이 고갈되지 않는가?' 하니, '왜 안 그렇겠습니까?' 하더군. '보리를 미처 베기 전에 모내기할 비가 오면 서로 방해되지는 않는가?'라고 하니, '왜 안 그렇겠습니까?' 하더군. 아, 어질기도 해라! 이들은 태곳적 태평 시절 무회씨無懷氏의 백성이란 말인가, 갈천씨葛天氏의 백성이란 말인가?
관청에서 세금을 납부하라는 공문을 발송하면, 집마다 12전이라도 따르고 집마다 25전이라도 따르네. 오늘 징수하고 내일 또 징수해도 따르고, 징수하면 그저 따를 뿐이지 용도를 묻지도 않는다네. 사적으로 자기 종에게 줄 때에도, 밭 살 돈을 가져가도 문제 삼지 않고 창기를 끼고 호수에서 뱃놀이하는 비용으로 써도 문제 삼지 않는다네. 그래도 오히려 교활하고 박하다고 하겠는가?

공정한 눈으로 보고, 공정한 말로 평가한다면, 누가 어질고 누가 악한가?"

북쪽의 어떤 이가 나를 위해 슬퍼하며 걱정스럽게 말했다.

"탐진 땅엔 지네가 한 자나 되고, 독사가 똬리를 튼 채 진을 치고 있으니, 살갗을 물어 피가 실처럼 솟으면 부르트고 부풀어 올라, 어떤 약도 효과가 없고 목숨이 위태로워진다네. 자네가 어찌 견디겠는가?"

내가 대답했다.

"허허, 하늘이 만물을 만들 때는 사람을 도우려는 것이지 해치려는 것이 아닐세. 지네가 벽에 기어갈 땐 많은 발들이 한꺼번에 소리를 내고, 스르륵 몸에 닿으면 깊이 든 잠도 깨우네. [이럴 때면] 손으로 문을 두드려 가볍게 몇 번 소리를 내네. 그러면 지네들은 바짝 엎드리며 기척이 조용해지네. 그럴 때 초를 켜고 잡으면 백에 하나도 놓치지 않는다네. 이는 자애로운 하늘의 섬세한 마음 씀일세. 만일 그것들이 기어다닐 때 아무 소리도 내지 않는다면 어떻게 알 수 있겠는가? 만일 소리를 듣자마자 숨어 버린다면 어떻게 잡겠는가? 어쩌다 물리는 수가 생겨도 지렁이 즙이 묘약이니, 물린 상처에 바르자마자 편안해지며 통증이 가라앉는다네. 이는 자비로운 하늘이 미리 준비해 둔 것일세.

독사가 사람을 무는 것은 백 명 천 명 중 한 사람일세. 염병·마비증·부스럼·등창 따위를 앓는 자가 독사를 삶거나 회 쳐서 안주로 먹으면, 번거롭게 침이나 뜸을 뜨지 않아도 병이 낫네. 지네 가루로는 종기를 치료하지. 이는 자비로운 하늘이 은혜로 내려 주신 것일세. 이처럼 묘하게 쓰이고 몹시 이로운데, 문득 하늘을 원망하고 자신을 슬퍼하다니, 어찌 모함하는 짓이 아니겠는가?"

「탐진대耽津對」(집필 연도 미상)

×

강진은 땅끝이다. 한양으로부터 가장 멀리 떨어진 땅끝, 물리적 거리만큼 심리적으로도 변방이다. 그래서 그곳은 곧잘 야만의 표상으로 상상된다. 풍토병이 창궐하고, 독사와 지네가 우글거리며, 인심은 사납고 교활한 곳 — 이것이 한양 사람이 땅끝 마을에 대해 하는 상상이다. 귀양은 그런 상상과 소문으로부터 이미 시작된다. 생의 한가운데로부터 잘려 나가는 고통과 슬픔 외에도 야만의 땅에 대한 공포는 귀양을 더욱 고통스러운 것으로 만든다.

그러나 찬찬히 보면 거기엔 중앙의 편견과 오만, 무엇보다 무지가 도사리고 있다. 무지는 공포를 유발한다. 중앙에서 살던 사람이 낯선 변방으로 내쳐졌을 때, 그 공포를 어떻게 다루는지를 보여 주는 것이 이 「탐진을 위한 변명」이다. 자기 연민과 두려움으로부터 거리를 두고,

"공정한 눈으로 보고, 공정한 말로 평가한다면" 풍문의 많은 부분은 그 실체를 드러내며 공포의 베일을 벗는다. 남의 불행을 가볍게 애도하는 세상의 시선에 먹히지 않고, 이성의 힘을 도구로 공포와 편견으로부터 벗어나는 것이다.

탐진으로 귀양 간 지 5년이라고 했다. 5년의 시간 끝에 다산은 강진 땅을 자기 경험과 지식에 비추어 재해석한다. 그만큼 익숙하고 편안해졌다는 뜻이기도 하리라. 두 번째 글에선 설핏 미묘하게 비판적 어조가 드러나기도 한다.

누에 발 같은
세상

누에 치는 집에는 두세 개 누에 발이 있는데, 큰 것은 방을 전부 차지하고, 작은 것은 크기가 방의 4분의 1 정도이거나 혹 정 # 자로 9등분해서 그중 하나를 점하는 정도이다. 혹은 작은 대상자에 누에 발을 놓는데, 상자의 공간이 남기도 한다. 지나가다 이것을 보는 사람들은 모두 그 큰 발을 보면 좋게 여겨 부러워하고, 대상자에 앉힌 것을 보면 빙긋이 비웃는다. 그러나 훌륭한 부인이 좋은 뽕잎을 따서 제대로 먹여, 세 잠 자고 세 번 깨어 성숙해진 다음, 실을 토해서 고치를 만들고 고치를 켜서 실을 만들 때가 되면, 작은 발의 누에나 큰 발의 누에나 다르지 않다.

아, 누에만 그렇겠는가? 이 세상이 모두 누에 발이다. 하늘이 백성을 여러 섬에 펼쳐 놓는 것은 누에 치는 아낙이 누에를 여러 발에다 퍼 놓는 것과 같다. 우리들에게는 섬이 누에 발인데, 큰 것은 중국이나 대하大夏이고, 작은 것은 일본日本이나 유구琉球이다. 아주 작은 것은 추자도楸子島·흑산도黑山島·홍의도紅衣島·가가도可佳島 등이다. 누에 발이나 마찬가지로, 지나가며 이것을 보는 사람들은 큰 섬을 부러워하고 작은 섬을 비웃는다. 그러나 박학한 군자가 옛 전적典籍을 많이 읽어 온축해 두고 제대로 가르쳐서, 경전의 구절을 끊어 읽고 문장의 뜻을 정확히 분석하며, 학업에 마음을 다하고 학우들과 서로 즐거이 이끌게 되고, 그로부터 성인도 되고 현자도 되고, 문장도 하고 세상을 경영하는 학문을 하는 데 이르면, 작은 섬의 백성이나 큰 섬의 백성이나 다르지 않다.

우리 형님 손암巽菴 선생[정약전丁若銓]이 흑산도에서 귀양살이하신 지 7년 되는 해, 동자 대여섯 사람이 형님께 와서 경전과 역사를 배웠다. 그러다가 두어 칸짜리 초가집을 짓고 '사촌서실沙村書室'이라는 문패를 달았다. 내게 기문을 지으라 하시기에, 누에 발에 비유하여 아뢴다. 【정묘년[1807] 여름】

「사촌서실기沙村書室記」(1807년, 46세)

⚹

강진 백련사의 대웅보전大雄寶殿 현판은 이광사李匡師의 글씨이다. 이 동네는 유난히 이광사의 글씨가 많다. 강진의 풍속을 스케치한 다산의 연작시 「탐진촌요耽津村謠」에도 이광사의 글씨 이야기가 나온다.

시골 애들 서법, 너무나 넌더리 나니	村童書法苦支離
점·획·과·파가 낱낱이 기울어졌네.	點畫戈波箇箇攲
옛날 신지도에 글씨 방이 열려서	筆苑舊開新智島
아전들 모두 이광사를 본받는다네.	掾房皆祖李匡師

지식인이 귀양 가면 무얼 하는가? 완도의 부속 섬인 신지도에서 오래 귀양살이를 하다 거기서 죽은 이광사는 신지도에서 그의 동국진체東國眞體를 완성했다. 신지도에 글방을 열고 동국진체를 완성하며 이 머나먼 땅끝에 문화의 씨를 뿌렸다. 물론 다산은 그의 글씨체를 흉내 내는 강진의 풍습에 진저리를 내고 있지만.

정약전의 첫 유배지도 그 신지도였다. 이후 흑산도로 이배된 정약전은 16년을 흑산도에서 살다가 거기서 죽었다. 다산의 증언에 의하면 정약전은 "오랑캐 같은 섬사람들과 친구가 되고 교만하게 대하지 않으니, 섬사람들이 매우 좋아했다."고 한다(「돌아가신 둘째 형님의 묘지명先仲氏墓誌銘」). 현지의 여성을 소실로 얻어 두 아들도 낳았다. 흑산도 사람으로 산 것이다. 그러면서 흑산도에서만 이룰 수 있는 업적을 남겼다. 흑산도 앞바다의 어류를 조사해서 어류 도감인 『자산어보玆山魚譜』를 제작했다. 홍어잡이 어부 문순득이 구술하는, 오키나와, 필리핀, 마카오를 거쳐 중국 대륙을 횡단해 조선으로 돌아오기까지 3년 2개월의 표류체험을 정리해서 『표해시말漂海始末』을 남겼다. 『자산어보』나 『표해시말』 같은 지역학의 빛나는 저작이 존재할 수 있었던 것은 정약전이 흑산도 사람으로 살았기 때문이다.

이광사가 신지도에서 했던 것처럼, 정약전은 흑산도에서 제자를 받았다. 정약용의 다산초당이 좀 더 학술적인 장소였던 반면, 정약전은 좀 더 소박한 서당을 열었던 것 아닌가 싶다. 어느 누에 발에 놓일지는 누에가 선택하는 일이 아니다. 내게 관리가 맡겨질 누에 발도 내가 선택하는 것은 아니다. 그러나 주어진 지금 여기서 최선을 다해 누에 발을 관리하면, 어디서든 누에는 자라고 비단은 얻어지는 법이다. 비단도 한 종류만 있는 건 아니리라. 다산은 사랑하는 형이 벌인 서당에 그렇게 의미를 부여했다.

뜬세상의

아름다움

나산처사 나 공은 연세가 팔십에 가까운데도 혈색 좋은 동안에 푸른 눈동자로 태연자약한 품이 신선 같으시다. 다산의 암자로 나를 방문하셔서는 이렇게 말씀하셨다.

"아름답구려, 이 암자는! 꽃과 약초가 나누어 심어져 있고 시내와 바위가 환하게 둘렀으니, 세상사에 아무런 근심 없는 사람의 거처로세. 그러나 그대는 지금 귀양살이 중인 사람일세. 주상께서 이미 사면해 고향으로 돌아가게 하셨으니 사면의 글이 오늘이라도 도착하면 내일은 이곳에 없을 터, 무엇 때문에 꽃모종을 내고 약초 씨를 뿌리고 샘을 파고 도랑에 바위를 쌓으며 이처럼 먼 훗날을 위한 계획을 세우는가?

내가 나산의 남쪽에 암자를 튼 지 이제 30여 년일세. 사당과 위패가 모셔져 있고 자손들이 그곳에서 성장했네. 그러나 기둥을 대충 깎아 꽂고는 썩은 동아줄로 동여 놓았을 뿐이네. 동산과 채마밭도 가꾸지 않아 쑥대와 콩잎이 우거져도 임시변통으로 대충 정리할 뿐 아침에 저녁을 생각지 않는다네. 왜 이렇게 하겠는가? 우리의 삶이란 것이 떠다니는 것이기 때문이지. 혹은 떠다니다 동쪽으로 가기도 하고 혹은 떠다니다 서쪽으로 가기도 하며, 혹은 떠서 다니기도 하고 혹은 떠서 멈추기도 하며, 혹은 떠서 떠나가기도 하고 혹은 떠서 돌아오기도 하니, 그 떠다니는 것은 지금 이 순간에도 그치지 않는다네. 이런 까닭에 나는 스스로를 부부자浮浮子[둥둥 떠다니는 사람]라 하고 내 집을 부암浮菴[떠다니는 집]이라 부른다네. 나도 이런데, 더구나 자네이랴. 이러니 그대의 일이 내게는 이해가 되지 않는군."

내가 일어서며 말했다.

"아아, 통달하신 말씀이십니다. 삶이 떠다니는 것임을 선생께선 이미 아십니다. 그렇지만 호수와 늪이 넘치면 부평초의 잎은 도랑물에도 나타납니다. 비가 오면 나무인형도 따라서 흘러갑니다. 이것은 사람들이 모두 알고 선생께서는 더욱 잘 아시는 것입니다. 이것뿐이겠습니까? 물고기는 부레로 떠다니고 새는 날개로 떠다니며, 물거품은 공기로 떠다니고 구름과 노을은 증기로 떠다닙니다. 해와 달은 움직여 굴러다님으로써 떠다니고 별들은 밧줄로 묶여서 떠 있습니다. 하늘은 태허로써 떠 있고 땅은 작은 구멍들로 떠 있으면서 만물을 싣고 억조창생을 싣습니다. 이렇게 본다면 천하에 떠다니지 않는 것이 있습니까?

어떤 사람이 큰 배를 타고 넓은 바다로 나갔습니다. 배 안에서 물한 잔을 선창 안에 붓고 겨자를 배처럼 띄워 놓고는, 자기 자신이 바다 위에 떠 있다는 사실은 잊어버리고 그것이 떠 있다고 비웃는다면 어리석다 하지 않을 사람이 드물 것입니다. 지금 천하가 온통 다 떠다닙니다. 그런데 선생께서는 떠다닌다는 사실에 홀로 상심하셔서 자신을 '떠다니는 사람'이라고 부르고 자기 집에 '떠다니는 집'이란 이름을 붙이며 떠다니는 것을 슬퍼하고 계시니 또한 잘못이 아니겠습니까? 저 꽃과 약초, 샘과 바위들은 모두 나와 함께 떠다니는 것들입니다. 떠다니다 서로 만나면 기뻐하고 떠다니다 서로 헤어지면 시원스레 잊어버리면 그만일 뿐입니다. 무어 안 될 것이 있겠습니까?

더구나 떠다니는 것은 전혀 슬픈 일이 아닙니다. 어부는 떠다니면서 먹을 것을 얻고 상인은 떠다니면서 이익을 얻습니다. 범여范蠡는 벼슬을 그만두고 강호에 떠다님으로써 화를 면했고, 불사약을 찾아 떠났던 서불徐市은 섬나라에 떠가서 나라를 열었습니다. 당나라의 장지화張志和는 벼슬을 그만두고 강호에 떠다니면서 즐거워했고, 예찬倪瓚은 강호에 떠다님으로써 역도들에게 붙잡혀 가는 것을 면하고 편안하고 즐거웠습니다. 그러니 떠다니는 것이 어찌 하찮은 일이겠습니까? 그러므로 공자孔子 같은 성인 또한 떠다닐 뜻을 말씀하신 적이 있었던 것입니다. 생각해 보면, 떠다닌다는 것도 아름답지 않습니까? 물에 떠다니는 것도 그런데, 어찌 땅에 떠 있는 것을 가지고 상심하겠습니까?

　오늘 서로 나눈 말씀으로 「부암기浮菴記」를 지어 선생의 장수를 축원하는 선물을 삼고 싶습니다.”

「부암기浮菴記」(집필 연도 미상)

　　　　　　　　　　✻

　1808년 봄, 유배지의 다산은 귤동의 다산으로 옮기고 다산초당을 경영한다. 돌로 단을 쌓아 비탈에 채마밭을 만들어, 온갖 채소와 약초를 종류대로 심었다. 연못을 정돈해 주변에 꽃나무를 심고 연못 안엔 석가산도 만들고, 대나무 홈통을 이어 대 산물을 이끌어 연못으로 떨어지게 해서 폭포 흉내도 냈다. 연못에서 흘러나온 물은 다시 비탈 밭으로 흐르게 해 물을 대고, 그 물을 가둬 산비탈에 미나리꽝도 만들었다. 흡족했던지, 다산은 초당에 피는 꽃을 시간 순서대로 차근차근 기록해서 20수의 ‘꽃 달력花史’으로 그려 내기도 했다. 「다산화사茶山花史」다. 다산초당 꽃 달력에 의하면 봄에는 제일 처음 매화가 피고, 복사꽃이 피고, 빽빽한 찻잎 사이 차나무의 흰 꽃과 무소 껍질처럼 단단하고 모서리 진 껍질 속에서 학 꼭두서니처럼 붉은 동백도 핀다. 다산은 꽃 하나에 한 수씩 시를 지었다. 한양 명례방의 죽란서옥 뜰 화분에 심어진 꽃나무들의 이름과 성격을 하나하나 기록한 「죽란화목기」를 남겼던 것처럼.

우물가 두세 가지 붉은 복사꽃	井上緋桃三兩枝
산 깊어 바깥사람 엿보지 못하나,	山深不許外人窺
늘어선 봉우리도 봄바람 길은 막지 못하고	攢峯未礙春風路
들 나비, 마을의 벌들도 용케 안다네.	野蝶村蜂聖得知

차나무 빽빽한 잎이 푸르른 숲을 이루고	油茶接葉翠成林
모서리 진 무소 껍질 속 꼭두서니 빛 짙네.	犀甲稜中鶴頂深
그저 봄바람에 뵈는 곳마다 꽃을 피우니	只爲春風花滿眼
제멋대로 작은 뜰 그늘에서 피고 진다네.	任他開落小庭陰

꽃과 채소를 가꾸는 마음이란 천성이어서 제 땅 남의 땅 가리지 않는
다고 둘째 아들 학유를 타이르던 다산의 말이 떠오른다. 유배지의 임
시 거처인 다산초당에서 다산은 그렇게 정성 들여 '집'을 가꾸고 있었
다. 우리의 집이란 어디든 임시 거처이니, 어디든 닻을 내리고 영원히
살듯이 사는 것이다.

남들 눈에는 이상하게 보였나 보다. 나산처사 나경의 시선처럼. 「부암
기」는 나경의 집에 붙인 기문이지만, 실은 다산초당을 경영하는 자기
마음을 설명하는 글이다. 30대 후반에 쓴 「어사재기於斯齋記」와 같은
내용이지만, 「어사재기」에는 없는 여유와 달관이 있다. 꽃이 진다고 해

서 아름답지 않으며, 꽃이 진다고 해서 사랑스럽지 않으랴? 지고 말 꽃이기에 더욱 아름답고, 더욱 사랑스럽다. 집착할 것도 한탄할 것도 없이, 그저 충분히 살고 가면 될 뿐이다.

글을 실제로 이끌어 나가는 데는 묘한 어긋남이 있다. '뜬세상, 허무한 삶'이라는 나경의 한탄을 다산은 엉뚱하게도 글자 그대로 '떠 있는 것'으로 치환시켜 이야기를 전개하는 억지를 부리고 있다. 그러니 같은 단어를 가지고 전혀 다른 방향으로 이야기가 전개되어 버리는 것이다. 다산이 자주 사용하는 방식이다. 독자는 고개를 끄덕이기도 하고 어리둥절해하기도 하고 잠시 후에는 속았다는 생각이 들지만, 또 생각해 보면 그런들 어쩌랴 하게 된다. 무슨 말인지 알겠는걸.

백련사의
단풍

음악을 연주하는 사람은 금속 악기의 소리로 곡을 시작해서, 곡이 끝날 즈음 그 소리를 거두어들이는데, 온화하면서도 끊어질 듯 끊이지 않고 길게 이어지며 온갖 악기의 소리가 조화를 이루게 한다. 이에 한 악장이 완성되는 것이다.

하늘은 일 년을 한 악장으로 삼는다. 그 시작에는 피어나고 우거지고 곱고 어여뻐서 온갖 꽃이 향기를 뿜는다. 그 끝 무렵에는 빨간색과 노란색, 자줏빛과 푸른빛으로 물들이고 단장해서, 넘실넘실 일렁이며 사람을 눈부시게 한다. 그런 다음에야 거두어들여 깊이 간직하니, 그 오묘한 능력을 뽐내고 빛내려는 것이다. 만약 가을바람이 한 번 불자마자 쓸쓸히 다시는 피지 못하고 하루아침에 앙상하게 다 져 버린다면, 그래도 한 악장이 완성되었다고 할 수 있을까? 내가 산속에 산

지 몇 해, 매번 나무가 붉게 물드는 때가 되면 술을 준비해서 시를 지으며 하루를 즐기곤 하였다. 이것은 참으로 곡을 마무리하는 연주[曲終之奏]에 느끼는 바가 있어서였다.

올해 가을은 농사가 몹시 흉작이라 놀러 갈 마음도 나지 않는다. 다만 다산의 주인과 어울려 백련사에 가는 것으로 전례를 완전히 없애지 않고 보전했을 뿐이다. 두 집의 자식이며 조카들이 따라왔다. 술을 마신 뒤 각기 시를 한 편씩을 지어 두루마리에 썼다.

가경嘉慶 14년 기사년[1809] 상강霜降이 지난 지 사흘째였다.

「유련사관홍엽시서游蓮社觀紅葉詩序」(1809년, 48세)

꽃

강진으로 귀양 온 지도 9년째인 어느 가을날, 단풍놀이한 감상을 적은 글이다. 다산은 단풍으로 온통 물들어 일렁이는 천지를 바라보며 '인생의 장엄한 황혼'을 떠올렸었나 보다. '가을바람이 불자마자 다 져 버린다면 그래도 한 악장이 완성되었다고 할 수 있을까?' 화려했던 자신의 젊은 날을 마감하던 신유사옥이라는 가을바람 이후, 그 이후의 삶이 가을 단풍처럼 장엄한 것이 되기를 기약했던 것일까?

백련사白蓮社는 다산초당으로부터 가까운 거리에 있어서, 다산초당 뒤의 언덕으로 올라가면 곧장 백련사로 통하는 길이 있다. 다산은 강진 시절 초기부터 이 백련사의 승려들과 사귀며 그들과『주역』을 논하기도 하고, 유명한 백련사의 차도 얻어 마셨다.

노을빛

낡은 활옷

내가 강진에서 귀양 살고 있을 때 병든 아내가 낡은 치마 다섯 폭을 부쳐 왔다. 그녀가 시집오던 날 입었던 붉은색 활옷이었다. 붉은색은 이미 씻겨 나가고 노란색도 희미해져서 책 본을 만들기 적당했다. 그래, 가위로 말라서 작은 첩帖을 만들어 놓고 손 가는 대로 훈계하는 말을 적어서 두 아들에게 남겨 준다. 아마도 훗날 이 글을 보게 되면 감회가 일어날 것이고, 두 어버이의 손길이 닿은 것을 어루만지게 되면 뭉클하고 감동이 일지 않을 수 없으리라. 이름을 하피첩霞帔帖이라 했으니 이것은 붉은 치마를 돌려 은근히 말한 것이다.

가경嘉慶 경오년[1810] 초가을[7월]에 다산의 동암東菴에서 쓰다.

「제하피첩題霞帔帖」(1810년, 49세)

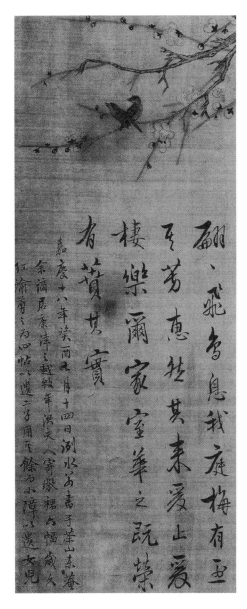

〈매화병제도梅花屛題圖〉

고려대 박물관에는 다산이 그린 〈매화병제도梅花屛題圖〉하나가 소장되어 있다. 매화와 새를 그린 이 그림에는 다음과 같은 시가 적혀 있다.

펄펄 나는 새야	翩翩飛鳥
내 뜰의 매화에서 쉬려마.	息我庭梅
향기도 진하니	有烈其芳
은혜로워라 그 날아옴이여.	惠然其來
여기 머물고 여기 깃들어	爰止爰棲
네 집이 즐거우리.	樂爾家室
꽃이 아름다우니	華之旣榮
그 열매도 풍성하리라.	有蕡其實

시와 함께, 하피첩에 쓰이고 남은 치맛감에 매화와 새를 그려 윤창모尹昌謨에게 시집간 외동딸에게 그림 가리개를 만들어 주었던 사연이 적혀 있다. 자신들의 혼례복 치마를 말라서 자식들에게 남기는 교훈을 쓰고, 딸의 행복한 결혼 생활을 축원하는 그림 가리개를 만들어 주었던 것이다. 자식들에게 이처럼 아름다운 유산도 달리 없으리라.

다산은 열다섯 살 되던 1776년 2월 22일에 풍산 홍씨와 결혼해서 만 60년을 해로했다. 다음은 강진 시절 어느 날, 아내를 그리며 부른 노래다.

온밤내 꽃잎 천 조각 날리고	一夜飛花千片
지붕을 맴돌며 우는 비둘기 새끼 제비.	繞屋鳴鳩乳燕
외로운 나그네 돌아갈 기약 없으니	孤客未言歸
언제나 푸른 그대 방에서 꽃 잔치 할까.	幾時翠閨芳宴
그리워 말자	休戀
그리워 말자	休戀
슬픈 꿈속의 얼굴.	惆悵夢中顏面

—「여몽령: 아내에게 부침如夢令: 寄內」

다산이 남긴 마지막 시는 「회혼시回졸詩」였다.

육십 년 세월, 눈 깜빡할 사이 날아갔으니	六十風輪轉眼翻
복사꽃 무성한 봄빛은 신혼 때 같구려.	穠桃春色似新婚
살아 이별, 죽어 이별에 사람이 늙지만	生離死別催人老
슬픔은 짧고 기쁨은 길었으니, 성은에 감사하오.	戚短歡長感主恩
이 밤 목란사 노랫소리 유난히도 좋으니	此夜蘭詞聲更好
옛날의 하피첩은 먹 흔적이 아직 남았소.	舊時霞帔墨猶痕
나뉘었다 다시 합함은 참으로 우리의 모습,	剖而復合眞吾象
한 쌍의 표주박을 남겨 자손에게 주노라.	留取雙瓢付子孫

다산은 부부의 회혼일回婚日인 1836년 2월 22일에, 회혼일을 축하하

기 위해 모인 일가와 제자들이 지켜보는 가운데 서거했다.

농산별업의
어느 봄날

조석루朝夕樓는 윤개보尹皆甫[윤서유尹書有]가 독서하는 누대이다.

내가 다산에 산 지 이제 4년이 되었다. 매년 꽃 필 때면 한 바퀴 돌아오는데, 다산에서 오른쪽으로 고개 하나를 넘고 시내 하나를 건너 석문에서 바람 쐬고 용혈에서 쉬고, 청라곡에서 물 마시고 농산의 농막에서 묵은 뒤 말을 타고 다산으로 돌아오는 것이 관례이다. 개보와 그의 사촌 아우 군보群甫[윤시유尹時有]가 술병을 차고 물고기를 가지고서, 어떤 때는 석문에서 기다리고, 어떤 때는 용혈에서 기다리고, 어떤 때는 청라곡에서 기다리기도 한다. 취하게 마시고 실컷 먹은 다음 그들과 함께 농산의 농막에서 자는 것 또한 관례이다.

농산은 개보의 별장인데, 농산의 밭두둑이 바로 용산의 산비탈이다. 그의 아버지를 이곳에 장사 지냈고, 그의 아버지의 고조도 이곳에 장사 지냈다. 다시 그 서쪽엔 그 아버지의 할아버지를 장사 지냈는데, 그 무덤으로 통하는 길 곁에 1무畝 정도의 집을 세우고 '영모재永慕齋'라는 현판을 걸었다.

영모재의 왼쪽 담장 곁에 작은 누대를 세웠는데, 이 누대에 올라서면 용산의 모든 봉우리가 우뚝우뚝 험준하고 깊숙한 모습으로 책상 앞에 도열하고, 울창한 푸른 숲이 먼지 낀 세상 밖으로 솟아올라서, 놀랍고 기쁘게 한다. 마치 장맛비가 오랫동안 이어지다가 갠 달이 봉우리에서 떠오르는 듯, 여러 신선들이 모여 노는 곳에 상서로운 구름이 공중에 서리는 듯, 천 리에 한 번이나 만날 만한 절경이다. 용산 일대에 내 발길이 닿지 않은 곳이 없다. 멀리서 바라보기도 하고 가까이 다가가서 쳐다보기도 하고, 옆에서 비스듬히 바라보기도 하고 정면에서 마주 보기도 했지만, 그 광경이 모두 험하고 가팔라 우뚝 높은 것에 불과할 뿐, 산의 환한 얼굴과 상서로운 빛이 이 누대에 올라 바라보는 것만큼 상쾌하지는 못하다.

예전 왕휘지王徽之가 여기에 맛 들인 적이 있었으나 그 아침 기운만을 취했고, 도연명陶淵明이 여기에 맛 들인 적이 있었으나 그 저녁 기운만을 취했다. 지금 개보는 둘 다 취해서 누대 이름을 '조석朝夕'이라고 했다. 어찌 저 두 분은 어리석고 개보만 지혜로우며, 두 분은 청렴하고 개보만 탐욕스럽겠는가? 아마 왕휘지의 소위 서산과 도연명의 남산이 이 용산만큼 빼어나고 곱지 못해서 그런 것이었을까? 아니면 두 분이 자리 잡았던 땅이 이 누대만큼 적절한 장소가 아니어서 그런 것일까? 내가 이 누대에서 묵으며 저녁에는 누대의 저녁 모습을 보고, 아침에는 누대의 아침 모습을 보았다. 해서 저 두 분은 반쪽만 얻었을 뿐이고, 개보가 그 전체를 얻었다는 것을 더욱 알게 되었다.

거대한 줄기의 운당 대나무가 누대의 사방을 둘러싸고 있는데, 한쪽 편으로 구멍이 하나 트여 출입구가 되었다. 문 서쪽으로 동쪽 밭두렁을 등지고 있는 것은 '한옥관寒玉館[차가운 옥, 즉 대숲의 집]'이다. 한옥관의 남쪽에는 열 아름이나 되는 큰 나무가 서 있는데, 그 언덕이 가파르고 기궤하니 '녹운오綠雲塢[초록 구름 언덕]'이다. 녹운오를 돌아 동쪽으로 꺾어 들어 수십 걸음 가면 연못 하나가 있다. 연꽃을 심고 붉은 잉어를 기르니 '금고지琴高池[붉은 잉어를 타고 강으로 돌아갔다는 신선 금고의 연못]'이다. 연못 옆에는 정자가 서 있으니 '척연정滌硯亭[벼루 씻는 정자]'이다. 척연정 동쪽에는 늙은 측백나무 한 그루가 있으니 '국단掬壇[측백 잎을 따는 단]'이다. 서쪽에는 차고 맑은 샘이 솟는 곳이 있으니 '녹음정鹿飮井[사슴이 물 마시는 우물]'이다. 녹음정 주변으로 논물 소리가 들리는 오솔길이 있으니 '의장혜倚杖蹊[지팡이 짚고 걷는 길]'이다. 동쪽 밭두렁의 동쪽에는 소나무 만여 그루가 빽빽이 서 있으니 '표은곡豹隱谷[표범처럼 숨어 사는 골짜기]'이다. 서쪽 논두렁 서쪽으론 좋은 재목이 빽빽하게 줄지어 서 있어서 쉴 수도 있고 그늘을 즐길 수도 있으니 '앵자강鶯子岡[꾀꼬리 언덕]'이다. 앵자강에서 서쪽으로 가면 맑게 흐르는 물과 붉은 바위가 있어, 물결을 따라 내려갈 수도 있고 씻을 수도 있으니 '수경간漱瓊澗[옥 같은 물로 양치질하는 시내]'이다. 앵자강에서 남쪽으로 백여 걸음쯤 되는 곳에 초가 한 채를 얽어 놓았는데, 벌목을 감시할 수도 있고 책을 읽을 수도 있으니 '상암橡菴[상수리숲 암자]'이다. 지형에 따라 옻나무 숲도 있고 감나무 동산도 있어 또한 이 누대의 풍경을 돕는다. 농산에서 동쪽으로 몇 리를 가면 '옹중산翁仲山'【이 지방 말로 옹중[무덤 앞의 석상]을 '법수法壽'라고 한다】이다. 그의 할아버지를 장사 지냈는데, 역시 아름다운 동산과 밭이 있어서 옹산별업翁山別業이라고 한다.【신미년[1811] 봄】

「조석루기朝夕樓記」(1811년, 50세)

* * *

조석루라는 정자에 붙인 기문이지만, 농산 일대의 유람기도 겸한 독특한 성격의 글이다. 농산별업은 윤서유 집안의 선영 아래, 재각齋閣인 영모재와 그 곁에 지어진 조석루를 중심으로 펼쳐지는 윤씨네 장원이다. 뒤론 흰 바위 능선으로 이루어진 덕룡산을 두고, 왼쪽엔 석문과 만덕산, 오른쪽엔 주작산을 끼고, 앞으론 구강포를 바라보는 곳이다. 지금도 아름다운 곳이지만, 이 일대의 경치가 봄날의 흥취와 더불어 흥겹게 그려지고 있다. 경치뿐 아니다. 고샅고샅 살뜰히 우아한 이름을 붙여 가며 향유하는 두 친구의 취향이 드러나는 글이기도 하다. 이름 붙이기란 대상을 훼손하지 않으면서 자신의 것으로 향유하는 우아한 방식이기도 하다. 아름다운 자연도 그걸 알뜰히 향유하는 인문적 채색을 거쳐야 특별한 장소가 되는 법이다. 유배지에서도 그런 경치를 향유하고 취향을 공유할 수 있는 친구가 있었으니, 다산의 유배는 한편으론 호사스럽기도 하다.

정자의 주인인 윤서유는 해남 윤씨로, 그의 집안과 다산의 집안은 다산의 아버지 정재원이 화순현감을 하던 시절에 만나 교분을 맺었고, 1790년 무렵엔 윤서유가 서울에 와서 이가환李家煥을 만나고 다산 형제와도 교분을 맺었다고 한다. 그러한 인연으로 신유사옥 직후엔 윤서유도 강진 옥에 끌려가 잠시 옥고를 치른다. 그러나 급박한 상황이 지나자 자신의 세거지로 유배된 옛 친구와의 교분을 다시 이어 갔다. 두 사람의 인연은 친구 이상으로 발전했다. 윤서유는 아들 윤창모尹昌謨를 다산초당에 보내 공부하게 했고, 윤창모는 나중에 다산의 외동딸에게 장가들어 사위가 되었다. 이후 윤서유는 다산보다 먼저 북한강 줄기의 귀어촌歸魚村으로 이사했고, 벼슬살이를 시작했다. 다산이 해배되어 마재에 돌아온 이후로는 근처로 옮겨 와, "초라담鈔鑼潭에 배를 띄워 물결 따라 내려가기도 하고 목욕을 하기도 하면서 함께 만년을 소요했고, 우환을 함께 근심하고 안락을 함께 즐기면서, 사돈 간의 좋은 정을 누렸다."(「사간원정언 옹산 윤공 묘지명司諫院正言翁山尹公墓誌銘」)

다산이 윤서유를 추억하면서 가장 특별한 색채를 부여하는 한 순간은 역시 "봄가을 좋은 날이면 조기를 회 치고 낙지를 삶아서 술잔도 기울이고 시도 읊으며 즐겁게 놀던" 농산별업 일대에서의 나날들이다. 유배객 정약용에게 그 봄날들은 그만큼 화사한 위로이기도 했으리라. 사돈을 위한 묘지명에서, 또 사돈에게 바친 만시輓詩에서도 다산은 그 일을 추억하고 있으니.

용혈의 봄놀이 어제 일 같으니　　　　　龍穴嬉春事隔晨

낙지는 옥 같고 생선회는 은실 같았지.　　絡蹄如玉鱠如銀

누구는 살고 누구는 죽었다고 구별 마소,　誰生誰死休分別

당시에 벌써 한 무리였으니.　　　　　　已作當時一隊人

　　　　　―「윤 정언을 위한 만사尹正言挽詞」세 수 중 제2수

백운대의 추억

― 윤지범 묘지명

예전 선대 임금 갑인년[1794] 가을, 9월 중순이었다. 남고南皐 윤 공 [윤지범尹持範]이 벗 대여섯 사람을 이끌고 백운대 정상에 올랐다. 마치 곁에 아무도 없는 듯 도도하게 노래하고 읊조렸다. 실은 약용도 함께였다.

돌아와서는 죽란서옥에 국화 그림자를 만드는 촛불을 설치했다. 모인 사람이 여덟아홉 명이었는데 남고가 맹주였다. 술이 거나해지자 각자 수십 편씩 시를 지었는데, 오직 성조聲調의 격렬함만을 추구했을 뿐 그 나머지 다른 것은 상관하지 않았다. 돌아가신 둘째 형님 손암巽菴 선생[정약전]과 한혜보, 채이숙, 윤무구 등이 모두 공을 모임의 문학 대장으로 추대했다. 한 편이 지어질 때마다 공은 소리를 길게 늘이며 낭송하곤 했는데, 굽이치고 꺾어지는 소리가 맑고 유장해서 온 사방이 고요히 침묵하고 오직 공의 소리만 들렸었다.

이때는 번옹[번암樊菴 채제공蔡齊恭]께서 재상으로 계시고, 대릉大陵 [이정운李鼎運]과 소릉小陵[이가환李家煥]이 대신으로 늘어서 계셨으며, 나이가 오십 전인 사람들이 또 뒤따라 모였으니, 풍류가 넉넉해 감탄할 만했다. 참으로 성대한 한 전성시대였다.

그리고 6년 만인 기미년[1799] 봄에 번옹께서 세상을 떠나시고 그다음 해 여름 선대왕[정조正朝]께서 승하하셨다. 그다음 해인 신유년 [1801] 봄, 화가 일어나 약용은 장기로 귀양 가게 되었다. 약용과 잘 지내던 이들은 모두 흩어지고 함정에 빠져서, 풀이 베어지듯 새가 사냥을 당하듯 연좌되어 논죄되었다. 모든 사람들이 두려워 벌벌 떨며 죄의 그물에 걸려들까 두려워했다.

바로 이런 때, 공이 장기의 내 유배지로 시를 부쳐 왔다. 그 시는 다음과 같다.

산골짝서 산발하고 긴 읊조림 날리니	巖阿散髮劃長吟
바다는 망망하여 만 리나 깊구려.	瀛海茫茫萬里深
하만자 곡조에 맑은 눈물 흘리지 말게,	淸淚莫垂何滿子
희음은 다행히 광릉산 곡조 보존했으니.	希音幸保廣陵琴
어찌 벗이 없으랴만 편지 한 장 없을 테고	豈無親友無書到
고향 집이 있지만 그저 꿈에서나 찾으리니.	秖有家鄕有夢尋
천년이 가도 백운대는 무너지지 않으리니	千古白雲臺不圮

우리들 예전 올랐던 일 오래 남아 있으리. 　　　　長留吾輩昔登臨

약용은 이 시를 받고 놀라 혀를 내둘렀다. 공처럼 파리하니 맑기만 한 이가 이처럼 침착하고 굳셀 줄이야 생각지도 못했다.

그 후 10여 년이 지난 뒤, 공은 원주에서 뱃길로 두릉에 들러 내 처자를 찾아 위로했다. 그러다 서재에서 내가 다산에서 지은 시들을 찾더니, 다시 길게 소리를 빼며 낭송했다. 그 소리가 슬프고 분하고 격렬하기 그지없어, 듣던 사람들이 눈물을 흘렸다고 한다. 무인년[1818] 가을, 약용은 임금의 은혜로 고향으로 돌아왔다. 그 몇 년 뒤 공이 다시 원주에서 내게 들러 사흘을 묵었다. 20년 깊이 맺힌 마음이 그제야 조금 풀렸었다.

신사년[1821] 가을에 공이 돌아갔다. 그다음 해에 공의 아들 종걸 鍾杰이 공의 시와 문장 등 유고 20여 권을 맡기면서 "아버님을 알아주신 분도 어르신이시고, 아버님의 마음을 알아주실 분도 어르신이시며, 아버님의 시와 문장을 알아주실 분도 어르신이십니다. 그러니 간추리고 편집해서 책머리에 서문을 적는 것은 오직 어르신께서 하실 일입니다."라고 했다. 약용은 "나는 죄인이니 살아도 죽은 사람이네. 감히 문자로 공에게 누를 끼칠 수는 없네. 다만 저승에 가지고 가는 묘지명은 어두운 곳에 묻히며 오래도록 전하는 것이니, 내가 그것은 도모해 보려네."라고 대답했다. [후략]

「남고윤참의묘지명南皐尹參議墓誌銘」(집필 연도 미상)

한양 시절, 정약전은 윤무구尹无咎(윤지눌尹持訥), 이주신李舟臣(이유수李儒修), 한혜보韓徯甫(한치응韓致應), 윤외심尹畏心(윤영희尹永僖), 강인백姜仁伯(강이원姜履元)과 더불어 매일 모여서 진탕 마셔 대며 한양 성 내를 옮겨 다니면서 못 하는 장난이 없었다고 한다. 그러고는 자기들에게 잔소리를 해 대는 다산에게 "너는 모 상서某尚書, 모 시랑某侍郎과 좋아 지내고 나는 술꾼 몇 사람과 이처럼 미친 듯 지내지만, 화가 닥쳐오면 어느 쪽이 배반하지 않을지는 모르는 일"이라고 했다고 한다. 뒷날 신유사옥이 일어났을 때 친구로 남아 준 사람들은 바로 그 술꾼 친구 몇몇이었다고 한다. 남고 윤지범은 윤지눌의 형으로 다산보다 10년 연상이다. 연장자였으나 이들 모임의 맹주로 대우받으면서 함께 어울린 망년우였다.

"날씨가 차가워진 후에야 소나무 잣나무가 늦게 시듦을 안다."고 했다. 세상에는 이해라는 저울과 시비라는 저울이 있건만, 이해의 저울만을 따라 모이고 흩어지는 세태에 이처럼 맑고 굳센 우정을 누가 지켜 줄 것인가? 다산은 생명의 위협에도 불구하고 끝까지 친구로 남아 주었던 이들의 묘지명을 지어 남김으로써 그들의 우정에 보답했다.

2부 유배객의 편지

남의 아비 되어

— 두 아이에게

이별의 회포야 군이 말하지 않는다. 어느 날쯤 너희 어머니를 모시고 동쪽으로 돌아가려 하느냐? 반드시 곧 돌아가서 엎드려 있기를 빈다. 나는 길을 나서고서는 몸이 날로 좋아지고 있다. 그믐날에는 죽산에서 자고 초하루에는 가흥에서 잤다. 방금 선산을 뵙고 떠나오는 중이다. 어디를 간들 성은이 미치는 곳이 아니랴. 감축할 뿐이다. 너희 어머니의 안색이 몹시 안 좋더구나. 음식으로 기운을 돋우고 약을 써서 다스리는 데 유념하도록 하여라. 【초아흐렛날에 장기長鬐에 도착하다.】

간절히 기다리던 차에 마침 편지가 도착했으니, 몹시 위로가 되는구

나. 무장의 병세는 아직도 뒤끝이 있고 어린 딸도 점점 쇠약해진다니 민망하고 걱정스럽구나. 내 몸은 약을 먹고 나서 대체로 좀 나아졌다. 신경쇠약증이나 몸을 곧게 펴지 못하던 증세 따위는 다 나았다. 왼팔만은 아직 예전 같지 않다만, 차차 좋아지겠지. 이달엔 공적 사적으로 아픈 일들을 당해 밤낮으로 애통해하고 있으니, 무슨 사람의 신세가 이런지 모르겠구나.【6월 17일】

꽃

날짜를 세어 보니 82일 만에 편지를 받아 보는구나. 그사이 내 턱수염에는 준치 가시같이 하얀 것이 일고여덟 가닥이나 생겼다. 너희 어머니에게 병이 났을 것은 짐작하고 있었다만, 큰며느리도 학질을 앓았다니 모습이 더욱 안되었겠구나. 다른 견디기 힘든 상념은 없다. 그러나 신주薪洲[신지도新智島]에 대해선 말하려니 억장이 무너진다. 반년 동안이나 소식조차 막혀 있으니, 이러고도 같은 세상에 살고 있다고 말할 수 있겠느냐? 나는 육지에 있는데도 이렇게 고생스러운데, 더구나 신주에서야 어떻겠느냐? 형수님의 사정은 더욱 측은하니 너희가 어머니처럼 모시고, 육가六哥[정학초丁學樵, 정약전의 외아들]도 친형제처럼 대해서 마음을 다해 위로하고 거두어야 할 것이다. 내가 밤낮으로 축원하는 것은 오직 문아文兒[문장文牂, 정학유의 아명]가 독서하는 것뿐이다. 문아가 선비의 마음을 갖게 할 수 있다면, 내가 무슨 여한

이 있겠느냐? 새벽부터 저녁까지 열심히 독서해서 이 아비의 고심을 저버리지 말거라. 팔이 시큰거려 갖추어 말하지 않는다. 【9월 3일】

🐍

너희들은 도덕이 완성되어 더 이상 책을 읽지 않는 것이냐? 올겨울엔 모름지기 『상서尚書』와 『예기禮記』 중 아직 못 읽은 부분을 다시 읽는 게 좋겠다. 또 사서四書와 『사기史記』도 익숙하게 보아 두어라. 역사에 대한 평론은 그새 몇 편이나 지었느냐? 근본을 두텁게 배양하고 사소한 재주나 성과 따위는 묻어 두기를 지극히 바란다. 내가 저술에 전념하는 것은 눈앞의 근심을 잊기 위해서만이 아니다. 남의 아비가 되어서 이처럼 누를 끼치고 있는 것이 부끄러워 이로써 속죄하려는 것이다. 어찌 깊은 뜻이 있는 것이 아니겠느냐? 예禮에 관한 설을 유의하지 않을 수 없기에 『독례통고讀禮通考』 네 갑을 학손學孫 편에 부쳐 보낸다.

「기이아寄二兒」(집필 연도 미상)

✿

다산은 1801년 2월 27일, 첫 유배지인 경상도 영일군 장기로 유배를 떠났다. 한강 건너까지 따라온 가족들과는 사평촌에서 이별했다. 그리고 헤어진 지 58일 만에 처음 집에서 온 편지를 받는다.

두보 시가 내 마음 먼저 읊었으니	杜詩先獲我
편지가 오매 너도 사람이 되었구나.	書到汝爲人
세상 밖의 강산은 고요하고	物外江山靜
천지 사이 모자가 친하구나.	寰中母子親
놀라고 두려워 병이야 면하겠느냐만	驚疑那免疾
살아감에 가난은 근심하지 말려무나.	生活莫憂貧
부지런히 남새밭을 가꾸며	黽勉治蔬圃
태평 시대의 은자가 되어라.	淸時作逸民

집안이 풍비박산이 나고, 각각 귀양지와 고향으로 헤어지고서 58일, 귀양을 간 사람도 귀양을 보낸 사람도 피를 말리며 소식을 기다리는 시간이었을 것이다. 예전에 두보杜甫도 안녹산安祿山의 난리 때 식구들과 헤어져서 생사를 모른 채 애태우며 소식을 기다렸었다. 마침내 집에서 온 편지를 받고 지은 시가 「집 편지를 받고得家書」이다. 그 두보의 기쁨을 절절하게 공감했을 것이다. 그리고 시를 지어 보냈다. 고향 산천은 서울에서 벌어진 참화와 상관없이 고요하고 모자간이 서로 의지하며 가난하나마 남새밭이라도 가꿀 수 있으니 다행이다. 그러니 일단 마음을 눅이자고.

이 편지들은 가족과 이별하고 유뱃길을 떠나 장기에 도착해서 보낸 것이다. 아직 국문鞫問의 공포가 가시지 않은 유배 초기의 어수선한 심정과 남은 가족들에 대한 걱정 등이 그대로 드러난다. 신지도로 유배된 정약전과는 소식조차 끊겼던 모양이다. 그 가운데서도 '남의 아비된 자'로서의 의무를 다하려는 다산의 안간힘이 드러나 보이기도 한다. 이 편지를 시작으로 다산은 수많은 편지를 두 아들에게 보낸다. 유배지에서나마 자식들의 교육을 포기하지 않으려는 아비의 고심참담한, 그야말로 열혈을 다한 정성을 편지로 써 보내는 것이다.

반년째 소식이 없다던 정약전에게서 드디어 편지를 받고 쓴 시 「사형의 서찰을 받고得舍兄書」에선, 두고 온 아이들에 대한 애달픈 마음을 하소연하기도 한다.

[전략]

병들어 머리털은 가닥가닥 짧아지고	病髮絲絲短
수심 섞인 시는 글자마다 궁상입니다.	愁詩字字窮
못 견디게 가여운 건 어린것들이	絶憐童穉輩
천성대로 사랑하고 그리는 겁니다.	思慕發天衷

자포자기하지 말아라

─ 두 아이에게

【임술년[1802] 12월 22일 강진의 유배지에서】

천지 만물 중에는 원래 완전하고 좋은 것이 있다. 그러나 이런 건 특별히 훌륭하다고 감탄할 게 못 된다. 무너지고 훼손되었거나 깨지고 찢어진 것을 잘 다독거려 완전하고 좋게 만든 것이라야 감탄할 만한 공적이 되는 것이다. 그러므로 죽을병에 걸린 사람을 고쳐 놓는 자를 훌륭한 의원이라고 부르고, 위태로운 성을 구한 자를 명장이라 부르는 것이다. 오늘날, 세상을 쥐고 흔드는 높은 벼슬아치의 자제로 태어나 벼슬자리와 문호를 이어받는 것은 어리석은 사람이라도 누구나 할 수 있다. 너희는 지금 폐족이다. 만약 폐족의 처지에 잘 대처해서 처음보다 더욱 완전하고 좋게 된다면 또한 기특하고 훌륭한 일이 아니겠느냐?

어떻게 하는 것이 폐족의 처지에 잘 대처하는 것이겠느냐? 오직 한 가지 독서뿐이다. 독서는 세상에서 최고로 깨끗한 일이다. 비단옷 입은 권세가 자제들은 그 맛을 알 수가 없고, 궁벽한 시골의 수재들도 그 깊은 경지는 알지 못한다. 반드시 벼슬하는 집 자제로서 어려서 듣고 본 바가 있고 중년에 화를 만난 너희 같은 자들만이 비로소 참다운 독서를 할 수 있는 것이다. 저들이 책을 못 읽는다는 말이 아니다. 그저 글자만 읽어서는 독서한다고 말할 수 없다는 것이다.

3대째 이어 오는 의사가 아니면 그의 약을 복용하지 않는다고 했다. 문장도 마찬가지다. 반드시 대를 이어 문장에 종사한 후에야 글을 잘 짓게 되는 것이다. 돌이켜 보면 내 재주가 너희들보다는 조금 낫다고 할 수 있겠다. 그러나 어려서는 나아갈 방향을 알지 못했고, 열다섯 살에 처음 서울에 올라왔으나 여기저기 방황만 했지 얻은 것은 없다가 약관에 비로소 과거 공부에 전념하였다. 성균관에 들어가서는 변려문에 골몰했고, 초계문신抄啓文臣이 되어서는 규장각의 과제에 매여 문장을 매만지고 꾸미는 작업에 골머리를 썩인 것이 거의 10년이다. 그 후엔 또 교서관校書館으로 책을 교정하기에 급급했고, 황해도 곡산의 부사가 되어서는 백성들을 돌보는 일에 오로지 정력을 쏟았었다. 서울에 돌아와서는 신 공과 민 공 두 분의 탄핵을 받았고, 다음 해에는 선대왕의 승하를 만났다. 경향 각지로 분주히 뛰어다니다가 지난해 봄의 화를 만난 것이다. 그러니 하루도 독서에 전념할 수가 없었다. 그러므로 내가 지은 시와 문장은 은하수 물로 씻어 낸다 하더라도 끝내 과거 답안지 같은 투를 지울 수 없을 것이다. 그중 잘된 것이라도 역시 [관료 문학인] 관각체館閣體의 기미를 면할 수가 없다. 그런데 내 머리와 수염은 이미 늙어 모지라지고 정기도 벌써 시들었으니, 어찌 운명이 아니겠느냐?

너 학가學稼[정학연의 초명]는 재기나 총명한 기억력은 나보다 약간 떨어지는 듯하다. 그러나 네가 열 살 때 지은 글은 내가 스무 살에도 짓지 못했던 것이고, 근래 몇 년 전에 지은 것들에는 현재의 나도 따라갈 수 없는 것이 종종 있다. 입문하는 길을 우회하지 않았고 견문이 조잡하지 않기 때문이 아니겠느냐? 곡산에서 돌아온 후 네게 과거 문장을 익히도록 했더니, 너를 사랑하고 아끼는 일대의 문인과 시인들이 모두 내가 너무 욕심이 많다고 탓했었다. 나 또한 스스로 걱정스러웠다. 이제 네가 과거를 볼 수 없게 되었으니, 과거에 소용되는 문장을 익혀야 하는 걱정은 사라진 셈이다. 나는 네가 이미 진사가 되었고 이미 급제도 했다고 여긴다. 글자를 알지만 과거를 보아야 하는 폐단이 없는 것과 진사 급제하는 것과 어느 것을 택하겠느냐? 네가 참으로 독서할 시간을 얻은 것이다. 내가 앞에서 말한 "폐족의 처지에 잘 대처한다."는 것이 이것이 아니겠느냐?

너 학포學圃[정학유의 초명]는 재주는 네 형에 비해 한 등 떨어지는 것 같기도 하다만, 성품이 자상하고 사려 깊으니 독서에 전념한다면 도리어 나을지 어찌 알겠느냐? 근래에 보니 네 글이 조금씩 나아지고 있더구나. 내가 이것으로 미뤄 그럴 줄 안다.

독서는 반드시 먼저 기본이 바로 서야 한다. 기본이란 무엇이냐? 학문에 뜻을 두지 않으면 독서할 수 없다. 학문에 뜻을 두려면 반드시 먼저 기본이 바로 서야 한다. 기본이란 무엇이냐? 오직 효도와 우애가 그것일 뿐이다. 반드시 먼저 효도와 우애를 힘써 실천해서 기본을 확립하면 학문은 저절로 몸에 푹 스며들게 된다. 학문이 몸에 골고루 배어들면 독서의 차례나 단계는 별도로 이야기하지 않아도 되는 것이다.

나는 천지간에 홀로 서서 오직 저술에 목숨을 의탁하고 있다. 혹한 구절이나 한 편, 마음에 드는 글을 얻으면 나 혼자 읊조리고 나 혼자 감상할 뿐이다. 그러다가 이 세상에서 너희들에게만은 보여 줄 수 있겠구나 하고 생각한다. 그런데 너희들의 생각은 이미 문자와는 멀어져서 문자를 [관례가 끝나면 버리고 마는] 변모弁髦처럼 무용지물로 여기는구나. 조만간 몇 년 지나면 너희들도 나이가 들어 뼈마디도 굵어지고 수염이 자라서 얼굴을 대하면 밉상스러울 텐데, 오히려 아비의 글을 읽으려 하겠느냐? 나는 조괄趙括이 비록 미련하기는 했지만 아비가 지은 병서兵書를 잘 읽었으니 훌륭한 자식이라고 생각한다. 만일 너희들이 독서하려고 하지 않는다면 내 저술은 쓸데없는 것이 될 것이다. 내 저술이 쓸데없는 것이 된다면 나는 할 일이 없게 될 것이고, 앞으론 마음의 불을 끄고 진흙으로 빚은 사람처럼 될 것이다. 이렇게 되면 나는 열흘이 못 가 병이 날 것이고, 병이 나면 어떤 약으로도 구할 수 없을 것이다. 그러니 너희들이 독서하는 것이 내 목숨을 살리는 것 아니겠느냐? 너희는 그것을 생각하라. 너희는 그것을 생각하라.

내가 전에도 여러 차례 이야기했었다. 잘되는 집안의 사람들은 책을 읽지 않아도 저절로 존중받는다. 그러나 폐족이 무식하면 더욱 밉상스럽지 않겠느냐? 사람들이 천시하고 세상이 누추하게 여기는 것도 슬픈 일인데, 지금 너희들은 게다가 스스로 천해지고 스스로 누추해지니 이것은 슬픈 처지를 스스로 만드는 것일 뿐이다.

너희들이 끝내 배우지 않고 자포자기해 버린다면, 내가 저술하고 가려 뽑아 놓은 것들을 장차 누가 수습해 편차를 정하고 남길 것과 뽑을 것을 정해서 책으로 편찬하겠느냐? 그렇게 하지 못하면 내 책은 끝내 전해지지 않을 것이다. 내 책이 전해지지 않는다면 후세 사람들은 오로지 사헌부에서 올린 장계와 심문 기록으로만 나를 판단할 것이다. 그렇게 된다면 내가 어떤 사람으로 되겠느냐? 너희들은 반드시 여기까지 생각하고 분발해서 학문에 힘써라. 그리하여 내 학문의 가느다란 맥이 너희들에게 이르러서는 더욱 커지고 왕성해지게 해라. 그렇게 된다면 여러 대에 걸친 고관대작이라도 이 맑은 복과 바꿀 수는 없으리라. 어찌 기어코 이것을 버리고 도모하지 않겠느냐?

근래에 몇몇 젊은이들은 원元과 명明의 경박한 자들이 지은 신산스럽고 뾰족하기만 하지 보잘것없는 글들을 가져다 흉내 내어 절구나 오언율시를 지어 놓고서는, 세상에 없는 문장이라고 뽐내며 오만하게 다른 이들의 작품을 폄하하여 고금의 모든 문장들을 휩쓸고자 한다. 내가 전부터 이것을 민망하게 여겼었다. 반드시 먼저 경학經學으로 근본을 다지고 난 후에, 앞 시대의 역사를 섭렵하여 그 정치적 득실과 세상이 태평하거나 어지러운 것의 근원이 무엇인지 알아야 한다. 또한 실용의 학문에 유념하여 옛사람들이 세상을 경영하고 백성을 제도하는 것에 대해 적어 놓은 서적을 즐겨 보고, 항상 만민에게 은택을 베풀고 만물을 잘 육성하려는 마음을 가져야 한다. 그런 뒤에야 비로소 독서한 군자가 되는 것이다. 이렇게 한 후에 혹 안개 낀 아침이나 달 밝은 저녁, 짙은 녹음이나 보슬비가 내리는 좋은 경치를 만나면 갑자기 감흥이 일고 표연히 시상이 떠올라 저절로 읊어지고 저절로 이루어져서 천지자연의 소리가 맑게 울려 나오게 되는 것이다. 이것이 시문학의 살아 있는 경지다. 나를 고지식하다고 여기지 말거라.

수십 년 사이에 한 가지 괴상한 의논이 있어, 우리나라의 문학을 크게 배척하고 선현의 문집에 눈도 돌리려 하지 않는 지경이다. 이것은 크게 걱정할 만한 일이다. 사대부의 자제들이 우리나라의 고사를 알지 못하고 선배들의 논의를 읽지 않으니, 비록 그 학문이 고금을 관통한다고 해도 저절로 엉성해진다. 시집은 급하게 볼 것 없지만, 상소문·차자箚子·묘지문·서간문 등은 반드시 읽어 안목을 넓혀야 한다. 또 『아주잡록鵝洲雜錄』, 『반지만록盤池漫錄』, 『청야만집淸野謾輯』 등의 책도 모름지기 널리 구해서 두루 보아 두지 않으면 안 될 것이다.

어버이를 섬기는 데는 뜻을 받드는 것이 가장 중요하다. 그러나 부인들은 뜻이 의복이나 음식, 거처 등에 있으니 어머니를 모시는 자는 자잘한 곳에서부터 유념해야 효도의 지름길을 얻을 수 있다. 『예기』의 「내칙內則」편에 기록된 것은 음식에 관한 자잘한 항목이 많다. 여기서 성인께서는 물정을 잘 파악하시고 가르침을 펼치셔서, 멀고 미묘한 곳에서 시작하지 않으신다는 것을 볼 수 있다. 근래 사대부 가문의 부녀자들이 부엌에 들어가지 않은 지 오래되었다. 너는 한번 생각해 보아라. 부엌에 들어가는 게 뭐가 손해냐? 단지 잠깐 연기를 쐬게 될 뿐이다. 그러나 시어머니께서는 기쁜 마음이 드실 터이니, 효부가 되고 법도 있는 집안의 모양새가 될 것이다. 이 또한 효성스럽고도 지혜로운 일이 아니겠느냐? 또 예를 들어 아침저녁으로 어머니의 잠자리를 보살필 적에 요 밑이 찬 것을 발견하면 너희 형제는 종을 부르지 말라. 계집종도 부를 것 없다. 손수 땔나뭇단을 가져다 불을 지펴 덥혀드려라. 그 수고 또한 연기를 좀 쐬는 데 지나지 않지만, 어머니는 술을 먹은 듯 기쁜 마음이 될 것이다. 어찌 기꺼이 이렇게 하지 않겠느냐?

종들이 모자나 고부 사이를 이간질하는 것은 자식이나 며느리가 효도를 다하지 못했기 때문인 경우가 많다. 어머니나 시어머니가 마음에 한탄을 품고 있으니, 저들이 그 틈을 엿보아서 간장 한 국자, 과일 한 개로 하잘것없는 충성을 바치고는 골육 사이에 틈이 생기게 하는 것이다. 허물은 아들과 며느리에게 있지 종들에게만 있는 것이 아니다. 반드시 이것을 생각해 경계하도록 하고, 온갖 방법으로 어머니의 마음을 기쁘게 해 드리도록 힘써라. 두 아들이 효자가 되고 두 며느리가 효부가 되게 할 수만 있다면 나는 이곳 강진에서 늙는다 해도 아무런 유감이 없다. 힘써야 하지 않겠느냐?

「기이아寄二兒」(1802년, 41세)

✄

정약용은 유배지에서도 고향에 남아 있는 자식들의 교육을 포기하지 않았다. 과제를 내어 주고 검사하고 데려다 가르치고 다시 물어보고 하면서, 아들들이 입신출세의 길을 원천 봉쇄당한 폐족의 처지임에도 포기하지 않고 희망을 가지며, 학문을 계속하도록 독려하였다. 때로는 준엄하게 질책하고 때로는 '애걸'한다. 너희가 책을 읽지 않는다면 내가 살 이유가 없다고까지 하면서. 이런 교육이 편지를 통하여 이루어졌다.

유배지에서의 편지들은 아버지 없이 10대 후반을 보내야 하는 아들들에 대한 가정교육을 대신한 것이기도 하다. 생업에 대한 태도, 선비로서의 품위를 유지하는 법, 술 마시는 버릇, 일상의 몸가짐, 일가와의 관계에 이르기까지 하나하나 자세히 가르치고 타이른다. 아비가 집에 있으면서 가르쳤는데 말을 듣지 않는다면 혹시 그럴 수도 있다고 하겠지만, 땅끝에 홀로 떨어져 나와 피를 토하듯이 쓰는 이 고심참담한 편지를 너희가 차마 외면할 수야 있겠느냐고 자못 겁박까지 한다. 자식들에 대한 절절한 사랑과 엄격한 교육을 포기하지 않는 아버지의 모습이 동시에 배어 나오는 감동적인 편지들이다.

이 편지는 1802년 강진에 이배된 초기에 부쳐진 것이다. 다산 형제가 재차 유배됨으로써 가문이 완전한 폐족이 되었음을 거듭 확인해야 했던 시점일 것이다. 이러한 시점에서, 다산은 아들들에게 자포자기하지 않도록 간절히 타이르고 격려하는 편지를 보냈다. 젊은 문인으로 한창 촉망을 받다가 하루아침에 폐족의 처지가 된 큰아들 학연에 대하여는 "나는 네가 이미 진사가 되었고 이미 급제도 했다고 여긴다."고 다독거리기도 한다. 이 편지를 비롯하여 여러 편지에서 '시란 어때야 하는지'를 거듭 가르치고, 학연의 시에 대해 구체적인 평을 하기도 한다. 이런 아버지의 격려와 교육을 받은 정학연丁學淵은 당대 최고의 시인들 중 하나로 성장했다. 심지어 "유산酉山[정학연의 호]의 시법이 조선을 창도했다."고 하는 사람도 있었을 정도였다.

바라지 말고 베풀어라

— 두 아이에게

너희들은 편지마다 일가친척들 중 돌봐 주고 근심해 주는 이가 없다고 하며, 구당협 염여퇴의 물길처럼 험난한 삶이라는 둥, 태행산의 굽이진 길처럼 힘든 삶이라는 둥 하는구나. 이런 것은 모두 하늘을 원망하고 남을 탓하는 말투이니, 아주 잘못된 버릇이다.

내가 벼슬살이를 하고 있는 동안에는 조금만 우환이나 질병이 있어도 금방 다른 사람들이 보살펴 주었다. 어떤 이는 날마다 와서 더한지 덜한지 물어보고, 어떤 이는 끌어안고 부축해 주고, 어떤 이는 약이나 음식을 보내 주고, 어떤 이는 양식을 대어 주었었다. 너희들은 이런 일들에 익숙해져서 언제나 남의 은혜를 바라기만 하지, 빈천한 사람의 분수로는 예나 지금이나 본래 남들의 보살핌을 받을 수 없는 법이라는 것을 모르는구나. 더구나 일가라고는 해도 예전부터 모두 서울과 시골로 나뉘어 살아서 서로 은혜로운 정도 없으니, 지금처럼 서로 공격하지 않는 것만도 후한 것이다. 어찌 보살펴 주길 바랄 수 있겠느냐? 더구나 너희들이 오늘날 이처럼 몰락했다곤 해도, 일가들에 비한다면 그래도 낫다고 할 수 있다. 그저 저들까지 도와줄 여력이 없을 뿐이다. 몹시 가난하지도 않고 그렇다고 남에게 베풀 힘이 있는 것도 아니니, 참으로 남들의 보살핌이나 도움을 받을 처지가 아닌 것이다.

모든 일은 다 가정 내에서 시작되는 것이다. 유념해 조처해서 남의 은혜를 바라는 생각을 마음속에서 잘라 내 버려라. 그러면 자연히 마음이 평온하고 기운이 화평해져서, 하늘을 원망하거나 남을 탓하는 잘못을 저지르지 않게 될 것이다.

일가들 중 며칠째 밥을 못 짓는 이가 있으면, 너희는 조금의 쌀이나마 내주어 요기하게 해 주었느냐? 쌓인 눈 속에서 얼어 쓰러지면, 너희는 땔나무 한 묶음이라도 나누어 주어 따뜻하게 해 주었느냐? 병이 나서 약을 먹어야 하는 이가 있으면, 너희는 한두 푼이라도 가져다 약을 처방해서 일어나게 해 주었느냐? 늙고 가난한 이가 있으면 너희는 때때로 가서 절하고 단정히 무릎을 꿇고 모시고 앉아 공경하였느냐? 혹 근심거리가 있으면 너희는 얼굴색이 변하고 눈이 휘둥그레져서 근심하고 슬퍼하는 고통을 함께 나누고, 잘 처리할 방법을 의논해 보았느냐? 이상의 몇 가지 일들도 너희는 하지 못했다. 그러면서 어떻게 일가들이 너희가 급하고 어려울 때 황급히 도와주러 달려오길 바랄 수 있느냐?

　내가 베풀지 않은 것을 남들이 먼저 베풀기를 바라는 것은 너희의 오만한 근성이 아직 제거되지 않았기 때문이다. 이후로는 유념해 평소 아무 일도 없을 때 공손하고 화목하며 신중하고 성실하게 행동해서 일가의 환심을 사게 힘써라. 그리고 마음속에 보답을 바라는 근성은 끊어 버리고 남겨 놓지 말아라. 훗날 너희에게 근심거리가 있는데도 저들이 보답하지 않더라도 너희는 마음속에 절대로 한을 품지 말거라. 한결같이 내 마음으로 미루어 용서하며 '저 사람이 마침 그럴 사정이 있나 보다. 그렇지 않으면 힘이 모자라는 것이리.'라고 여기고, 절대로 "내가 전에 이러저러하게 했는데 저 사람은 이러저러하게 한다."고 경박한 말을 입에 올리지 말거라. 이 말이 한번 뱉어지기만 하면, 그동안 쌓은 공덕은 하루아침에 바람에 날리는 재가 되어 날아가 버릴 것이다.

　너희들은 일가친척이 전혀 없는 곳에서 나고 자랐으며, 봄바람같이 온화한 분위기에서 길러졌다. 그러니 자제로서 어버이와 형을 섬기거나 일가를 섬기는 것을 듣고 본 적이 없고, 또한 사람으로서 곤궁하고 약한 처지에 대처하는 것도 익히지 못했다. 그러므로 자신을 다하는 성실함은 모르면서 나에게 베풀어 주는 은혜를 먼저 바라고, 가정 내에서의 행실은 닦지 않고서 이웃에서 좋은 소리를 듣기 바라니, 그럴 수 있겠느냐?

　예전에 종고조부이신 동지공同知公께서는 일흔을 넘기신 나이에

다 중풍으로 몸이 자유롭지 못한 불인증不仁症까지 있으셨는데도, 매일 아침을 잡수신 뒤에는 반드시 지팡이를 짚고 우리 집에 오셔서 우리 아버님을 만나 보셨다. 그것은 아버님께서 종손이시기 때문에 날마다 보지 않을 수 없다고 여기신 것이었다. 너희가 칠십 노인께서 종증손을 섬기신 만큼도 백부를 섬기지 않는다면 되겠느냐? 이후로는 매일 맑은 아침이면 일어나 먼저 안에 들어가 너희 어머니의 안부를 살피고, 다음에는 동쪽으로 가 백부께 문안을 여쭌 뒤에 돌아와 책을 읽어라. 여러 숙모님들께는 낮이나 저녁이나 틈나는 대로 해라.

큰형님께서 팔에 병이 나셨을 때, 너희가 촉시와 초애 같은 약을 수집하고, 약 달이는 화로의 불을 입으로 불고 약탕관을 씻으며, 곁에서 감돌아 조석으로 떠나지 않고 밤에는 모시고 자서 연연해하며 차마 물러 나오지 못한 적이 있었느냐? 너희가 이렇게 했는데도 형님께서 돌보시지 않는다고 하더라도 더욱 효도하고 공경하는 것이 옳지, 감히 원망하거나 미워해서는 안 되는 것이다. 더구나 이런 일을 해 본 적도 없지 않으냐. 너희들이 제멋대로 행동하는 동안 부형들은 노여움과 불평을 마음속에 쌓아 왔다. 다만 밖으로 드러내지 않았을 따름이다. 그러다가 너희들이 찾아와서 뭔가를 요구하자, 마음속에 먼저부터 있던 한 덩어리의 불평이 터져 나오는 것이다. 너희는 눈앞의 일만 가지고 의심하며 "이 일에 내가 무엇을 잘못했나? 어찌 이같이 처분하시는가?" 하지만, 사실상 죄는 지금까지에 있지 눈앞에서 저질러진 것이 아니다. 생각하고 생각해서 독실하게 행실을 닦아 부형의 마음을 기쁘시게 해라.

백부를 섬기는 데 다른 구체적인 방법이 있는 것은 아니다. 그저 아버지를 섬기는 것처럼 하면 될 뿐이다. 너희가 분발해서 진실한 마음으로 실천해 간다면, 한 달을 넘기지 않아 형님의 마음이 반드시 풀리실 것이다.

「기양아寄兩兒」(집필 연도 미상)

✄

비교적 유배 초기의 편지로 보인다. 다산의 가족들은 초천의 본가로 돌아가 있었다. 서울에서 태어나 성장했던 다산의 아들들이 초천에서 새삼스레 삶의 터전을 이룩하는 일이 쉽지 않았을 것은 상상하기 어렵지 않다. 게다가 정약용 형제의 행적으로 해서 온 집안이 풍비박산이 된 상황이니 일가들의 시선인들 고왔을 리가 없다. 아들들은 아마도 이런 상황을 하소연하는 편지를 썼던 듯하다.

이런 아들들의 호소에 아버지 다산은 잘라 말한다. 바라지 말고 베풀어라. 그리고 베풀었다는 것조차 잊어버려라. 그것이 일가를 대하는 도리다. 바라는 게 있으면 구차해지고, 원망하게 된다. 보답을 바라면 치사해진다. 내 도리를 다하고 그것으로 끝이어야 한다. 그래야 일가가 화목할 수 있고, 나 자신도 천박해지지 않을 수 있다.

일가를 대하는 도리만 그렇겠는가? 사람으로 살면서 사람을 대하는 태도가 그런 것이리라.

학유에게

네 형이 멀리서 왔으니 기쁘기는 하다만, 며칠간 함께 이야기를 해 보니 예전에 가르쳐 주었던 경전에 대한 여러 학설들에 대해 고개를 좌우로 꼬면서 하나도 대답하지 못하는구나. 아아! 이게 무슨 까닭이냐? 아마도 어린 나이에 화를 만나 혈기를 상해, 정신이 제자리를 지키지 못해 그런 것일 게다. 그러나 수시로 점검해서 안으로 수습했다면 어찌 이 지경까지 이르기야 했겠느냐? 한심하기 짝이 없다. 네 형이 이러니, 너는 더욱 알 만하구나. 네 형은 문학과 역사에 대해 얕게나마 그 맛을 아는데도 오히려 이 지경인데, 더구나 너는 전혀 착수도 하지 않은 자가 아니냐?

내가 집에 있으면서 가르치고 훈계했는데도 너희들이 따르지 않는 것이라면, 사람 사는 집에 이런 일도 있는 법이라고 하겠다. 그러나 지금은 내가 유배지로 흘러 다니며 남쪽 끝, 풍토병이 창궐하는 땅에 몸을 의탁하고 있으면서 외롭고 고독한 가운데 낮이나 밤이나 너희들에게 기대를 걸고 가끔씩 가슴에 가득한 끓는 피로 써서 부치는 것인데, 너희들은 한 번 보고는 상자 속에 던져 버리고 마음에 두지 않으니, 이래서야 되겠느냐?

들으니 너는 닭을 기른다고. 닭을 기르는 것은 참으로 잘하는 일이다. 그러나 닭을 기르는 데도 우아하고 비속하고, 맑고 탁한 차이가 있다. 농서農書를 숙독해 좋은 방법을 시험하되, 색깔별로 구분해 보기도 하고 횃대를 다르게 설치해 보기도 해서 닭이 살지고 윤기가 흐르며 다른 집보다 더 잘 번식하게 하고, 또 시로 닭의 정경을 그려 내사물의 감흥을 풀어내 보기도 하는 것, 이것이 독서한 사람의 양계다. 만약 이익만 생각하고 의리는 생각지 않는다든가, 기를 줄만 알지 운치는 몰라서 부지런히 골몰하면서 이웃집 채마밭의 노인과 밤낮 다투는 자라면, 이것은 서너 집 모여 사는 시골 마을 못난 사내의 양계법이다. 너는 어떤 것을 하려는지 모르겠구나. 기왕 닭을 기른다면, 여러 학자들의 책에서 닭에 대한 학설들을 베껴 모으고 분류해, 육우陸羽의『다경茶經』이나 유혜풍柳惠風[유득공柳得恭]의『연경煙經』처럼『계경鷄經』으로 만든다면, 이것도 좋은 일일 것이다. 세속적인 일을 하면서도 맑은 정취를 간직하는 것은 항상 이런 식으로 해라.

너는 열 살 전엔 몸이 약하고 병치레가 많았다. 근래에 들자니, 뼈마디와 힘줄이 단단해지고 씩씩해졌으며 정신력도 있어서 거친 음식도 잘 먹고 고생스러운 일도 잘 참는다 하니, 이것이야말로 제일 기뻐할 만한 소식이구나. 무릇 남자가 독서하고 행실을 닦으며 집안을 다스리고 일을 하는 모든 것에 정신력이 없으면 아무것도 할 수 없다. 정신력에서 근면함과 민첩함도 생기고 지혜도 생기며 업적도 나오는 것이다. 마음을 굳건하게 세우고 한결같이 곧장 앞을 향해 나아간다면 태산이라도 옮길 수 있는 것이다.

나는 몇 년 전부터 참 독서가 무엇인지 알 것 같구나. 책을 그냥 읽기만 하는 것은 하루에 백 번, 천 번을 읽어도 읽지 않은 것이나 마찬가지다. 책을 읽다가 한 글자라도 명칭이나 뜻이 분명하지 않은 것이 있으면, 그때마다 널리 찾아보고 자세히 연구해 그 근원을 깨달아야 한다. 연구하고 깨달은 것은 차례를 만들어서 문장으로 지어 놓아라. 날마다 이렇게 해라. 이렇게 하면 한 종류의 책을 읽으면서 아울러 백 가지 책을 함께 찾아보게 되고, 따라서 원래 책의 뜻과 이치를 환하게 꿰뚫을 수 있게 된다. 이 점을 반드시 알아야 한다.

예를 들어 『사기』의 「자객전刺客傳」을 읽다가 "조제를 지내고 길에 나섰다[旣祖就道]."는 구절을 만났다고 하자. "조祖'가 무엇입니까?" 하고 스승에게 묻겠지. 스승은 "떠나는 것을 전송하는 제사다." 할 것이다. "그것을 꼭 '조'라고 하는 것은 어째서입니까?" 하고 물어보아 스승이 "자세히 모르겠다."고 하면, 집에 돌아와 사전을 꺼내서 '조' 자의 본뜻을 찾아본다. 다시 사전에 인용된 다른 책들까지 살펴보면서 그 주석과 해석을 고찰하고 그 뿌리를 캐고 그 지엽말단의 세세한 것까지 알아 둔다. 다시 『통전通典』, 『통지通志』, 『통고通考』 등의 책에서도 조제祖祭의 예법을 찾아 공부해 분류해서 책으로 만들면, 훗날까지 없어지지 않을 책이 될 것이다. 이렇게 하면 너는 아무것도 모르던 사람에서 이날부터는 엄연히 '조제'의 내력을 환하게 아는 사람이 되는 것이다. 비록 큰 선비라도 '조제' 한 가지 일에 대해서만은 너와 겨루어 이길 수 없을 것이니, 몹시 신나지 않겠느냐?

주자의 격물格物 공부도 이렇게 하는 것일 뿐이다. "오늘 한 물건을 연구하고 내일 한 물건을 연구한다."는 것도 이렇게 시작하는 것이다. '격格'이라는 것은 끝까지 연구해서 끝까지 도달한다는 뜻이니, 끝까지 연구해 끝까지 도달하지 않으면 아무런 도움도 되지 않는 것이다.

『고려사』는 빨리 돌려보내지 않으면 안 되겠다. 그중에서 가려 뽑는 데 대한 지침은 네 형에게 자세히 일러두었다. 올여름에는 형제가 오직 여기에만 마음을 기울이고 힘써서 이 일을 끝내도록 해라. 책에서 글을 뽑을 땐 반드시 먼저 자신의 마음을 정해서 내 책의 규모와 항목을 만들고 난 뒤 그것에 맞춰 뽑아야 한다. 그래야만 일관된 묘미가 있는 법이다. 만약 정해 놓은 규모와 항목에 해당하는 것 이외에 뽑지 않을 수 없는 것이 있거든 별도로 공책을 하나 준비해서 나오는 대로 기록해 두어라. 그래야 도움을 받을 수 있을 것이다. 물고기 그물을 쳐 놓았는데 기러기가 걸렸다고 버리겠느냐?

네 형이 왔기에 시험 삼아 술을 주어 보았다. 한 잔을 다 마시고도 취하지 않더구나. 그래서 너는 어떤가 물어보니, 너는 형보다 배나 마실 수 있다고 하는구나. 어째서 글공부에는 아비의 성품을 계승하지 않으면서 주량만은 아비를 능가하느냐? 이것은 좋은 소식이 아니로구나.

네 외조부이신 절도사공께서는 술 일곱 잔을 마셔도 취하지 않으셨다. 그러나 평생 술을 입에 가까이하지 않으셨다. 만년에야 수십 방울쯤 들어가는 작은 술잔을 하나 만들어 놓고 입술만 적시셨을 뿐이다.

나는 태어난 이래 술을 많이 마셔 본 적이 없어서 내 주량을 모른다. 벼슬하기 전, 중희당에서 임금께서 삼중소주를 옥필통에 가득 부어 하사하신 적이 있었다. 사양했으나 소용없었고 모두 다 들이켜라고 명령하셨다. 마음속으로 '내가 오늘 죽었구나.' 했었다. 그러나 다 마시고 나서도 몹시 취하지는 않았었다. 또 춘당대에서 임금을 모시고 시험 답안을 검토하고 있었는데, 맛난 술을 큰 사발로 하나 하사하신 적도 있었다. 그때 여러 학사들은 곤드레만드레 취해 인사불성이 되었었다. 그래서 어떤 이는 남쪽을 향해 절을 하기도 하고, 깔개 가운데 엎어져 누워 있는 사람도 있었다. 그러나 나는 시험 답안을 다 읽고 착오 없이 등수도 다 매기고 물러 나왔는데, 그제야 어렴풋이 취기가 돌았을 뿐이었다. 그러나 너희들은 내가 술을 반 잔 이상 마시는 것을 본 적이 있느냐?

참으로 술맛이란 입술만 적시는 데 있는 것이다. 저 소 물 마시듯하는 자들은 술이 입술이나 혀를 적실 사이도 없이 곧장 목구멍으로 넘어가니 무슨 맛을 알겠는가? 술의 정취는 살짝 취하는 데 있는 것이다. 얼굴이 붉은 귀신처럼 되어서 더러운 것을 토해 내며 잠에 곯아 떨어지는 그런 자들이야 무슨 정취가 있겠느냐? 요컨대 술 마시기를 좋아하는 사람은 갑자기 죽는 경우가 많다. 술독이 오장육부에 스며들어 썩기 시작하면 하루아침에 몸이 연이어 무너지고 마는 것이다. 이것은 몹시 두려운 일이다. 나라를 망치고 가정을 파탄 내는 온갖 흉측하고 패륜적인 행동들이 모두 술에서 나온다. 그러므로 옛날에는 '고觚'라는 모서리가 모난 술잔을 만들어서 음주를 절제하는 경계로 삼았다. 뒤에 고를 사용하면서도 절제하지 못하는 일이 있게 되자 공자께서 "고가 고의 노릇을 못한다면 고라고 할 수 있겠느냐? 고라고 할 수 있겠느냐?"고 말씀하셨던 것이다.

너처럼 배우지 못해 아는 것도 없는 폐족이 술주정뱅이라는 이름까지 붙는다면 장차 어떤 등급의 사람이 되겠느냐? 조심해서 절대 입에 가까이하지 말거라. 제발 아득히 세상 끝에 떨어져 있는 이 애처로운 아비의 말을 따르도록 해라. 술병은 등창도 되고 뇌종양도 되고 치루나 황달도 되며 온갖 기괴한 병들이 되는데, 한번 병이 나면 백약이 무효다. 네게 빌고 또 빈다. 입에서 술을 끊고 마시지 말거라.

네가 아직 『사기』를 읽고 있다고 하니, 이 또한 좋은 일이다. 예전에 고정림顧亭林[고염무]이 『사기』를 읽을 때 본기本紀나 열전 등은 손도 대지 않은 것 같은데, 연표나 월표月表는 손때가 까맣게 묻었다고 한다. 이것이 『사기』를 제대로 읽는 방법이다. 『기년아람紀年兒覽』
의 대사기大事記나 역대 연표 따위는 반드시 그 범례를 자세히 읽도
록 해라. 『국조보감國朝寶鑑』을 가져다 연표나 큰 사건 기록표 같은
것을 만들고, 『압해가승押海家乘』을 가져다 연표를 만들어서, 대국의
연호나 우리나라 여러 임금들의 재위 연수를 자세히 고찰해 책으로
만들어라. 그러면 우리나라의 일들과 조상들의 일에 대해 그 큰 줄거
리를 알게 되고 시대의 선후도 구별할 수 있을 것이다.

　돌아가신 아버님께서 내게 주신 편지들이 아직도 상자 속에 있느
냐? 없어지지나 않았을까 걱정이구나. 그중 자질구레한 세속적인 일
에 대해 하신 말씀들은 모두 삭제하고 훈계나 기억할 만한 말씀들만
따 내어 그 날짜를 살펴 한 권의 책으로 만들어 두어야 할 것이다. 내
가 이곳에 있어서, 직접 기록할 수 없는 것이 한스러울 뿐이다.

　『사기』를 다 읽으면 반드시 『예기』를 읽도록 해라. 『예기』 49편이
모두 읽을 만하지만, 그 가운데서도 「단궁檀弓」, 「문왕세자文王世子」,
「예기禮器」, 「내칙內則」, 「명당위明堂位」, 「대전大傳」, 「학기學記」, 「악
기樂記」, 「제법祭法」, 「제의祭義」, 「애공문哀公問」 이하부터 「방기坊
記」, 「표기表記」, 「치의緇衣」, 「문상問喪」, 「삼년문三年問」, 「유행儒行」,
「관의冠義」 이하 일곱 편까지는 모두 읽을 만하다. 이것을 다 읽으면
다시 「곡례曲禮」 등 읽지 않은 편을 가져다 뜻과 이치를 자세히 연구
하고 사물의 이름 따위를 세밀하게 분석해라. 이것을 한 바퀴 다 마치
면 다시 처음으로 돌아가거라. 그래서 완전히 무르녹아 꿰뚫게 된다

면『예기』에 대해서는 더 이상 유감이 없게 될 것이다.

「기유아寄游兒」(집필 연도 미상)

✄

유배된 지 4년 만인 1805년, 맏아들 학연이 처음으로 아버지를 뵈러 왔다. 강진 읍내에 살던 다산은 아들과 함께 머물 곳을 마련할 길이 없었다. 결국 산으로 올라가 보은산방에 방을 구걸해 함께 머물렀다고 한다. 그리고 이 보은산방에서 아들에게 그동안 미뤄 두었던 공부를 시킨다. 이때의 과제는『주역』이었다. 그리고 "내 지금 네게 글을 읽히노니, 돌아가 네 아우의 스승 되어라." 하고 당부한다. 눈앞의 큰아들을 보면서 집에 남아 생업에나 종사하고 있을 작은아들을 생각한 것이다.

객이 와 내 문을 두드리는데	客來叩我戶
자세히 보니 바로 내 아일세.	熟視乃吾兒
수염이 무성하게 자랐지만	須髥鬱蒼古
눈언저리는 그래도 알겠네.	眉目差可知
너를 그리워한 지 너덧 해,	憶汝四五載
꿈에 볼 때마다 어여뻤는데,	夢見每丰姿
장부가 갑자기 앞에 절하니	壯夫猝前拜
거북하고 기쁜 맘이 안 드네.	窘塞情不怡
감히 생사를 묻지 못하고	未敢問存沒

우물우물 시간을 끄네.　　　　　　　嚅嚅爲稍遲

도포 자락이 황토로 범벅이니　　　　黃泥滿袍襺

허리뼈라도 다치지 않았는지.　　　　骨骼得天虧

종을 불러 말 모양 보았더니　　　　呼奴視馬貌

갈기가 난 새끼 당나귀일세.　　　　大抵驪而鬐

내가 꾸짖을까 겁을 내서는　　　　恐吾有咄罵

좋은 말로 탈 만하다 하네.　　　　好言云可騎

말 않으나 속은 참혹해　　　　　　黙然中慘惻

문득 맥이 풀려 버린다.　　　　　頓令心氣衰

[중략]

기구히 절간으로 찾아들어　　　　奇嶇到僧院

구걸하는 낯빛이 비굴하다.　　　　丐乞顏色卑

다행히 반 칸 방을 빌려서　　　　幸借房半間

세끼 종소리 함께 듣는다.　　　　共聽鐘三時

[중략]

인생은 가녀린 풀과 같은 것　　　　人生如弱草

게다가 몹시 약하고 지쳤으니,　　　況乃劇衰疲

풀 이슬 마르듯 어느 날 죽고 나면　草露一朝晞

이 마음을 알아줄 이 누구일까?　　此意知者誰

내 지금 네게 글을 읽히노니　　　　吾今授汝讀

돌아가 네 아우의 스승 되어라.　　歸爲汝弟師

216

그리고 그 작은아들에게 쓴 편지가 앞의 편지다. 독서법에서 음주법까지, 자상하고 구체적으로, 눈앞에 데리고 앉아 하나하나 가르치듯 쓴 편지다. 아버지 없이 청년기를 보내야 하는 아들에 대한 염려와 사랑이 행간마다 젖어 있다.

다산은 이 편지에서 양계를 시작한 학유를 격려하고 있다. 그러면서 생업에 매몰되지 말고 양계법을 적극적으로 연구하고 개발할 것을 당부하고 있다. 이것은 생산에서 담당해야 할 '독서한 선비'의 역할을 절실하게 생각했던 평소의 신념이기도 했다. 다산의 둘째 아들인 정학유丁學游는 오늘날 「농가월령가農家月令歌」의 작가로 남아 있으니, 양계와 관련한 아버지의 훈계가 그런 식으로 빛을 본 셈이라고도 할 수 있다.

「농가월령가」는 농사에 필요한 지침을 구체적으로 세세히 나열하는 노래이다. 농사꾼의 노래라기보다는 농사를 감독하고 계도하는 자의 노래이다. 당연히 우아한 전원생활의 정취도 놓치지 않는다. "세속적인 일을 하면서도 맑은 정취를 간직하는 것"이 이런 모습일 수도 있겠다는 생각을 하게 한다.

한 해의 풍흉은 측량치 못하여도

사람 힘이 극진하면 천재를 면하느니

제각각 근면하여 게을리 굴지 마소.

일 년 계획은 봄에 있나니 범사를 미리 하라.

봄에 만일 때 놓치면 한 해 일이 낭패되네.

농기구를 다스리고 농우를 살펴 먹여

재와 거름 재워 놓고 한편으로 실어 내어

보리밭에 오줌 주기 설 전보다 힘써 하소.

늙은이 근력 없어 힘든 일 못하여도

낮이면 이엉 엮고 밤이면 새끼 꼬아

때가 되어 지붕 이으면 큰 근심 덜 것이로다.

과실나무 겉껍질 깎고 가지 사이 돌 끼우기

설날 아침 밝기 전에 시험조로 하여 보세.

며느리는 잊지 말고 소국주를 밑술해라.

봄날에 백화 필 때 꽃 앞에 한번 취해 보리라.

―「농가월령가」 중에서

가을 매가 날아오르듯

― 학유에게 노자 삼아 주는 훈계

'용勇'이라는 것은 지智·인仁·용勇의 세 가지 덕 가운데 하나다. 성인께서 도리를 깨우쳐 일을 성사시키고 천지를 두루 다스리신 것이 모두 '용감하게 실행함'으로써 이룩된 것이다. "순舜임금은 누구인가? 순임금처럼 한다면 누구나 순임금인 것이다."라고 하는 것이 용감한 것이다. 세상을 경영하고 백성을 제도하는 학문을 하려고 한다면 "주공周公은 누구인가? 주공처럼 경세제민經世濟民한다면 누구나 주공인 것이다."라고 하고, 훌륭한 문장가가 되려는 사람은 "유향劉向이나 한유韓愈는 누구인가? 그들과 같은 문장을 지어 내기만 하면 누구나 유향이고 한유인 것이다."라고 하며, 명필이 되려고 하는 이는 "왕희지王羲之, 왕헌지王獻之는 누구인가?"라고 하고, 부자가 되고자 한다면 "도주陶朱와 의돈猗頓은 누구인가?"라고 해야 한다. 이렇게 한 가지 소원이 있으면 어떤 한 사람을 목표로 삼아 기필코 그와 같아진 뒤에야 그만두리라고 기약해야 한다. 이것이 '용감'이라는 덕성이 하는 일이다.

둘째 형님은 나의 지기知己시다. 그런데 "내 아우에게는 아무 단점이 없는데, 다만 한 가지 도량이 좁은 것이 흠이다."라고 하신 적이 있었다. 나는 네 어머니의 지기다. 그런데 "내 아내는 아무 단점이 없는데, 다만 한 가지 아량이 좁은 것이 흠이다."라고 한 적이 있었다. 너는 나와 네 어머니의 자식이니, 어떻게 산이나 늪처럼 넓고 큰 도량을 지닐 수 있겠느냐? 그렇지만 너는 아무래도 너무 심하다. 이치로 보아서는 아들이 아비보다 더한 것이 당연하다. 그러나 끝내 그렇고 만다면, 티끌 하나도 용납하지 못할 터이니 하물며 넓디넓은 만경창파처럼 온갖 것을 포용하고 받아들일 수 있겠느냐?

도량의 근본은 남의 처지를 자신의 입장으로 미루어 이해하는 것이다. 이해할 수만 있다면 좀도둑이나 세상을 어지럽히는 무리라도 묵묵히 참아 넘길 수 있다. 더구나 그 나머지야 말할 필요가 있겠느냐?

옛날 선왕들께서는 지혜롭게 사람을 쓰셨다. 보이지 않는 대신 귀가 밝은 장님은 음악을 살피게 하시고, 다리가 불편한 이는 문을 지키게 하시고, 고자들은 궁궐을 출입하는 내시로 쓰셨다. 병약자나 꼽추 등 쓸모없는 무리들도 각기 적당한 곳에서 쓰였다. 이것은 잘 연구해 봐야 할 일이다.

집의 종 하나를 두고 너희 형제는 힘이 약해서 일을 시킬 수가 없 다고 늘 말하더구나. 그러나 난쟁이에게 산을 뽑아 오라는 식의 어울 리지 않는 힘든 일을 시키려 하기 때문에 그가 힘이 약하다고 걱정하 는 것이다. 집안을 잘 간수하는 법은, 주인 영감과 안주인에서 남녀, 어른 아이, 형제, 동서들까지, 아래로는 노비의 자식들까지, 다섯 살이 넘은 사람이면 모두 각각의 일을 맡겨 한시라도 놀고먹지 않게 하는 것이다. 이렇게 하면 가난이나 군색함을 걱정할 일이 없을 것이다.

내가 장기에 있을 때였다. 주인이었던 성 아무개에게는 겨우 다섯 살짜리 어린 손녀가 있었는데, 그 손녀에게 뜰에 앉아서 솔개를 쫓게 했다. 일곱 살짜리에게는 손에 회초리를 들고 참새를 쫓게 했다. 나머 지 그 집 솥에서 밥을 먹는 사람들은 모두 맡은 책임이 있었다. 이것 은 본받을 만한 일이다. 사람 사는 집에서 노인은 새끼를 꼬아 새끼줄 을 만들고, 노파는 항상 한 뭉치의 실 꾸러미를 들고 다니며 실을 뽑 아서 설령 이웃집에 가더라도 손에서 놓지 않아야 한다. 이런 집은 반 드시 먹을 것이 넉넉해서 가난 걱정이 없다.

세상의 둘째 아들들 중에는 따로 살림을 나기 전에는 동산이나 채 마밭 가꾸는 일에 전혀 아랑곳하지 않는 이가 있다. 그러면서 속으로 훗날 자신의 동산이나 채마밭을 따로 갖게 되면 온 마음을 다해 경영해 보리라 생각한다. 그러나 이것은 이런 일이란 본래 천성에서 나온다는 것을 모르는 것이다. 자기 형의 동산과 채마밭을 잘 가꾸지 못하는 사람은 자신의 동산과 채마밭도 잘 가꾸지 못하는 법이다. 너도 내가 다산에 연못을 파고 대를 꾸미고, 밭을 가꾸는 일에 마음과 힘을 다하는 것을 보았을 것이다. 그러나 장차 내 것으로 만들어서 자손에게 전하려고 그렇게 했겠느냐? 참으로 천성으로 좋아서 하는 것은 네 땅 내 땅을 가리지 않는 법이다.

한 끼 배불리 먹으면 살찌고 한 끼 굶으면 마르는 것을 천한 짐승이라고 한다. 시야가 좁은 사람들은 오늘 뜻대로 되지 않는 일이 있으면 당장 줄줄 눈물을 흘리고 다음 날 뜻대로 되는 일이 생기면 또 아이처럼 얼굴이 환해져서, 근심과 즐거움, 기쁨과 슬픔, 감동과 분노, 사랑과 증오의 온갖 감정이 아침저녁으로 변한다. 달관한 자가 본다면 비웃지 않겠느냐? 그렇기는 하다만, 동파東坡[소식蘇軾]는 "세속의 안목은 너무 비천하고 하늘의 안목은 너무 고상하다."고 했다. 만약 8백 년을 살았다는 팽조彭祖처럼 장수하는 것이나 이십 전에 요절하는 것이나 마찬가지라고 여기고 삶과 죽음이 한가지라고 여긴다면, 이것은 또 지나치게 고상해서 병일 것이다. 요는 아침에 햇볕을 받는 곳은 저녁 그늘이 빨리 들고, 일찍 핀 꽃은 먼저 진다는 것을 알아야 하는 것이다. 운명의 수레는 격렬하게 구르며 잠시도 멈추지 않는다. 그러니 이 세상에 뜻이 있는 자가 잠시의 재난 때문에 끝내 청운의 뜻까지 꺾여서는 안 된다. 사나이 대장부의 가슴에는 항상 가을 매가 하늘 높이 날아오르는 기상이 있어서, 천지도 좁아 보이고 우주도 내 손바닥 안에 있는 듯 가볍게 여겨야, 이래야 하는 것이다.

내 나이 스무 살 무렵에는 우주 안의 일들을 모두 해결하고 모두 정돈해 보고 싶었다. 서른, 마흔이 되어서도 이 뜻은 시들지 않았었다. 정치적 풍상을 겪어 이곳에 유배된 이후로, 토지제도[田制]·관직제도[官制]·군사제도[軍制]·재무財務 등 나라와 백성에 관계된 일들에 대해서는 드디어 생각을 덜 하게 되었다. 그러나 경전을 주석하고 해설하는 일에 대해서만은 헝클어진 것을 파헤쳐 바로잡고자 하는 소원을 여전히 지니고 있었다. 지금은 중풍으로 쓰러져 이 마음도 점점 없어지지만, 정신과 기력이 조금만 회복되면, 또다시 여러 가지 궁리가 불쑥 일어나곤 한다.

남들이 모르게 하려면 안 하는 것이 최고고, 남들이 못 듣게 하려면 말하지 않는 것이 최고다. 이 두 개의 문장을 평생 되뇐다면, 위로는 하늘에 대해 떳떳하고 아래로는 집안을 지킬 수 있을 것이다. 세상의 재앙이나 우환, 천지를 뒤흔들고 자신을 죽이고 가문을 전복시키는 죄악이 모두 몰래 하는 일에서 빚어진다. 일을 하거나 말을 할 때는 반드시 치열하게 반성해 보아야 한다.

열흘에 한 번 정도 집 안의 편지 더미를 점검해라. 남의 눈에 걸릴 만한 것들은 하나하나 가려내 심한 것은 없애 버리고 좀 덜한 것으로는 노끈을 꼬고, 그보다 또 덜한 것으로는 떨어진 벽을 바르거나 책뚜껑을 만들어, 정신이 가뿐해지게 하여라.

편지 한 통을 쓸 때마다 두 번 세 번 살펴보며, '이 편지가 번화가의 큰길가에 떨어져 내 원수가 펼쳐 보아도 내게 아무 일도 없을 것인가?' 하고 생각해 본다. 또 '이 편지가 수백 년 뒤에까지 전해져서 허다한 안목 있는 사람들이 본다 해도 내가 놀림거리가 되지 않을 것인가?' 하고 생각해 본다. 그런 뒤에야 비로소 봉하는 것이다. 이것이 군자의 신중함이다. 나는 젊은 시절에 글씨를 빨리 썼으므로 이 계율을 많이 범하였다. 중년에야 화가 두려워 점차 이 법을 지키게 되었는데, 매우 유익하다. 너는 마음에 새겨 두도록 해라. 【경오년[1810] 2월에 다산의 동암東菴에서 쓴다.】

「신학유가계贐學游家誡」(1810년, 49세)

❦

정학연, 정학유 다산의 두 아들들은 번갈아 강진에 드나들며 공부도 하고, 다산의 강진 제자들과 사귀며 다산의 저술 사업을 돕기도 한다. 1808년에는 둘째 아들 학유가 8년 만에 처음 아버지를 뵈러 왔다. 열네 살에 두고 떠나왔던 소년이 스물두 살의 청년이 되어 찾아온 것이

다. 그렇게 다시 만난 아들이 돌아가게 되자, 노자 대신 주어 보낸 훈계
다. 얼마나 할 말이 많았으랴. 두서없이 생각나는 대로 적힌 이 훈계는
타일러 보낼 말이 너무 많아 급해지는 아버지의 마음을 보여 주는 듯
하다.

학연에게 하는
훈계

너는 나를 섬기지 못해 몹시 원통하다고 하는데, 왜 그 마음으로 백부를 섬기지 않느냐? 옛사람 중에는 어려서 부모를 잃고 목각으로 그모습을 만들어 의지하며 제사를 지냈던 사람도 있었다. 더구나 아버지의 형제[猶父]는 성인께서도 아버지와 같다고 하시지 않았느냐? 지속적으로 정성을 다하고 한마음으로 사모한다면, 미덥게 여기지 않으실 리 없다. 생각하고 생각해라.

사대부의 집안에서 한번 벼슬 끈을 놓치면, 완전히 무너져서 유리걸식하며 무지렁이 천한 무리에 섞여 버리지 않는 자가 없다. 한편으론 자포자기해서 경전과 역사서를 팽개쳐 버리기 때문이고, 한편으론 놀고먹고 놀고 입으며 살림 규모를 고치지 않기 때문이다.

바람을 읊고 달을 노래하며 어려운 운자로 시 짓는 솜씨를 뽐내 한때 헛된 명예를 얻더라도, 이런 것은 물결에 떠가는 꽃잎처럼 따라가면 곧바로 사라지는 경박하고 쓸데없는 일이다. 뿌리도 근원도 없는 학문이 어떻게 크게 떨칠 수 있겠느냐?

또 먹고 입는 밑천으로는 뽕나무와 삼을 심고 과일과 야채를 가꾸는 것, 부녀자들이 부지런히 실 잣고 길쌈하는 것만이 좀 할 만한 일이다. 그 외 이자놀이나 여러 가지 물건을 판매하는 행위, 약을 파는 일 등은 모두 악착스러운 사람들이나 할 수 있는 일이지, 조금이라도 고상한 맛이 있는 자라면 본전을 깎아 먹고 본업마저 잃지 않을 자가 없다. 절대로 단념하도록 해라.

또 권력 있는 요인들에게 손을 써서 재판에 청탁을 넣고 그 더러운 찌꺼기를 핥아먹거나, 무뢰배들과 결탁해서 시골의 어리석은 이들을 속여 그 뇌물을 훔치는 것, 이런 것들은 모두 간악한 도둑질이다. 작게는 남들이 비방하며 침 뱉고 욕하니 이름이 땅에 떨어지고, 크게는 법망에 걸려 형벌을 받는다. 또한 모든 의롭지 못한 재물은 오래 지킬 수 없다. 너는 포교나 나졸들의 재물이 평생을 보장하는 것을 본 적이 있느냐? 생기는 대로 써 버리고 또다시 억척을 떠니, 비유하자면 굶어 죽은 귀신의 혀끝에 물 한 방울 떨어뜨려 불을 끄려 하지만 끝내 갈증을 풀 도리가 없는 것과 같다. 어찌 근본으로 돌아가지 않느냐? 공경하고 삼가는 마음으로 경전을 정밀하게 연구하고, 근면하고 검소하게 힘껏 동산과 밭을 가꾸며, 질박한 마음으로 도를 보존하고, 일을 줄이고 비용을 절약하면 집안을 보전하는 훌륭한 후손이 될 수 있을 것이다.

남의 집에 손님 가서 며칠을 머물렀는데도 어느 아이가 누구의 아들인지 분간이 되지 않는다면 형제가 화목하고 행실이 훌륭한 가문이다.

부녀자 중 어진 이는 뜻대로 하게 맡겨 둔다. 혹 못난 사람은 몹시 못된 이에게 하듯 막고 살피고 조종하고 끊어 내야 한다. 내가 전에 "부인은 깨진 그릇 같아 새는 구멍이 많다."고 한 적이 있는데, 지나친 말이 아니다. 함부로 이잣돈을 쓰는 사람은 반드시 그 집을 망친다. 벼슬하는 집안이야 손실을 보충할 방법이 있기도 하겠지만, 농사짓는 집이나 가난한 선비의 아내가 감히 이잣돈을 쓰면, 사적으로 법을 만들어 한 번 위반하면 경고하고 두 번 위반하면 저지하고 세 번 위반하면 쫓아내야 한다.

옛날 못난 자식으론 조괄趙括을 첫째로 친다. 그러나 조괄은 오히려 그 아버지의 글을 읽고 전했다. 임기응변을 잘하지 못했을 뿐이다. 너희들이 내 저서를 읽지도 못하니, 반맹견班孟堅[반고班固]에게 「고금 인물 표古今人表」를 만들게 하면 너희는 틀림없이 조괄보다 밑에 놓일 것이다. 분하지 않겠느냐? 힘쓰고 힘써라.

네가 갑자기 의원이 되었다는데, 무슨 생각이냐? 무슨 이익이 있느냐? 네가 이 기술을 이용해 집권 재상들과 교제를 맺어 네 아비의 사면을 도모하려는 것이냐? 옳지 않은 일일 뿐 아니라 가능하지도 않다.

너는 세속에서 말하는 '헛공치사'라는 것을 아느냐? 돈 들 것 없는 입술만 놀려 네 마음을 기쁘게 해 주고 돌아서서 냉소하는 자들이 가득하다는 걸 너는 아직도 깨닫지 못하느냐? 넌지시 자신의 권세가 대단하다는 것을 보여서 몸을 굽혀 땅에 엎드리게 한 것인데, 너는 과연 그 술수에 빠졌으니 어리석은 사람 아니냐?

고관으로 명예로운 직책에 있으면서 높은 덕과 깊은 학문이 있는 사람이 아울러 의학적 지식까지 있다면, 그 자신 아주 천해지진 않는다. 병자의 집에서도 감히 직접 묻지 못하고 서너 다리를 놓고서야 겨우 처방 하나를 얻어 귀한 보물을 얻은 듯 여기니, 그나마 괜찮다 할 것이다. 지금 너는 소문을 크게 내고 문을 활짝 열어 놓아, 차고 덥고, 낮고 높고, 악하고 바른 온갖 무리들이 날마다 문 앞거리를 메우고, 물고기 머리에 짐승 얼굴을 한 잡배들과 내력도 상관 않고 근본과 행실도 자세히 알지 못하면서 잠깐 만나선 교제를 허락하고 그 관곡館穀까지 전당 잡힌다니, 이게 무슨 변괴란 말이냐? 이후의 일은 나도 귀가 있다. 만일 고치지 않는다면 살아서 소식도 전하지 않을 뿐 아니라 죽어서도 눈을 감지 않을 것이다. 너는 생각하여 하거라. 내 다시 말하지 않겠다.

내가 지금 중풍으로 사지에 마비가 왔으니, 오래 살지 못할 것이다. 단정히 앉아서 섭생을 잘하고 목숨을 해치는 일을 하지 않으면 혹 목숨을 조금은 연장할 수도 있을 것이다. 그러나 세상일이란 미리 정해 놓는 것이 제일 좋다. 내 이제 말해 둔다.

옛 예법에 변란으로 죽은 사람은 선산에 들어가지 못한다고 했으니, 제 몸을 조심하지 않았기 때문이다. 순자荀子는 죄인을 위한 상례를 따로 마련했으니, 이것은 치욕을 드러내 경계하자는 것이었다. 내가 만약 여기서 생을 마친다면, 이 땅에 묻었다가 국가가 그 죄명을 씻어 줄 때까지 기다려 그때 가서 고향으로 이장해라. 너희들이 예禮의 뜻을 제대로 몰라 내 명백한 유언을 어기려 한다면, 어찌 효라고 하겠느냐? 혹시라도 다행히 나라의 은혜로 뼈라도 선산에 돌아갈 수 있게 된다면, 그 죽음은 애달프지만 그 돌아가는 길은 영화로울 것이다. 죽은 뒤 나라의 은혜를 입었다는 것을 이 나라 사람들에게 알리게 될 테니, 또한 도로에 빛이 나지 않겠느냐? 조용히 생각해 보고 삼가 따르도록 하라.

살림을 마련하는 방법은 밤낮으로 생각하고 계산해 보아도 뽕나무를 심는 것이 제일이다. 이제야 제갈공명의 지혜가 과연 최고라는 것을 알겠구나. 과일을 파는 것이야 본래 깨끗한 이름에 흠되지 않지만 그래도 장사에 가깝다. 뽕나무는 선비의 이름을 잃지 않으면서도 큰 장사치의 이익과 맞먹으니, 세상에 이런 일이 또 있겠느냐? 남쪽 땅에 뽕나무 365그루를 심은 자가 있었는데, 해마다 365꿰미의 돈을 얻었다. 1년이 365일이니, 매일 한 꿰미로 식량을 마련해도 죽을 때까지 없어지지 않았고, 마침내 아름다운 이름으로 일생을 마쳤다. 이일이 제일 배울 만하다. 그다음은 잠실 세 칸을 짓고 누에 발 일곱 층을 얹어 모두 21칸에 누에를 길러, 부녀들이 놀고먹지 못하도록 하니, 또한 아름다운 법이다. 금년에 오디가 익으면 너희들은 소홀히 하지 말아라.【경오년[1810] 중춘, 다산 동암에서 쓰다.】

「시학연가계示學淵家誡」(1810년, 49세)

***

다산의 자식으로 산다는 것은 어떤 일이었을까 생각한다. 다산의 맏아들 정학연은 열아홉 살 나던 해에 집안이 풍비박산 나는 일을 겪는다. 하늘과 땅이 뒤흔들리는 와중에 그래도 정신 차리고 남은 가족을 다독이며 생계를 운영하고, 일가 간의 처신도 해 가며 귀양 뒷바라지도 해야 했던 것은 그의 몫이었다. 가능하면 아버지의 귀양을 풀어 고향으로 모셔 올 방법도 찾아야 했다. 그의 삶이 쉽지 않았을 것이다.

그가 세상을 헤쳐 나가는 방편으로 삼은 것이 자신이 지닌 시인으로서의 재능과 아버지로부터 물려받은 의학에 대한 지식이었다. 폐족 처지의 그가 고관대작들과 교유를 터 아버지를 구원할 구멍을 마련할 수 있는 유일한 방편이기도 했을 것이다. 신현申絢이라는 이는 "그 아버지가 사학邪學의 옥사에 얽혀 오랜 세월 귀양살이를 했는데, 후상厚祥

[정학연]이 의술에 정통해서 권세가들과 사귀어 마침내 죄에서 풀려 돌아오게 했으니, 효라고 할 만하다."고 증언하기도 한다.

그러나 정학연에게 보낸 이 훈계에는 질책이 가득하다. 시인으로 이름을 날리는 것은 경박하고 헛된 일이다, 상업이나 이자놀이 같은 것엔 마음을 끊어라, 권세가에 줄을 댈 대 그 권세를 업어 보려는 짓은 천하다, 특히 의술을 이용해 권세가들에 드나들며 내 구명을 하려는가 본데 그런 짓을 계속한다면 부자의 인연을 끊겠다고 노여워한다. 그러고는 책을 읽고, 학문을 해라, 내가 원하는 것은 내 학문을 계승해 줄 후계자이다, 그렇게 시인이나 의원 나부랭이로 행세하며 학문을 등지면, 끝내는 천하의 못난 아들인 조괄보다 못한 사람이 될 거라고 막소리도 한다. 태산같이 큰 아버지였으나 태산같이 무거운 아버지이기도 했으리라. 정학연은 환갑 무렵 자신의 삶을 "내 생애 삼만육천 날, 하루하루 세상살이가 하루하루 슬픔이었네[吾生三萬六千日, 日日人間日日愁]."라고 회고하기도 한다. 어쩌면 다산 자신보다도 더 고단한 삶이었을 것이다.

다산이 그토록 질색했으나 정학연은 시인으로 유의儒醫로 평생 살았다. 당대의 세도가 남병철南秉哲은 자신의 시회에 드나들었던 인물들을 그린 회인시懷人詩에서 정학연을 다음과 같이 말한다.

고난과 세상의 험로를 골고루 맛보았으니　　　　　艱難險阻備嘗之
한 글자라도 굶주림에 보탬 된 적 있었으리.　　　　一字何曾得救飢

책을 읽어야 쓸데없는 걸 비로소 알았으니	始覺讀書無所益
범중엄의 다른 소원은 양의가 되는 것이었지.	希文餘願作良醫

정학연은 아우와 자식들 조카들까지 데리고 남병철의 시회에 출입했고, 거기서 다산의 제자 이학래李鶴來를 만나기도 했다. 송의 시인 소동파蘇東坡는 "평생 오천 권의 책을 읽었지만, 한 글자라도 굶주림을 없애는 덴 보탬이 되지 않았다[平生五千卷, 一字不救飢]."고 했고, 송의 명재상 범중엄范仲淹은 "어진 정승이 되지 못할 바엔 훌륭한 의원이라도 되어 사람을 구하고 싶다[能爲良相, 必爲良醫, 以醫可以救人也]."고 했다. 소식의 시와 범중엄의 의술로 정학연을 평가하는 것이니, 정학연이 당대 세도가들 문에 의원으로 드나들었던 것을 다시 확인하게 된다.

다산 만년의 어느 해 9월 12일, 정학연의 생일이었다.

중양절이 지나고 다시 삼 일째,	重陽過後又三朝
옛날 태어나던 날이 어젯밤 같구나.	憶昨懸弧似隔宵
허연 머리의 너는 쓸쓸한 신세이고	白首汝今成濩落
꺼진 재 같은 나는 적막하기도 하다.	灰心吾已付蕭寥
국화 꽃술에 맺힌 서리, 파란 꽃받침 맺혔고	霜持菊蕊靑跗結
오이 넝쿨 때리는 비, 꺼멓게 잎이 말랐구나.	雨打瓜藤黑葉凋
벼 베고 보리 파종하고 시간이 급한데	刈稻播牟時轉急

절뚝이는 나귀는 언제 동교를 건너려는지.　　　　　　　塞驢幾日度東橋.

제 생일이 지나도록 돌아오지 않는 늙은 자식을 기다리는 더 늙은 아비의 마음이 고스란히 드러난다. 벼 베고 보리도 파종해야 해서 시간이 급하단 말은 핑계일 것이다. 절름거리는 나귀 운운하는 걸 보니, 정학연은 시사詩社의 일로 한양에 들어갔나 보다. "절뚝이는 나귀"란 시인이 나귀를 타고 가며 시상을 다듬는데 얼마나 다녔는지 나귀가 절름거릴 지경이라는 뜻이니 말이다. 이 무렵 정학연은 한양에서 열리는 여러 시 모임에 단골로 등장하는 시인이었다. 때론 그런 시 모임의 인물들과 함께 초천으로 돌아오기도 했다. 물론 다산의 명망과 학문에 대한 경모가 아직 남아 있어서이기도 하고, 양수리 일대의 아름다운 경치 때문이기도 했다. 그렇게 두물머리 근처 마재는 정씨네의 세거지로 명승으로 변해 갔다.

두 아이에게 보이는

훈계

효도와 우애는 인仁을 실천하는 근본이다. 그러나 자기 부모 형제를 사랑하는 사람은 세상에 많으니, 돈독한 행실이라 하기에는 부족하다. 오직 백부와 숙부가 조카들을 자신의 친아들처럼 여기고, 조카들이 백부와 숙부를 자기의 친아버지처럼 여기며, 사촌 형제들이 같은 어머니에게서 태어난 형제들인 양 서로 사랑해서, 집에 온 다른 사람들이 하루를 지켜보고 열흘이 넘게 지켜보아도 끝내 누가 누구의 아버지인지, 누가 누구의 아들인지 알 수 없을 만큼 되어야 비로소 집안을 일으키는 기상이 되는 것이다.

집안이 한창 부귀하고 번창할 때는 친척들도 따르고 의지하기 때문에 사소한 원망거리가 생겨도 속에 넣어 두고 발설하지 않는다. 그러므로 서로 간에 화기애애함을 잃지 않는다. 그러나 양쪽 모두가 몹시 가난하면, 한두 말의 곡식이나 한두 자의 옷감 같은 사소한 것을 가지고도 시끄럽게 따지고 다투게 되어, 서로 몹쓸 말을 하고 모욕하고 업신여기게 된다. 그것이 갈수록 점점 더 격렬해져서 끝내는 원수가 되고야 만다.

이런 때에는 도량이 넓은 한 남자가 나서서 아름답고 지혜로운 부인을 감동시켜 그 도량을 산이나 늪처럼 활짝 넓혀 주고 태양처럼 밝은 마음을 갖게 해야 한다. 그리하여 여자의 도리를 지켜, 어린아이인 듯, 창자가 없는 사람인 듯, 뼈 없는 벌레인 듯, 태곳적 갈천씨 때의 백성인 듯, 참선 중인 중인 듯 유순하게 대하도록 해야 한다. 저쪽에서 돌을 던지면 나는 보석으로 갚아 주고 저쪽에서 칼을 설치하면 나는 맛 좋은 술을 대접한다. 그렇게 하지 않으면, 흘겨보고 성내며 다투다가 죽이기까지 해서, 끝내는 집안을 뒤집어엎고야 말 것이다.

너희들은 이런 이치를 잘 알아 두어라. 날마다 『소학小學』의 「외편外篇」을 가져다 아름다운 말과 착한 행동을 한마디 한마디 본뜨고 따라 하며, 항상 마음속으로부터 정성껏 지켜 잠시도 잊지 말아라. 그렇게 오래 계속하다 보면 다른 사람들도 감동하고 기뻐져서 저절로 화목해질 것이다. 비록 불행히 바로잡지 못하더라도 친척들과 이웃들 사이에 절로 공론이 있을 것이니, 다 함께 뒤섞여 오랑캐의 풍속으로 떨어지는 일은 없을 것이고 집안도 보전할 수 있을 것이다.

중국은 일상생활이 문명화되어 있어서, 깊고 외딴 시골에 살더라도 성인도 될 수 있고 현자도 될 수 있다. 우리나라는 그렇지가 못해서 도성 문에서 수십 리만 벗어나도 벌써 태곳적 미개사회다. 더구나 먼 시골이겠느냐?

무릇 사대부 집안의 법도는 벼슬길이 순조로울 때는 멀찍이 산비탈에다 집을 세내어 살아서 선비의 본모습을 잃지 않도록 해야 하지만, 벼슬길이 끊기면 서울에 붙여 살아서 문화의 안목을 떨어뜨리지 않도록 해야 한다. 지금은 내 이름이 죄인의 명부에 올라 있으니 우선 너희들을 시골집에 숨어 있게 하였다만, 뒷날에는 도성 10리 안에서 살아야 한다고 생각하고 있다. 만약 집안 사정이 어려워서 도성 깊숙이 들어가 살 수 없다면, 잠시 근교에 머물면서 과일나무를 기르고 채소를 가꾸며 생계를 꾸리다가, 형편이 좀 넉넉해지면 그때 도성 안으로 들어가도 될 것이다.

화를 입고 복을 받는 이치는 옛사람들도 오래전부터 의심해 온 것이다. 충성스럽고 효성스러운 사람이 꼭 화를 면하는 것도 아니고, 방종한 자가 꼭 박복하지도 않다. 그러나 선을 실천하는 것이 복을 받는 길이므로 군자는 힘써 선을 행하는 것일 뿐이다.

옛날부터 화를 당한 집안의 살아남은 사람들은 놀란 새가 높이 날고 놀란 짐승이 멀리 달아나듯이 달아나서, 어떡하면 더 깊은 산속으로 숨을까만 걱정한다. 그러다 끝내는 노루나 토끼가 되어 버리고 만다. 대체로 부귀하고 넉넉한 집안의 사람들은 재난을 만나도 눈썹이 편안하고 도무지 근심이 없는 것처럼 군다. 반면 몰락해서 배척받는 집안의 사람들은 태평한 시절에도 항상 근심이 있는 것처럼 말한다. 그들이 그늘진 벼랑이나 깊은 골짜기에서 살다 보니 햇빛을 보지 못하고, 함께 지내는 자들도 모두 벼슬길이 막혀서 슬프게 원망하는 무리들이므로 듣는 바가 모두 물정에 어둡고 근거 없고 편견에 차 있거나 고루한 이야기들뿐이다. 이것이 영원히 가 버리고 돌아보지 않게 되는 이유인 것이다.

진실로 너희에게 바란다. 항상 요직에 있는 사람과 다름없이 심기를 화평하게 가져라. 그리하여 아들 손자 대에 이르러선 과거에도 마음을 두고 경제에도 정신을 쓸 수 있도록 해야 한다. 하늘의 이치는 돌고 도는 것이니 한 번 망했다고 해서 반드시 못 일어서는 것은 아니다. 하루아침의 분을 이기지 못하고 발끈해서 이사 가 버리는 자는 천한 노예로 끝나고 말 뿐이다. 【경오년[1810] 7월 다산 동암에서 쓰다.】

「시이아가계示二兒家誡」(1810년, 49세)

❧

다산이 아들들에게 남긴 '가정의 교훈[家誡]' 중 한 편이다. 풍파에 시달린 나무는 외틀어지고 옹이도 많다. 겉모양뿐 아니라 마음도 그렇게 옹졸해지고 뒤틀린다. 패배자다운 심성을 내면화해 간다. 풍파에 놀란 사공이 바다를 버리고 떠나듯 세상을 기피하게 되고, 그럴수록 안목은 점점 더 누추해진다. 이렇게 되면 회복할 수 없게 된다. 다산은 현실적 몰락이 자신을 잠식하도록 내버려 두지 말라고 끊임없이 자식들을 격려한다. 삶이란 그렇게 간단한 것이 아니라고, 싸움은 아직 끝나지 않았다고.

이 무렵이면 서울은 이미 다른 지역과는 비교할 수 없는 문화적 '특별시'였다. 어찌해서든 서울에 살아야 한다고 당부하는 다산의 언급이 재미있다. 요샛말로 근교농업을 생업으로 할 것을 끊임없이 가르치고 실제 작물과 작법까지 지도하는 노력의 이면에 무엇이 있는지 엿보게 된다.

입을 속이는 방법
― 두 아들에게 보이는 가훈

육자정陸子靜[육구연陸九淵]은 "우주 안의 모든 일이 내 몫이고, 내 몫이 바로 우주의 일이다."라고 했다. 대장부라면 하루라도 이렇게 생각하지 않아서는 안 된다. 우리 인간의 본분이란 원래 허술한 것이 아니다.

사대부의 마음이란 비 갠 뒤의 바람이나 달같이 털끝만큼도 가려진 곳이 없어야 한다. 하늘과 인간에게 부끄러울 일은 칼로 끊은 듯 범하지 말거라. 그러면 저절로 마음이 넓어지고 몸이 살져서 편안해지며 호연지기가 생긴다. 만약 옷감 한 자, 돈 한 푼에 잠깐이라도 양심을 저버린다면 즉시 기상이 타락하고 만다. 이 지점이 인간이 되느냐 도깨비가 되느냐 하는 관건이다. 너희들은 깊이 경계해라.

다시 이르니, 말을 삼가야 한다. 전체가 다 멀쩡해도 새는 구멍 하나만 있으면 그건 깨진 항아리일 뿐이다. 온갖 말이 다 믿을 만해도, 허튼소리가 한마디 있으면 귀신의 소리일 뿐이다. 너희들은 깊이 경계해라. 말이 허황한 자는 사람들이 믿지 않는다. 가난하고 신분이 낮은 사람은 더욱 말을 아껴야 한다.

우리 집안은 선대부터 당파에 관여하지 않았다. 더욱이 곤경에 빠진 뒤부터는 친구들조차 연못 속으로 밀어 넣고 돌을 던지는 괴로운 지경이다. 너희들은 명심하고 당파의 마음을 깨끗이 씻어 버려라.

큰 기근이 들어 굶어 죽은 백성이 수만 명이니, 하늘의 섭리를 의심하는 사람조차 있다. 그러나 내가 보기엔 굶어 죽은 사람들은 대체로 다 게으른 자들이다. 하늘은 게으른 자를 싫어해 가혹한 형벌을 내려 멸망시키는 것이다.

나는 너희들에게 논밭을 남겨 줄 수 있을 만한 벼슬을 한 적이 없다. 다만 삶을 여유롭게 해 주고 가난을 구제할 수 있는, 두 글자 신령한 부적은 가지고 있다. 이제 그것을 너희에게 주니, 너희들은 야박하다 여기지 말거라. 한 글자는 부지런할 '근勤' 자요 다른 한 글자는 검소할 '검儉' 자인데, 이 두 글자는 비옥한 논밭보다 나으니 일생을 써도 떨어지지 않을 것이다.

'부지런함'이란 어떤 것을 말하는가? 오늘 할 수 있는 일을 내일로 미루지 말고, 아침에 할 수 있는 일을 저녁으로 미루지 말고, 갠 날 해야 할 일을 끌다가 비를 만나지 말고, 비 오는 날 해야 할 일을 날이 갤 때까지 끌지 말거라. 늙은이는 앉아서 감독하고, 어린아이는 걸으며 심부름을 하고, 장정은 힘 드는 일을 하고, 병자는 지키는 일을 한다. 부인은 새벽 두 시 전에는 잠자리에 들지 말아야 한다. 요컨대 집안의 남녀노소가 놀고먹는 입이 하나도 없고, 한순간도 한가하게 해바라기나 하지 않게 해야 한다. 이것을 근면하다고 하는 것이다.

'검소함'이란 어떤 것을 말하는가? 옷은 몸을 가리면 된다. 낡아 빠진 고급 옷이란 참으로 처량하다. 애초부터 소박한 베옷으로 넉넉히 지어 입으면, 낡아도 걱정이 없다. 새로 옷을 지을 때마다 앞으로도 이런 옷을 계속 입을 수 있을지를 반드시 생각해 보아라. 계속 입을 수 없다면, 이 옷은 앞으로 낡아 빠진 고급 옷이 될 것이다. 여기에 생각이 미치면 누구나 곱게 짠 고급 옷보다는 소박한 옷을 선택할 것이다. 음식은 연명하면 되는 것이다. 좋은 등심 고기나 청어 같은 맛있는 생선도 입술로 들어가기만 하면 더러운 물건이 된다. 목구멍을 넘어갈 것도 없이 사람들이 침을 뱉게 되는 것이다.

사람이 세상에 살면서 귀중한 것은 성실함이다. 세상에 속여도 되는 것은 아무것도 없다. 하늘을 속이는 것이 제일 나쁘고, 임금을 속이거나 어버이를 속이는 것부터 농사꾼이 되어서 동료를 속이거나 장사를 하면서 동업자를 속이는 것까지, 모두 죄를 짓는 것이다. 속여도 되는 것이 딱 한 가지 있으니, 그것은 자기의 입이다. 험한 음식으로 잠시 잠깐 속이고 지나가는, 이것이 좋은 방법이다.

올해 여름 내가 다산에 있으면서, 상춧잎으로 밥을 주먹만 하게 싸 먹었다. 어떤 손님이 "쌈을 싸 먹는 것이 절여 먹는 것과 다릅니까?" 하고 물었다. 내가 "이건 다산 선생이 입을 속이는 방법일세." 하였다. 음식을 먹을 때마다 반드시 이런 식으로 생각해라. 정력과 지혜를 다해 뒷간에 충성을 바칠 필요가 없다. 이것은 현재의 궁핍한 처지를 헤쳐 나가기 위한 방편에 그치지 않는다. 하늘에 닿게 부귀해도, 선비가 집안을 거느리고 자신을 단속하는 법이 이 두 가지 — 근면과 검소를 빼놓고는 착수할 곳이 없다. 너희들은 모름지기 깊이 새기도록 해라.

【경오년[1810] 9월, 다산의 동암에서 쓰다.】

「우시이자가계又示二子家誡」(1810년, 49세)

⚜

아들들에게 내린 또 한 편의 '가정 교훈'이다. 일관된 한 편의 글이라기보단 생각나는 대로 적어 둔 이런저런 당부들로 보인다.

마지막 단락에선 주먹만 한 상추쌈을 입안에 넣고 우물거리는 다산의 모습을 상상하게 되지만, 그가 가르치는 근면과 검소가 아버지를 귀양지에 둔 몰락한 처지에 대처하는 방법만은 아닐 것이다. 넉넉하지 않아서 오히려 명료해지는 삶에 대한 태도를 이야기하는 것이라고도 읽힌다. 결국 구더기 먹이가 될 것이 이 육신이고, 화장실까지 갈 것도 없이 입안에 든 것을 뱉어 놓기만 해도 세상 더러운 오물일 뿐인 것이 음식이다. 그런 부질없는 것에 고운 비단 입히고 달콤한 디저트 먹이느라 삶을 낭비하지 말라. 삶이란 그 이상의 것이다. 우주 안의 일을 전부 내 몫으로 자임하고, 하늘을 우러러 한 점 부끄럼이 없는 삶을 살아야 한다고 가르치고 있다. 삶을 위한 최소한의 물질적 바탕을 마련하는 일이야 근면하고 검소하다면 그렇게 겁내고 걱정할 일은 아니라고 격려한다. 물질적 욕망은 채워지는 성질의 것이 아니니, 어디서 멈출 것인가는 각자 정할 일인 것이다.

"굶어 죽은 사람들은 대체로 다 게으른 자들이다."라는 다산의 말은, 그러나 자식들에게 하는 교훈의 말이라는 차원에서 생각해야 한다. 다산은 백성의 가난을 구조적 문제로 사고하고 그 해결을 위정자의 기본적인 의무로 생각한 사람이었다. 구조적인 문제를 사고하는 것과 일상에서 최선을 다해 인간적 품위를 추구하는 것은 서로 다른 차원의 일이다.

세상의 두 가지 저울

— 학연에게 답함

【병자년[1816] 5월 3일】

보낸 편지는 자세히 보았다. 세상에는 두 가지 큰 저울이 있다. 하나는 '옳은 것과 그른 것[是非]'이라는 저울이고, 하나는 '이익과 손해[利害]'라는 저울이다. 이 두 가지 큰 저울에서 네 가지 등급이 생겨난다. 옳은 것을 지키면서 이익도 얻는 것이 제일 고급이다. 그다음은 옳은 것을 지키다가 해를 입는 것이고, 그다음이 그른 것을 추구하여 이익을 얻는 것이다. 최하급이 그른 것을 추구하다가 해를 입는 것이다.

　지금 나를 보고 필천筆泉[홍의호洪義浩]에게 편지를 써서 후의를 베풀어 주기를 구걸하라 하고, 또 강[강준흠姜浚欽]·이[이기경李基慶] 두 사람에게 꼬리를 흔들며 동정을 애걸하라 하니, 이것은 세 번째 등급을 추구하다 끝내는 네 번째 등급으로 떨어지고 마는 일이다. 내가 무엇 때문에 그렇게 해야겠느냐?

대개 조 장령趙掌令의 상소 사건은 내게는 불행이었다. 하루 사이에 나에 대한 상소를 정지시키고 자신에 대한 상소를 올렸으니【장령 조장한趙章漢이 갑술년[1814] 봄에 사헌부에 나아가 이기경이 나를 논하는 상소를 정지시켰다. 같은 날 그는 이기경이 권유權裕를 은밀히 비호한 죄를 논했다】그가 어찌 화를 내지 않겠느냐? 그러나 이미 이렇게 되었으니 또한 순순히 당할 따름이다. 애걸한들 무슨 보탬이 되겠느냐?

작년에 강준흠이 올렸던 한 장의 상소는 강에게는 이미 쏘아 버린 화살이다. 이제부터 죽는 날까지 강은 욕을 입에 달고 살 수밖에 없는 것이다. 지금에 와서 애걸한다고 그가 남들을 향해 나를 성토하길 늦추고, 자신의 과오를 뉘우치는 듯이 보이려 하겠느냐? 강이 그렇다면 이기경 역시 마찬가지다. 그가 강을 배반하고 나에 대한 성토를 늦출 까닭이 없는 것이다. 애걸한들 무슨 보탬이 되겠느냐? 강이나 이는 다시 득세하여 요직을 차지하게 되면 반드시 나를 죽이고야 말 것이다. 죽인다 해도 또한 어쩔 수 없이 '순순히 당한다.'는 두 마디가 있을 뿐이다. 하물며 공문을 발하는 것을 막은 것 같은 작은 일 때문에 절개를 잃을 수야 있겠느냐?

그렇기는 하다만 내가 절개를 지키려고 이러는 것은 아니다. 세 번째 등급도 되지 못할 것을 알기 때문에 네 번째 등급이나 면하려는 것뿐이다. 내가 한 번 애걸하기만 하면, 홍의호, 강준흠, 이기경 세 사람은 함께 모여 비웃으며 "저 사람이 참으로 간사한 사람이구먼. 애처로운 말로 우리를 속이려 드는구나. 그가 올라온 뒤에는 반드시 독설로 우리를 멸망시킬 테니, 아아, 두려운 일이다." 할 것이다. 이에 겉으로는 빈말로 놓아주는 것처럼 하면서 어두운 곳에 말뚝을 박아 놓고 넘어지기를 기다리고, 사나운 새가 공격하듯이 위급할 때 돌을 던질 것이니, 내가 바로 네 번째 등급으로 전락하는 자가 아니겠느냐? 내가 꼭두각시도 아닌데, 너는 어째서 나를 그들 손에 춤추게 하려 하느냐?

필천은 원래 나와는 털끝만 한 원한도 없었는데, 갑인년[1794] 이래로 까닭 없이 내게 허물을 덮어씌웠다. 을묘년[1795] 봄에 이르러 원태元台가 자신의 의심이 잘못이었음을 스스로 깨닫고 환하게 밝혀 말하니, 종전의 구설이 모두 물 흐르듯 구름 흩어지듯 없어져 버렸다. 신유년[1801] 이후로 한 글자의 소식이라도 전할 수 있게 되었다면, 제가 먼저 해야겠느냐, 내가 먼저 해야겠느냐? 그런데도 저는 내게 안부를 묻는 편지 한 글자도 한 적이 없으면서, 도리어 내가 편지하지 않는다고 헐뜯으니, 이것은 그 교만한 기세로 나를 지렁이처럼 보아서 그러는 것이다. 그런데 너는 누가 먼저 편지를 해야 마땅한지 한마디도 따지지 않은 채 머리를 숙이고 그저 "예, 예." 하고 있으니, 너 역시 부귀영화에 눈이 멀어 네 아비를 천하게 여기고 모멸하고 있는 것이다. 어찌 슬프지 않겠느냐? 제가 나를 욕보여도 괜찮을 폐족이라 여겨서 먼저 편지를 하지 않는 것인데, 내가 머리를 쳐들고 뻔뻔한 얼굴로 먼저 애걸하는 편지를 보내다니, 천하에 이런 일이 있느냐?

내가 돌아가고 못 돌아가는 것이 참으로 큰일이기는 하다만, 살고 죽는 것에 비한다면 하찮은 일이다. 사람이란 때로 물고기를 버리고 곰 발바닥을 취하기도 하는 것처럼 생명과 의리 중에서 생명을 버리고 의리를 취하기도 하는 법이다. 더구나 돌아가고 못 돌아가는 따위 하찮은 일로 문득 남을 향해 꼬리를 치며 애걸한다면, 만일 남북의 국경에 근심거리가 생긴다면 임금을 배반하고 개나 양 같은 오랑캐들에게 투항하지 않을 자가 몇이나 되겠느냐? 내가 살아서 고향에 돌아가는 것도 운명이고 내가 살아서 고향에 돌아가지 못하는 것도 또 운명이다.

그렇기는 하지만 사람이 할 수 있는 일을 하지 않고 천명만을 기다리는 것도 참으로 이치에 맞는 일은 아닐 것이다. 너는 사람으로서 할 수 있는 일은 이미 다 했다. 사람이 할 수 있는 일을 다 했는데도 끝끝내 돌아갈 수 없다면, 이것도 운명인 것이다. 강씨네 자식이 어찌 나를 돌아가지 못하게 할 수 있겠느냐? 마음을 가라앉히고 염려하지 말고서 조금 세월을 기다리는 것이 도리에 맞으리라. 다시는 이러니저러니 하지 말거라.

「답연아答淵兒」(1816년, 55세)

✂

다산의 유배 후기가 되자 큰아들 학연은 백방으로 다산의 석방을 위해 노력한다. 그리하여 1810년 9월에는 드디어 사면이 이루어진다. 그러나 다산의 복귀를 꺼리는 반대파들의 잇단 상소와 탄핵으로 실제 해배解配를 위한 공문 발송은 이루어지지 않은 채로 8년이나 더 끌게 된다. 공문 발송을 적극적으로 저지한 인물들이 이기경, 강준흠 등이었다. 당시 판서였던 홍의호는 다산의 사촌 처남이자 옛 벗이었고, 이기경은 다산의 옛 친구였으므로 학연이 궁여지책의 이런 호소를 했을 것이다. 유배된 지 10여 년, 왕의 공식적인 사면은 이미 이루어졌으니, 이 몇 사람만 가만히 있어 준다면, 고향과 가족에게로 돌아갈 수 있을 것이다. 그러나 다산이 보기에 그것은 함정이었다. '시비라는 저울'의 눈금과 반대 방향을 가리키고 있는 '이해라는 저울'의 눈금은 언제나 인간적인 함정이다. 이것을 아들에게 차근차근 설득하는 과정은 자기 자신을 스스로 설득해 나가는 과정이기도 했을 것이다. 아들에게는 절대로 내색할 수 없었을, 내면의 흔들림도 없었을 것이라고 어떻게 단언할 것인가? 이 무렵 둘째 형 약전에게는 '돌아간들 무에 좋은 일이 있을 것이라고 돌아가고 싶겠습니까? 그래도 가끔씩 돌아가고 싶은 것은 몸을 망칠 줄 알면서도 도박에 빠지기도 하는 것이 인간이 지닌 약점이니 그런 것일 뿐입니다.' 하는 쓸쓸한 편지를 보내고 있는 것이다. 아들에게 보낸 답장에서 다산은 태산 같은 자존심을 보여 주는 의연한 아버지다. 단호하게 사리를 따져 나가던 이 아버지는, 그러나 편지 말미에서 실망하고 민망해할 아들의 마음을 어루만진다. '너는 나를 위해 사람으로서 할 수 있는 일은 다 하였다. 내가 그걸 안다지 않느냐?

이제 되었다.'

그래도 아들은 포기할 수 없었나 보다. 한 달 후인 6월 4일의 편지에는 격노한 다산의 목소리가 쩡쩡 울린다.

너희 형제는 [중략] 그저 아비를 큰소리로 꾸짖으며 권세가의 호령을 전하고 항복하라고 성화를 부리니, 너희들은 어쩌면 이렇게 한 점의 양심도 없느냐? 인간이 귀한 것은 반드시 한 점 양심이 있기 때문이니, 그래야 사람 구실을 할 수 있다. [중략] 심장이며 간 속에 사대부다운 기상은 한 점도 없이, 화려한 집의 몇 자씩 되는 조각한 서까래, 사방 열 자짜리 호화로운 식탁을 볼 때마다 부러워 침을 흘리고 온 마음으로 흠모하며, 나를 다시는 돌아보고 아까워할 것이 없는 사람이라고 여기는구나. 하여 나를 으르고 협박해서 못할 짓이 없게 하려 하니, 이게 무슨 일이냐? 남들이 제 아비를 개나 염소처럼 업신여기는데도 치욕인 줄 모르고 이처럼 독촉해 일을 이루려 하니, 네가 감히 저들의 비웃고 놀리는 말을 제 아비에게 전하느냐? 설사 저들의 권력이 묵은 불씨를 다시 일으켜 나를 공격해 추자도나 흑산도로 보낸다 할지라도 나는 머리카락 하나 움직이지 않을 것이다.

—「두 아들에게 답함: 병자년[1816] 6월 4일」

나무나 돌도 눈물을 흘리는데

— 두 아이에게

【병자년[1816] 6월 17일】

6월 초엿샛날은 어지신 우리 둘째 형님께서 세상을 버리신 날이다. 아아! 어지신 분께서 곤궁하시기가 이럴 수도 있는가? 하늘도 땅도 무너지도록 원통히 부르짖으니, 나무나 돌들도 눈물을 흘리는데 하물며 다시 무슨 말을 하랴.

천지간에 혈혈단신, 오직 우리 손암巽菴 선생[정약전]이 계셔서 나의 지기가 되어 주셨다. 지금 그분을 잃었으니, 이제부터는 터득하는 바가 있어도 누구를 향해 입을 열어야 하느냐? 사람에게 지기가 없다면 진작 죽느니만 못하다. 아내가 나의 지기가 되지 못하고, 아들도 나의 지기가 아니며, 형제와 일가도 모두 지기는 아니다. 나를 알아

주시던 지기께서 돌아가셨으니 슬프지 않겠는가? 경전에 대한 연구 240책을 새로 장정해서 책상 위에 얹어 놓았었다. 내가 그것을 불살라 버리고 말아야 하는가? 율정에서의 이별이 마침내는 천고의 견딜 수 없는 절절한 슬픔이 되어 버리고 말았구나.

이처럼 큰 덕과 이처럼 큰 그릇, 깊은 학문과 정밀한 학식을 너희들은 모두 알지 못하고, 다만 그 고지식하신 것만 보고 너무 고상하고 소박하다고 지목하며 조금도 흠모하지 않았었다. 아들이나 조카들이 이러니 다른 사람은 말해 뭐 하겠느냐? 이것이 지극히 슬프고 원통한 일이지 다른 애통한 것은 없다. 지금 세상에, 상경했던 수령이 다시 그 고을로 내려오면 백성들이 모두 길을 막고 못 오게 한다는 말은 들었어도, 유배 온 사람이 다른 섬으로 옮겨 가려 하자 본섬의 백성들이 길을 막고 못 가게 했다는 말을 들어 보지 못했다. 집안에 크나큰 덕망을 갖춘 분이 계셨는데 아들이나 조카들도 알아드리지 않았으니 원통하지 않으냐? 선대왕께서는 신하들을 잘 아셨다. 늘 "형이 아우보다 낫다."고 하셨으니, 아아, 밝으신 임금께선 알아주셨도다.

「기이아寄二兒」(1816년, 55세)

✄

정약전과 정약용, 이들 형제는 서로에게 '지기知己'였다. 사실 다른 친구가 필요 없어 보일 정도로 이들 형제의 사이는 특별했다. 다산의 일생에는 언제나 둘째 형 정약전의 그림자가 있다. 유뱃길조차 함께 떠나서 나주 율정에서 각각의 유배지인 강진과 흑산도로 헤어졌다.

초가주막 새벽 등불 파랗게 꺼지려 하고	茅店曉燈靑欲滅
일어나 샛별을 보니 닥칠 이별 처참하다.	起視明星慘將別
힐끔힐끔 먹먹하게 둘 다 말이 없으니	脉脉嘿嘿兩無言
억지로 목청 가다듬다 오열이 되고 마네.	强欲轉喉成嗚咽

— 「율정의 이별栗亭別」 중에서

유배 생활이 안정되자 두 형제는 편지로 온갖 이야기를 주고받는다. 특히 강진 시절 다산의 저작은 완성될 때마다 정약전에게 보내져 토론과 교정을 거쳤다고 한다. 잘 알려져 있다시피 정약전은 『자산어보玆山魚譜』·『역간易柬』 등을 남긴 뛰어난 학자다. 든든한 형이자 그리운 친구이면서 학문적 동지였던 것이다. 그러나 끝내 다시 만나지는 못하고 정약전은 유배지인 흑산도에서 서거한다. 이 소식을 듣고 통곡하는 다산의 심정이 피가 밸 듯하다.

작고하기 몇 해 전 다산의 『주역사전周易四箋』에 붙인 정약전의 서문도 눈물겹다.

아! 형제가 된 지 44년에 그의 지식과 역량이 이런 경지에 도달하리라고는 생각도 못 했다. [중략] 하늘과 땅 사이에서 이 책을 지은 자는 미용美庸[정약용]이고 이 책을 읽은 자는 나인데, 내가 어찌 또 한마디 말이 없을 수 있겠는가? 다만 나는 섬 가운데 갇힌 몸으로 죽을 날이 머지않았으니, 언제 미용과 함께 한 세상 한 형제로 살아 볼 수 있으랴? 이 책을 읽고 이 글을 쓰는 것만으로도 충분하다. 나는 참으로 유감이 없다. 아! 미용 또한 유감이 없을 것이다.

귀족들에게는 희망이 없습니다

— 형님께 1*

읍내에 있을 적에 아전 집 아이들 네다섯 명이 배우러 오더니, 모두 2, 3년 하다가 그만두었습니다. 그중 용모도 단정하고 마음도 깨끗한 아이가 하나 있었습니다. 글씨는 제법 잘 쓰고, 문학도 역시 중간 정도 재주는 됩니다. 꿇어앉아 이학理學을 공부했는데, 머리 숙여 힘써 배운다면 이청李晴과 서로 겨룰 만했습니다. 그러나 어찌 된 셈인지 몸이 몹시 허약하고 비위가 약해서 거친 현미밥이나 맛이 변한 간장 따위는 절대로 목구멍으로 넘기지를 못합니다. 그러니 저를 따라 다산으로 올 수가 없었습니다. 학문을 그만둔 지가 이제 벌써 4년이나 되니, 만날 때마다 한탄하고 애석해합니다.

　귀한 집안 자제들은 모두 기상이 쇠약한 삼류들입니다. 정신이 총

● 이하 「형님께」 여섯 편은 둘째 형 정약전에게 보낸 편지들 중에서 역자가 발췌한 부분에 제목을 붙인 것이다. 원문은 몇 단락씩으로 나뉘어 있는데, 아마도 한꺼번에 쓴 편지라기보다는 일정 기간 동안 써 둔 것을 모아서 보낸 편지들이 아닌가 싶다. 따라서 굳이 전문을 소개할 필요는 없을 것 같다.

명치 못해 책을 덮으면 금방 잊어버리고, 뜻과 취향은 저속한 데 안주합니다. 『시경詩經』·『서경書經』·『주역周易』·『예기禮記』 등 경전에 나오는 미묘한 논의 같은 것을 때때로 말해 주면서 공부하도록 권하기라도 해 보면, 그 모습이 마치 발을 묶어 놓은 꿩 같습니다. 모이를 주어도 쪼아 먹을 줄 모르고, 머리를 낟알에 대고 눌러서 부리가 곡식알에 닿도록 해 주어도 끝내 쪼아 먹지 않는 그런 자들 말입니다. 아아, 이 노릇을 어찌합니까?

여기 몇몇 고을만 그런 것이 아닙니다. 한 도 전체가 그렇습니다. 근래 서울의 귀족 자제들은 육경六經을 공부하는 대신 투전이나 하고서도 매번 과거 시험이 치러질 때마다 진사가 2백 명이고, 소년으로 진사나 생원이 되는 이도 매번 50명이 넘습니다. 급제도 역시 마찬가지입니다. 이러니 세상에 다시 문학이나 학문이 있을 수 있겠습니까? 대체로 인재는 자취도 없고, 혹시 작은 재주라도 있어서 자기 이름이라도 쓰는 자는 모두 하천민입니다. 지금 사대부들의 운세가 말운末運이니, 사람의 힘으로 어찌할 수 없는 일이겠지요.

이곳에 왕래하는 젊은이가 몇 명 있고, 배우기를 청하는 아이들도 몇 명 됩니다. 그런데 모두 눈썹 사이에 털이 더부룩하고, 더없이 쇠약한 기운이 온몸을 덮고 있습니다. 그러니 아무리 골육의 정이 두텁다 한들 어떻게 깊이 사랑할 수 있겠습니까? 천운天運이 그러니 어쩔 수 없습니다. 덕조德操[이벽李蘗]가 "먹을 수 있는 물건【독이 없다는 말이다】"이라고 말하던 것이니, 앞으로 이들을 어디에 쓰겠습니까? 남자란 모름지기 맹금이나 맹수같이 사납고 살벌한 기상이 있어야 합니다. 그런 다음 그것을 주물러 부드럽게 교정해 법도에 맞도록 만들어야만 쓸 만한 물건이 되는 법입니다. 선량하기만 한 사람은 그저 제한 몸 착하게 사는 정도나 될 뿐입니다.

또 그중 한두 명 언급할 만한 자들도 그들의 학문이란 것이 길을 돌아가지 않고 지름길로만 곧장 빠져나온 것입니다. 『역경易經』엔 그저 『사전四箋』만을, 『서경書經』엔 그저 『매씨서평梅氏書評』만을 아는 식입니다. 그 나머지도 모두 마찬가지입니다. 대체로 애쓰지 않고 얻었으니, 비록 천지가 놀랄 만한 만고에 처음 제출되는 학설이라도 모두 예사롭게 여기고 저절로 이룩된 것이거니 생각합니다. 이것이 겉 핥기 이상 깊이 들어가지 못하는 이유입니다. 비유를 하자면 귀한 집안의 자제들은 태어나면서부터 기름지고 맛난 음식을 질리도록 먹어서, 꿩 기름이나 곰 발바닥 같은 귀한 음식도 예사로 여기는 것과 같습니다. 그러니 거지나 굶주린 사람이 음식을 향해 허겁지겁 달려들고, 목마른 말이 시내를 향해 달리는 것 같은 그런 기상이 없습니다. 다른 학파의 학설을 만나면 너무도 쉽사리 폐기하고, 스승이 전수하는 것조차 모두 늘 하는 말이라 여기며 심하면 진부한 말이라고 탈을 잡습니다. 어찌 걱정스럽지 않겠습니까?

이런 세상에 태어났으니, 두 가지 학문을 모두 할 수밖에 없습니다. 하나는 속학俗學이고 하나는 아학雅學입니다. 이것은 후세의 음악에 아악과 속악이 있는 것과 같습니다. 이 무리들은 '아雅'만 알고

'속俗'을 알지 못합니다. 그러다 보니 도리어 '아雅'를 '속俗'으로 여기는 폐단이 있습니다. 이것은 이들의 허물이 아닙니다. 시세時勢가 그렇습니다.

「상중씨上仲氏」(집필 연도 미상)

한 시대의 미래는 젊은이들에게 있다. 독수리처럼 날아오르는 힘찬 기상, 타협할 줄 모르는 순수하고 거센 열정, 진리를 향한 타는 갈망을 간직한 젊은이들에 의해 미래가 열린다. 이 서투르고 위험스럽지만 눈부신 열정이 기성세대의 희망이다. 19세기 전반 조선 사회에서 신분적으로 지배자의 위치인 귀족 젊은이들에게서 다산은 기회주의와 보신주의, 안일하고 천박한 속물근성만을 발견한다. 대신 희망은 오히려 피지배계층에 있음을 발견한다. 스승으로서의 다산의 안목과 함께 시대의 향방을 예민하게 잡아내는 혜안이 엿보이는 대목이기도 하다.

꽃 피자 바람이 부니

— 형님께 2

'현도玄菟'는 셋이 있습니다. 한 무제漢武帝 때에는 함흥을 현도라 했고, 소제昭帝 때에는 지금의 흥경 땅으로 현도를 옮겼고, 그 후에 다시 지금의 요동으로 옮겼습니다. 이런 사적들이 모두 얽히고설켜 헝클어져 있으니, 앞 시대의 소위 '동국의 역사[東史]'라는 것들을 알 만합니다. 김부식金富軾의 『삼국사기三國史記』를 가져다 한 통을 개작해서 사마천司馬遷이 『사기史記』를 명산에 수장했던 것처럼 명산에 감추어 두어야 옳을 것입니다.

그러나 제게 남은 수명이 길지 않음을 스스로 헤아리니 이 일이 참으로 애석합니다. 만약 10여 년 전에 이런 식견이 있었다면, 우리 선대왕께 고하고 대대적으로 편찬 사업을 벌여 역사[史]와 지志를 편찬해서 오랫동안 쌓인 비천한 식견을 씻어 내고 길이 천추에 전할 책을

만들지 않았겠습니까? 정지흡丁志翕의 시에,

꽃이 피자 바람 불고 花開風以誤

달이 차자 구름 낀다. 月圓雲以違

고 했습니다. 천하의 일이란 것이 모두 이렇게 서로 어긋나고 맞지를 않습니다. 아! 이 노릇을 어찌합니까?

이 열 권의 『아방강역고我邦疆域考』도 우리나라로서는 절대로 소홀히 할 물건이 아닙니다. 그러나 그 시비를 가릴 수 있는 자도 또한 절대 만날 수 없을 터, 필경은 흙먼지가 되어 버릴 것입니다. 이런 사정을 분명히 알고 있으면서도 오히려 바지런을 떨며 그만두지 못하니, 이것도 또한 미혹이 아니겠습니까?

차차 이 마음을 거두어들여 마음을 다스리는 공부에나 힘쓸까 합니다. 더구나 중풍은 병근이 이미 깊어져서 입가에는 항상 말간 침이 흐르고, 왼쪽 다리에는 늘 마비 증세가 느껴집니다. 머리 위에는 두미협에서 얼음낚시하는 늙은이들의 솜 모자가 늘 얹혀 있습니다. 게다가 근래에는 혀도 굳고 말도 엇갈립니다. 살날이 길지 않음을 스스로도 알겠습니다. 만년의 주자朱子도 마음이 한결같이 밖으로만 치달린 것을 후회하셨으니, 어찌 두려운 일이 아니겠습니까? 다만 고요하게 앉아 마음을 맑게 가라앉히려고 하면 천 가지 만 가지 세간의 잡념이 얽히고설키며 요동을 쳐 대어 마음을 잡을 수가 없습니다. 그러니 마음을 다스리는 공부를 하기보다 차라리 저술을 하는 것이 낫겠다는 생각이 드는 것뿐입니다. 이런 이유로 그만두지 못하고 있을 뿐입니다.

「상중씨上仲氏」(집필 연도 미상)

꽃 피자 바람 불어 누릴 시간도 없이 아까운 꽃이 다 지는 일이야 우리 인생의 다반사다. 학문도 그렇다. 길이 보일 때쯤이면 수명도 다하고 기회도 지난다. 그러나 그것은 학문을 향해 다산 같은 열정을 가진 사람만이 할 수 있는 푸념 아닐까? 학문을 향한 초인적인 열정을 토로하고 있는 편지이기도 하다.

예법과 인정
─ 형님께 4

학기學箕【자는 희설希說이다】가 자기 아들을 제 아이들에게 맡겨 글을 배우게 했는데, 그 모습이 준수하답니다. 형수님께서 보시고는 학초 學樵의 후사로 삼고 싶어 하셨고, 무장武牂[정학연의 아명]과 문장文牂 [정학유의 아명] 두 아이도 매우 욕심이 나서 데려다 당질로 삼으려 했 답니다. 학기에게 의논했더니, 학기는 "자산玆山[정약전]과 다산께서 그를 데려가신다면 저야 당연히 바치지요." 하더랍니다. 두 아이가 다 산으로 편지를 했기에 "매우 좋은 일이기는 하나 예법엔 몹시 어긋난 다. 예를 어길 수는 없다."고 회답했었습니다. 두 아이는 "예법이 그렇 다면 없던 일로 해야지요."라고 했더군요. 큰형님께서도 편지를 주셔 서 "내가 이 말을 듣고 속으로 매우 잘못이라고 여겼었네. 지금 자네 가 이렇게 말하니 바로 내 뜻과 똑같네."라고 하셨습니다.

그런데 형수님께서 편지를 하셨습니다.

서방님, 나를 살려 주오. 서방님, 나를 불쌍히 여겨 주오. 나를 도와주진
못할망정 어찌 차마 내게 이렇게 하시오? 자산께는 아들이 있으나 내게
는 아들이 없소. 나야 아들이 있다 치더라도 과부 며느리에겐 아들이 없
소. 사정이 슬프기 짝이 없는데, 예법이 어디 있단 말씀이오? 예법에 없
어도 나는 그를 데려오겠소.

천 마디 만 마디 말씀으로 원망도 하고 애원도 하고 울기도 하고
호소하기도 하셨으니, 읽자니 눈물이 떨어져 대답할 말이 없습니다.
그래서 "예법에는 어긋나지만 매우 좋은 일이기는 하니, 저는 그저
누워만 있겠습니다. 차마 막지는 못하겠으니, 자산께 편지를 보내 오
직 그분의 처분을 따르십시다." 하고 답했습니다. 병든 제 처는 편지
에다,

한 말씀이 떨어지자, 기쁨이 우레처럼 땅을 울리고 구름 끼고 서리 내린
듯 처량하던 것이 봄 햇살로 변했습니다. 다시는 예법을 말씀하지 마시
고 조금이라도 인정을 살피십시오. 만약 또다시 막는다면 새끼줄 하나
에 시어머니와 며느리가 함께 목을 맬 것입니다. 어찌 다시 예의를 들먹
일 여지가 있겠습니까?

하였더군요.

제가 이 일에 대해 감히 시비할 수가 없습니다. 급히 편지 두 통을 쓰시어 하나는 무장에게 보내시고 하나는 형수님께 보내셔서, 속히 완전히 정하심이 어떻겠습니까?

삼가 예를 살펴보면 이렇습니다. 조부의 제사를 받드는 선비【즉 이묘二廟를 모시는 선비이다】는 모두 후사를 세웁니다. [별자別子(적장자가 아닌 제후의 아들)를 계승해 직계 종통을 이어 가는] 계별대종繼別大宗이라야 후사를 세울 수 있다고 한 것은, 한나라 선비들의 해석일 뿐입니다. 평생 예법에 대해 공부하면서 저도 공자公子나 왕손의 대종大宗만이 입후立後할 수 있는 것으로 여겨 왔습니다. 그러나 올해 여름과 가을 사이, 「상기별喪期別」【바로『상례사전喪禮四箋』의 제4함이다】을 쓰면서 조사한 결과, 고례古禮가 본래는 그렇지 않았다는 것을 알게 되었습니다. 2대의 제사를 모시면서 장자를 위해 참최복斬衰服을 입는 사람은 모두 입후할 수 있습니다. 다만 아버지를 계승하는 사람은 형제의 아들을 데려오고, 할아버지를 계승하는 사람은 형제의 아들을 데려오지만 없으면 사촌 형제들의 아들을 데려올 뿐입니다. 증조부를 계승하거나 고조부를 계승하는 사람도 그 법은 모두 같습니다. 다만 일반 백성의 종宗은 5대면 옮겨 갑니다. 따라서 5대가 지나면 조종祖宗이 바뀌니, 5대조를 계승하는 자는 비록 아들이 없다고 해도 10촌 형제의 아들을 아들로 삼을 수 없습니다. 다만 계별지종繼別之宗만은 비록 1백 대에 이르더라도 모든 별자別子의 후예를 데려다 후사로 삼을 수 있습니다. 이것이 옛 법입니다.

장자가 아닌 아들로서, 아버지를 계승하지 않는 자는 비록 왕자나 공자라도 입후할 수 없습니다. 그러므로 『사기』에는 관숙管叔에게 후사가 없어서 그 나라가 끝난 사실이 나옵니다【만약 죄 때문에 없어진 것이라면, 채중蔡仲이 봉해질 리가 없다】. 한나라 문제文帝와 경제景帝의 여러 아들들도 모두 후사가 없어서 나라가 없어졌습니다. 이것은 고법古法 중에서도 가장 지엄한 곳입니다. 이렇게 돼야 후사로 간 곳을 위해 참최복을 입는 것에 명분이 있게 되고, 자신의 부모상에 등급을 낮춰서 복을 입는 것도 명분이 있게 됩니다.

지금 학초는 아버지를 계승하기도 전에 죽었습니다. 만약 어머니가 같은 아우가 있었다면, 예법상 당연히 아우가 계승해야 하고 학초를 위해 후사를 세우는 것은 부당합니다. 서자인 아우는 같은 어머니에게서 태어난 아우는 아니지만 옛 경전과 지금의 법에 모두 적자嫡子와 털끝만큼도 차이가 없습니다. 어찌 학초를 위해 후사를 세우겠습니까? 학초에게 친형제의 아들이 있다 해도 후사를 세우는 것이 부당한데, 더구나 아득히 먼 친척의 아들에게서 데려오겠습니까?

그렇기는 하지만, 이번 일은 사태가 이미 어쩔 수 없는 데까지 왔습니다. 옛 경전을 고지식하게 지키느라고 화목한 기운을 상하게 할 수는 없습니다. 우리의 풍속에 양자를 삼는 법이 있습니다. 양자를 삼는 법에는 성씨가 달라도 상관없습니다. 『경국대전經國大典』에도 "양부모를 위해서 삼년복三年服을 입는다."고 했습니다. 국법이 이런데,

이 나라의 백성으로 그것을 따르는 것이 무슨 죄가 되겠습니까? 또 지금 가문이 매우 어려운 처지이니, 이런 준수한 인재를 얻어 서로 의지하게 하는 것이 뭐 안 될 것 있겠습니까? 거듭거듭 재고해 주시면 다행이겠습니다.

「상중씨上仲氏」(집필 연도 미상)

다산 형제가 유배되어 있던 사이, 다산의 집안에서 일어난 한 가지 소동을 보여 주는 사연이다. 학초學樵는 정약전의 외아들인데, 다산 형제가 귀양지에 있는 동안에 요절했다. 흑산도에 유배되어 있던 정약전은 현지에서 소실을 얻어, 두 명의 서자가 있었다. 외아들이 죽었으므로, 당시의 풍습으로는 조카나 친척의 아들을 데려다 계승자[後嗣]로 삼아 대를 잇게 할 일이었다. 서자인 아우가 있어도 그에게 아버지를 계승하는 권리가 넘어가지는 않았다. 그러나 다산의 의견은 다르다. 아버지 생전에 죽은 아들은 맏아들이라 할지라도 따로 계승자를 세우지 않고, 아우가 집안을 이어받는 것이 예법이라는 것이다. 게다가 서자라 할지라도 적자와 조금도 다를 것 없이 집안을 이어받을 수 있다고 했다. 혈육의 아들을 두고 일가의 자손을 데려다 아버지를 계승시키는 일은 인간으로서 잔인한 일이고 예법도 아니라는 것이 다산의 생각이다.

그러나 다산은 눈앞 두 여자의 처절한 심정도 외면할 수 없었다. 귀양

간 남편은 돌아올 기약이 없고, 게다가 귀양지에서 첩장가를 들어 아들을 둘이나 보았다. 자신의 유일한 혈육은 요절하고 청상과부가 된 며느리만 남았다. 그 설움이 어떠했으랴? 그러니 죽은 아들의 계승자라도 세워서, 자신도 며느리도 의지하고, 죽은 아들도 위로하고 싶었으리라. 서자에게 아버지를 계승하는 권리까지 넘겨주고 싶지는 않았을 것이다. 당시 조선의 풍습으론 당연한 일이기도 했다. 마침 맘에 꼭 드는 양잣감을 찾아 그쪽의 허락도 떨어진 참이었다. 그런데 남편에게 절대적인 학문적 영향력을 지닌 시동생은 보지도 못한 서자를 남편의 계승자라고 선언한 것이다. 그러니 '한 새끼줄에 고부가 함께 목을 맬' 지경이 되어 버린 것이다.

철저한 성미의 다산이 의외의 문제에 봉착한 것이다. '옳다고 믿으면 주저하거나 돌아보는 법이 없는' 성미의 다산이었지만, 인정을 외면할 수는 없었다. 그는 집안의 이 소동을 정약전에게 보고하는 편지를 쓴다. 그리고 고례古禮와 조선의 법률, 자신의 학술적 견해로 보면 이것이 부당한 일이라는 것을 찬찬히 논술한다. 그러나 한편으로 "옛 경전을 고지식하게 지키느라고 화목한 기운을 상하게 할 수는 없습니다." 라고도 한다. 그러고는 어차피 종통을 계승할 처지도 아니니, 나라가 인정하는 양자 법에 따라 양자로 들여서, 그저 의지할 대상으로나 삼는다면 안 될 것도 없다고 타협점을 제시한다. 다산은 소년 시절, 그를 몹시 사랑해서 자신의 계승자로 삼고 싶어 했던 막내 숙부의 청을 '예에 어긋난다.'며 일언지하에 거절한 적이 있었다. 그리하여 숙부를 몹시 상심케 했던 일을 그는 평생 후회했다. 역시 같은 문제에 부딪힌 것이다. 그러나 이번에는 인정에 한 걸음 물러서는 태도를 취한다. 삶의 원숙한 경지랄까? 보다 근본적으로 '사람의 길'이 모든 예법의 근본정신이라고 생각했던 다산의 사상이 원숙해진 것이리라.

혜장선사의 죽음

— 형님께 5

대둔사의 한 승려가 나이 사십에 죽었습니다. 이름은 혜장惠藏이라 하고 호는 연파蓮波, 별호는 아암兒菴, 자는 무진無盡이라 합니다. 본래는 해남의 한미한 사람이었습니다. 스물일곱에 불진拂塵을 잡고 불법을 가르치는 수좌首座가 되었는데, 제자가 백수십여 명에 이릅니다. 서른에 대둔사의 대회를 주재했습니다【이 회는 팔도의 대종장이라야 하는 것이다】.

을축년[1805] 가을 만덕사萬德寺에 머물 때 저와 만나게 되었습니다. 처음 만나던 저녁부터 곧바로 『주역』을 논했는데, 하도낙서河圖洛書의 학문에 대해 종횡무진 이야기하는 것이 마치 자신의 말을 읊어대는 것 같더군요. 또 주자의 『역학계몽易學啓蒙』을 익숙하게 읽어서 이리저리 여러 조목을 인용하며 폭포처럼 변설하니, 바라보기 겁이

날 지경이었습니다. 제가 "건乾의 초구初九는 왜 구九라고 하는가?" 라고 물었더니, 그가 "아홉이라는 것은 양수陽數의 극입니다." 하더군요. 제가 다시 "그렇다면, 곤坤의 초륙初六은 왜 곤坤의 초십初十이라고 하지 않는가?" 했습니다. 그는 말이 떨어지자 즉시 알아듣고, 몸을 일으키더니 땅에 엎드려 가르쳐 주기를 청하더군요. 그 후로 자신이 배운 것을 모두 버리고 『주역』에 대한 아홉 사람의 학술[九家]을 깊이 연구했습니다.

그는 불법을 깊이 믿었는데, 주역의 이치[易理]에 대해서 들은 이후로는 인생을 그르쳤음을 후회하며, 실의한 듯 우울해한 것이 6, 7년 되었습니다. 그러다 술병으로 배가 불러 와서 죽었습니다. 지난해에는 제게 시를 보여 주었는데,

'뜰 앞의 잣나무' 화두 누가 터득했는가?   柏樹工夫誰得力

연화세계는 그저 이름만 들었을 뿐일세.   蓮花世界但聞名

라고 했고, 또,

근심 속에서 외로운 시만 나오고   孤吟每自愁中發

취한 뒤엔 맑은 눈물이 떨어지네.   清淚多因醉後零

라고도 했습니다. 죽을 무렵엔 혼자 여러 차례 "무단히, 무단히【방언으

로 '부질없이'이다』 하고 중얼거렸답니다.

제 만시輓詩는 다음과 같습니다.

이름은 중, 행실은 선비, 세상이 다 놀라니　　　　墨名儒行世俱驚

슬프다, 화엄의 옛 맹주여!　　　　　　　　　　　　怊悵華嚴舊主盟

『논어』를 읽느라 손을 자주 씻었고　　　　　　　一部魯論頻盥手

아홉 사람의 『주역』 상세히 연구했네.　　　　　九家周易細研精

처량히 찢어진 장삼 바람에 날려 가고　　　　　凄凉破衲風吹去

흩어져 떨어진 남은 재는 비에 씻기네.　　　　　零落殘灰雨洒平

장막 아래는 사미승이 셋 넷 다섯　　　　　　　帳下沙彌三四五

곡하면서도 오히려 선생이라 부르네.　　　　哭臨(去聲)猶復喚先生

　　【근래 『논어』와 『맹자』를 매우 좋아했으므로, 여러 승려들이 미워해서 김 '선

　　생'이라고 불렀다.】

청산의 붉은 나무 쓸쓸히 마르는 가을　　　　　靑山紅樹颯秋枯

저무는 석양 곁으로 새 몇 마리 난다.　　　　　殘照傍邊有數鳥

가런타, 떡갈나무 숯이 오만한 뼈를 녹이니　　柞炭可憐銷傲骨

　　【오만한 병통이 있었다.】

종이돈으로 어찌 저승길을 살 수 있겠는가?　　楮錢那得買冥途

관어각 위에는 책이 천 권이고　　　　　　　　觀魚閣上書千卷

　　【다산을 말한다.】

말 기르는 상방에는 술이 일백 병.　　　　　　　養馬廂中酒百壺

【진도의 감목관監牧官 이태승李台升은 바로 이서표李瑞彪의 아들이다. 보자마

자 그와 친구가 되어 밤낮으로 술을 퍼마셨다.】

일생의 지기는 오직 이 두 늙은이뿐　　　　　　　知己一生惟二老

다시는 우화도를 그릴 사람이 없겠군.　　　　　　　無人重作藕花圖

【맺음말은 소동파蘇東坡의 참료參寥에 관한 일을 인용했다.】

　　　　　　　　　　　　　　　　「상중씨上仲氏」(집필 연도 미상)

　　　　　　　　　　　　✄

　땅끝의 강진에서 보낸 18년의 유배 기간은 다산에게 독특한 인간관계

들을 선사하였다. 주변 사찰의 승려들과 중인 제자들, 그리고 그가 기

거하였던 읍내의 주막 할멈 같은 일반 백성들과의 인연이다. 이들을

만나서 사귀고 가르치면서 다산은 유배지의 고독을 이겨 냈다. 나아가

이들과의 가까운 사귐은 다산의 정신세계에 폭과 깊이를 더해 주었다.

혜장선사는 다산이 강진에서 처음 사귄 승려였다. 귀양 온 지 5년 되던

해 봄, 백련사에서 처음 만났다. 『주역』에 몰두하고 있었던 혜장은 단

번에 다산에게 경복했고, 나이 차이가 있는 두 사람은 사제 관계가 되

었다. 혜장은 서른 무렵에 이미 종단의 대종장이 된 인물인데, 교만해

서 노장들의 강론에 비웃음을 내뱉곤 했다고 한다. 다산은 그런 그에

게 아이처럼 순하게 살아 보라고 조언을 했고, 그래서 혜장은 자신의

호를 '아암兒菴'이라고 했다고 한다. 『여유당전서』엔 혜장과의 추억이

드러나는 시문이 여러 편 있고, 절집들에도 둘의 관계를 보여 주는 시
문들이 흩어져 있다.

혜장선사가 입적한 다음 해, 다산은 「아암 장공 탑명兒巖藏公塔銘」을
지었다. 그 끝에 붙은 명銘은 이렇게 시작한다.

빛나는 우담발화	燁燁優鉢
아침에 펴서 저녁에 시들고,	朝華夕蔫
펄럭이는 금시조	翩翩金翅
잠깐 앉았다 훨훨 날아갔네.	載止載騫

무지개처럼 잠깐 나타났다가 홀연 사라져 버린 천재로 그를 묘사하고
있는 것이다.

혜장선사의 죽음을 알리는 이 편지에는 이 일대의 기승奇僧이 겪었던
정신적 갈등에 대한 이해와 연민이 드러나 있다. 다만 다산이 이 고승
을 너무 유교적으로 해석하는 것이 아닌가 하는 의문도 든다. 혜장의
마지막 말 '무단無端'이란 '나온 곳도 돌아가는 곳도 없다'는 뜻의 불가
어佛家語이기도 하다. 그러니 꼭 '부질없다'는 뜻의 전라도 방언 '무단
히'로, 불교에 입신한 것을 후회한다는 뜻으로만 해석해야 할지 의문
이 남기도 한다.

혜장선사가 입적하고 나서 다산이 그를 위해 지은 제문도 남아 있다.

신미년[1811] 9월 어느 날에 다산의 나무꾼이 산과일 한 바구니를 따고, 마을 술 한 사발을 마련해 기어자홍騎魚慈弘을 시켜 아암의 영전에 곡하고 바치게 한다.

아암이 돌아간 지 벌써 며칠 되었으니, 복희씨를 직접 뵙고 50이 12에서 생기고, 12는 2에서 생기며, 2·3·2는 7이 되고 3·2·3은 8이 되며, 384효爻가 384획劃은 아닌지 물어보았는가? 또 조주화상趙州和尙이 평생 개에겐 불성이 없다는 화두를 염하더니, 진짜 이미 왕생해서 연화세계에 있는 것을 친견했는가? 아! 이 두 가지를 아암은 이제 알았을 테지. 흠향하시게.

—「아암 혜장을 제사하는 글祭兒菴惠藏文」

혜장선사의 삶을 구성했던 두 가지, 주역과 참선 화두를 가지고 이제 피안으로 건너간 혜장에게 질문을 던지는 것으로 이별 인사를 대신하고 있다. 이승과 저승에 각각 앉아서 나누는 선문답이라고나 할까.

마음속 계산

— 형님께 6

올해 다섯 번의 대사면에서는 온갖 탐관오리며 살인강도들도 모두 석방되었습니다. 그러나 이름이 대계臺啓 중에 있는 자는 거론할 수 없습니다. 이것은 엄하게 막고자 해서 그런 것이 아니니, 마음을 넓게 먹고 잊어버릴 뿐입니다. 권세가의 냉정한 사람들이야 원래부터 서로 잊은 사이이니, 뭘 한탄하겠습니까?

지금 돌아간다고 해도 집에는 네 벽만 서 있고, 곡식은 해를 넘기기도 전에 떨어지고, 늙은 처는 추위에 얼고 배를 곯으며, 아이들의 얼굴빛은 처량할 겁니다. 두 형수님들은 "그이만 오시면 그이만 오시면 했는데, 와도 별수 없구나." 하실 겁니다. 태산이 등을 누르고 넓은 바다가 앞에 가로놓였으니, 괘卦와 효爻를 연구하던 일은 전생의 일이 되어 버릴 것이고, 음악을 연구하던 것도 한바탕 봄꿈이 되어 버릴 것입니다. 무슨 작은 즐거운 일이라도 있겠습니까?

하늘이 제게 다산을 터전으로 주셨고, 보은산방 아래 밭 몇 이랑을 채마밭으로 삼게 해 주셨습니다. 해가 다하도록 아이 우는 소리, 부녀자의 한숨 쉬는 소리가 없으니 복은 이처럼 두텁고 지위는 이처럼 존귀합니다. 그런데 이 신선 세계를 버리고 시중의 아비규환 속으로 몸을 던지려고 하다니, 세상에 이런 바보가 있겠습니까? 억지로 지어서 드리는 말씀이 아니라 마음속 계산이 정말 이렇습니다.

그러나 한편 돌아가고픈 마음이 전혀 없지는 않으니, 이것은 인간의 본성이 본래 못나고 약해서 그런 것일 뿐입니다. 간음이 잘못이란 것을 분명히 알면서도 남의 처첩을 훔치기도 하고, 살림이 망할 것을 뻔히 알면서도 마작이나 강패 따위 도박을 하기도 합니다. 돌아가고픈 마음이 있는 건 이런 종류의 것일 뿐입니다. 어찌 본심이겠습니까?

「답중씨答仲氏」(집필 연도 미상)

✄

대사면이 행해지고 온갖 잡범들, 파렴치범들도 사면된다. 그러나 정작 죄 없이 귀양 중인 자신들은 사면에서 제외된다. 관련 기관에서 계속 유죄를 주장하며 거론하는 중이니, 이런 경우 죄인은 사면의 대상이 되지 않는다. 어쩌겠는가? 할 수 없다. 마음을 돌이키고 보면, 학문에 전념하기에는 다산이 오히려 낫다는 생각도 든다. 고향에 돌아가 보았자 한심할 집안 꼴을 애써 떠올려 본다. 이곳에서야 자의 반 타의 반 생활에 대한 책임을 벗을 수도 있는 것이다. 그러니 다산에서의 삶도 괜찮은 것이라고 자위해 본다. 그러나 그래도 돌아가고 싶다.

경오년(1810) 설날 아침에 쓴 시도 역시 이렇게 읽힌다.

하늘 끝 세월은 말 달리듯 빠른데	天末流光疾若馳
해마다 봄빛은 약속처럼 돌아온다.	年年春色到如期
[중략]	
얼음눈 가득한 시내 추운 산속	一溪氷雪寒山裏
붉은 매화 언제 필까만 관심일세.	只管紅梅早晚枝
병 조리하는 산언덕 곁	養疾山阿側
고요한 초당 하나,	蕭然一草堂
약 화로엔 묵은 불씨 남겨 두고	藥爐留宿火
책갑은 새 장정으로 보수하네.	書帙補新裝
눈을 사랑해 녹을까 근심하고	愛雪愁仍渙
솔을 아껴 크지 않음 걱정하네.	憐松悶不長
이 언덕이 여생을 보낼 만하니	茲丘可終老
어찌 굳이 귀향을 구걸하랴.	何必丐還鄕

이런 시는 마음을 읊었다기보다 마음을 다잡기 위해 쓰는 것일 테다. 흔들리는 마음을 다잡기 위해 말로 뱉고 시로 쓰는 것이다. 자신에게 들려주는 말로.

의사의 길

― 다시 아우 약횡에게

『예기禮記』에 "최고의 시대엔 덕에 힘썼고 그다음 시대엔 베풀어 보답받기[施報]에 힘썼다."고 했다. 세상의 근심과 즐거움, 기쁨과 슬픔이란 모두 [내가] 베푼 것에 대한 대가이다. 그러나 장張에게 베풀었는데 이李에게서 보답을 받고, 집에서 화가 나고는 저자에서 성을 내기도 하니, 이치란 이렇기도 한 법이다.

하늘의 도[天道]는 넓고 넓어 반드시 베푼 곳에서 보답이 오지는 않는다. 그러니 보답받지 못할 곳에 은혜를 베푸는 것을 군자는 귀하게 여긴다. 왼손으로 물건을 주면서 오른손으로 대가를 요구한다면, 이는 장사치의 일이지 긴 안목은 없는 것이다. 경전에선 "어린 고아들을 하찮게 여기지 말라."고 했다. 사람들이 모두 그들을 하찮게 대하는데, 세상 이치를 깨달은 사람이 힘이 모자라 그를 하찮게 대하지 못하겠는가? 하늘이 [자신을] 불쌍히 여겨 주시지 않을까 봐 두려워하는 것이다.

네가 의술을 직업으로 삼았으니, 의술에 비유해 보자. 새벽종이 울리자마자 준마를 문 앞에 매어 놓고서 "수상의 분부입니다."라고 하는 사람이 있다고 하자. 뒤따라 큰 당나귀를 몰고 와서는 "대사마大司馬께서 분부하셨습니다."라고 하고, 또 뒤따라 준마를 몰고 와서는 "훈련대장의 분부가 계셨습니다."라고 한다. 그 뒤로 꾀죄죄한 선비 하나가 와서는 "제겐 타고 가실 게 없습니다만, 어머님의 병환이 몹시 위중합니다." 하며 처연히 눈물을 흘린다고 하자. 네가 세수를 마쳤다면 우선 그 가난한 선비의 집으로 가서 병세를 자세히 살피고 처방을 해 주어라. 그다음 여러 귀인들의 집으로 가야 할 것이다.

자신의 행실이 공손하고 예의 바르면 아름다운 명성이 생긴다. 아름다운 명성이 생기면 하늘의 복이 이르니, 귀한 집들도 네 생활을 넉넉하게 해 주지 않을 수 없을 것이다. 그러니 시혜는 동쪽에 베풀었어도 보답은 서쪽에서 나오는 것이다. "지혜로운 자는 '인仁'을 이익이라 여긴다."고 하신 것이 바로 이것을 말한 것이다.

「우위사제횡증언又爲舍弟鑅贈言」(집필 연도 미상)

✂

정약횡丁若鑅에게 준 두 편의 글 중 두 번째 글이다. 정약횡은 정재원의 측실이었던 김씨의 외아들이다. 김씨는 정재원의 두 번째 부인이었던 윤씨가 돌아가고, 그 자리에 들어온 측실이었다. 스무 살에 측실로 들어와 세 딸과 아들 하나를 낳으며 정재원과 20년을 해로했고, 정재원 사후 다시 20년을 더 살았다. 그녀가 시집올 당시 다산은 열두 살이었다. 열다섯에 결혼할 때까지 "서모는 손수 빗질해 주고 고름과 피를 씻어 주었다. 그리고 바지·적삼·버선을 빨래하고 꿰매며 바느질하는 수고도 또 서모가 담당하다가 장가를 든 뒤에야 그만두었다."(「서모 김씨 묘지명庶母金氏墓誌銘」) 그녀의 마지막 말이 "내가 다시는 영감[정약용]을 못 보겠구나."였다고 한다. 다산과는 특별한 정이 얽힌 사이다.

다산이 유배지에서 지은 「일곱 가지 그리움七懷」이라는 시에는 아우 약횡을 그리워하는 시도 들어 있다.

아버님께서 늦아들 두시고	先人有餘子
늘그막에 그를 사랑하셨지.	垂暮每憐渠
충주 선산 가는 길 이미 아니	已識忠州路
노모 모시고 살아갈 수 있겠지.	能將老母居
옛날에 보니 그림 좋아했지만	舊看多畫癖
이제는 의서를 읽도록 권하네.	今勸讀醫書
외로운 처지의 두 누이동생은	零丁有二妹
지금은 죽었느냐 살아 있느냐?	存沒近何如

그 아우 정약횡이 의술로 어느 지방관의 비장裨將으로 발탁되었던 모

양이다. 지방관을 수행하는 주치의에 해당하는 역할이다. 서자로 태어났으니, 현실에선 지방관의 비장 노릇 정도가 그가 할 수 있는 공적인 활동이었을 것이다. 그렇지 않더라도 19세기는 이미 많은 하급 지식인들이 공적인 봉사의 길 대신 사적인 보좌관 역할을 하는 것이 일반화되었던 시절이다. 그 비장 노릇을 어떻게 해야 할지 차근차근 꼬치꼬치 가르치는 글이 첫 번째 글이다. 그 글에서 다산은 무엇보다 "스스로 자신을 공경해야지, 비루한 행동으로 스스로를 함부로 대해서는 안된다."고 간곡히 타이른다.

의술로 비장이 된 아우에게 '의사의 길'에 대해 타이르는 것이 두 번째 이 글이다. 다산은 의술을 생계 수단으로 택한 동생에게 '긴 안목을 갖도록' 조언하고 있다. '긴 안목'이란 무엇이었을까? 결국 의원이 대접을 받는 것은 그가 기능공이 아니라 의사義士일 때이다. 길게 보면 의로운 일을 하는 사람이 결국 직업적으로도 성공하는 사람이 될 수밖에 없다고 타이른다. 그러니 '긴 안목'이란 실은 자신이 처한 현실에서 최대한 인간다운 품위를 갖추어 나가는 방법에 대한 이야기였을 것이다. 직업적 성공이 외면할 수 없는 현실적 목적이지만, 거기에 인간적인 의미와 품위를 부여하도록 노력하는 것, 그것이 모든 직업인의 꿈이어야 한다.

그러나 다산의 '긴 안목'은 거기서 멈추지 않는다. 하늘의 입장에서 본다면 우리는 모두 그의 긍휼히 여기심에 기대어 사는 목숨들이다. 설사 이생에서 보답을 받지 못하더라도 힘든 이들을 돕는 것은 '우리를 불쌍히 여겨 주시는' 하늘의 긍휼을 얻는 방법이기 때문이기도 하다. 장씨에게 베푼 것을 아주 멀리 돌아 이씨에게서 돌려받기도 하는 법이다. 다산은 그렇게 이야기한다.

다산 자신도 유의儒醫로 추천된 적이 있고, 정학연은 의술을 매개로 세도가들에 드나들며 아비의 구원을 청탁하러 다니기도 했다. 다산의 다음 대에선 이 집안이 주로 의술을 생계나 세상살이의 수단으로 여겼던 정황을 볼 수 있다.

내가 너를 몹시 사랑해서

— 황상에게 준 편지

네가 아들을 낳았다니, 말로 표현할 수 없이 기쁘구나. 내 아이에겐 아직 이런 일이 없으니, 네 아들이 내 손자나 뭐가 다르겠느냐? 새로 부자附子를 복용하고 이 아들을 얻었으니, 이름을 천웅天雄[부자의 다른 이름]이라고 하면 좋겠다. 와서 내 축하를 받아라.

네 병이 왜 이리 심하냐? 계속 물을 찾는 증상은 어떠냐? 만약 열의 기세가 대단하면, 열을 흩을 방도를 찾아야 할 게다. 돌림감기라곤 하지만 적잖이 걱정이구나. 혹시 상한 음식을 먹었느냐? 혹시 한기와 열기가 오락가락하느냐?

꧁

네 하는 모습을 보니 점점 태만해져서, 안방에서 희희덕거리며 빠져 지내느라 문학 공부는 어느새 아득히 먼 일이 되었구나. 이러다가는 결국 제일 못난 등급의 사람이 되고야 말 것이다. 들뜨고 허랑해서 실질이 없으니, 소견이 참으로 걱정이다. 내가 너를 몹시 사랑했으니, 마음속으로 슬퍼하고 한탄한 지 오래다. 만약 마음을 일으켜 세우고 뜻을 고쳐 내외가 따로 지내면서 글공부에만 전념할 수 없다면, 글이 안될 뿐만 아니라 병약해져서 오래 살 수도 없을 것이다.

꧁

보내온 시는 전환이 빠르고 웅장해서 내 취향에 꼭 맞는다. 말로 다 할 수 없이 기뻐서, 이에 축하의 말을 전한다. 동시에 나 자신도 스스로 축하한다. 너 같은 제자를 얻었으니, 행운이로구나.

꧁

초상난 일에 대해서야 다시 무슨 말을 하겠느냐? 네 어른께서 큰 병 끝에도 온갖 걱정을 다 하셨으니, 그것이 더욱 안타깝고 슬프구나. 죽을 먹는 중에도 몰래 고깃국물을 타서, 위장의 기운을 북돋워 주어야 한다. 또 음습한 곳에 있으면 반드시 큰 병이 나는 법이다.

네가 날마다 방에서 자면서도, 편하더냐? 네가 날마다 두 끼씩 먹으면서도, 편하더냐? 인륜과 의리를 망가뜨리고 어버이를 잊고 죽은 이를 저버린 죄는 처벌이 지엄한 법이다. 네가 천지 사이에서 살아가고 싶으냐? 네 나이 스물이니 집안일은 네가 주관해야 한다. 그럴 수 없으면, 너는 아침저녁 밥을 거부하고 죽기를 구해야 할 것이다. 그러지 않고 편안하게 먹고 마신다면, 이런 사람과는 내 다시는 얼굴을 마주하고 싶지 않다. 말로 하는 것은 여기까지다.

헤어진 지 이미 10년이 지났다. 그대의 편지를 기다렸으나, 편지는, 이번 생엔 편지는 없으려나 보다. 마침 연암硯菴[정수칠丁修七, 연암烟菴]을 만나니 마음이 더욱 서글프고 한스러워, 이에 몇 글자 적는다.

금년 들어선 기력이 전만 못하고 고생도 여전하다. 밭을 갈아도 굶주림이 그 속에 있다던 공자님의 말씀이 틀림없지 않은가? 그대는 학래鶴來의 일과 석종石宗 등이 하는 짓을 듣고 필시 비웃었을 것이다. 그러나 인간이 세상에 살면서, 이것도 한 가지 길이다. 평생 힘써 농사 지으며 기꺼이 사슴, 멧돼지와 섞여 지내도 마음에 품은 도와 세상을 경영할 만한 학식이 없다면 역시 뭐 잘난 체할 것이 있겠는가?

내 상황은 연암이 자세히 아니, 가거든 자세히 물어보면 알 수 있을 것이다. 준엽俊燁[손병조孫秉藻]은 이미 고인이 되었고 안석安石[황경黃褧]은 아직도 책 장사나 하고 있으니, 하나는 슬프고 하나는 불쌍하다.

나는 아침저녁으로 아프다. [내] 부고를 듣는 날, 그대는 연암과 함께 산속에서 한번 곡해야 할 것이다. 입방앗거리도 아울러 그치게 할 것이다. 무자년[1828] 12월 12일 열수 늙은이가 쓴다.

(집필 연도 미상)

✄

유배지 강진에서 다산이 처음 만난 사람은 가난한 아전 집 아이들이었다. 외가인 윤씨들과도 감히 어울릴 수 없었던 시절에 다산은 동네 아전 자식들을 제자로 받았다. 몇 명은 나중까지 다산의 제자로 남았는데, 그들 중 다산의 문학을 계승했다는 평가를 받는 이가 황상黃裳이다. 훗날 김정희는 누군가 보여 주는 시를 보고 "묻지 않고도 그가 다산의 제자임을 알았다."고 한다.

다산의 유명한 시 「애절양哀絶陽(생식기를 자른 일을 슬퍼함)」은 같은 제목, 같은 소재의 다른 사람 작품이 하나 더 있다. 바로 황상의 「애절양」이다.

갈밭 젊은 아낙 곡소리 기나기니	蘆田少婦哭聲長
아이 밴 아낙 낳지도 않았건만 지아빈 남근을 잘랐네.	婦孕不育夫絶陽
시아빈 죽은 해에 포수로 군보에 오르더니	舅死之年砲手保
올해엔 봉군으로 거듭 대열에 충원되었네.	今年烽軍疊充行
칼을 갈아 방에 들어가니 돗자리엔 피가 가득	磨刀入房血滿席
민 땅의 자식 거세하는 잔혹함 참으로 슬프고	閩囝殘酷良亦慽
돼지와 말을 거세하는 것도 오히려 슬퍼할 일	豬豭騸馬尙可悲
하물며 사람인데 핏줄을 끊다니.	況乃人類戕血脈
부호들은 일 년 내내 한 치 베도 내지 않건만	豪家終歲無寸費
벗겨 내고 빼앗아 한쪽만 상하니 거지나 한가지.	剝割偏傷傭丐類
이 법이 변하지 않으면 나라가 약해지리니	此法不變國必弱
깊은 밤 이걸 생각하며 창자 속 들끓는다.	中夜念此腸內沸

얼핏 보면 다산의 「애절양」으로 착각할 만큼 소재도 주제도, 어휘조차 흡사하다. 아마도 이 사건이 일어난 당시, 제자들과 함께 이 사건을 시로 지었던 것일까? 현장에서 일어난 사건을 시로 지어 백성의 참상을 문제화하는 것, 그것은 다산이 평생 추구한 시정신이었다. 그 시정신이 읍중의 제자 황상에게 이어지는 장면을 목도하게 하는 자료이다. 다산은 황상의 시인으로서의 재능을 알아보고, 가르치고 격려했다. 이 편지 중에서 보듯 '너를 얻은 것은 나의 행운이니, 나 스스로를 축하한다.'고까지 기뻐하고 격려했다.

황상에게 보낸 이 쪽지 편지들은 다산이 온갖 방법으로 제자를 만들어 나가는 모습을 보여 준다. 제자의 일을 자신의 일처럼 기뻐하고 슬퍼하고 걱정하며, 야단도 치고 다신 보지 않겠다고 협박도 한다. 그렇게 사람으로 만들어 나가는 것이다.

편지 중 가장 격렬한 내용을 지닌 것은 황상의 아버지 초상과 관련한 것이다. 황상의 집안에선 사흘 만에 장례를 치르고 여막 생활도 없이 일상으로 복귀한 모양이다. 고인의 유언이었다고 한다. 다산이 여러 차례 장례 절차는 간소하게 해도 시묘하며 애도를 다하는 것마저 철폐할 수는 없다고 주장했다. 그러나 황상은 집안에서 제 고집을 관철하기 어려웠던 모양이다. 그러자 다산은 다시는 보지 않겠다고 최후통첩을 한 것이다. 병약한 제자를 위해 상중에도 몰래 미음에 고깃국물을 타 먹고 응달에는 앉지 말라고 걱정하던 스승이었으나 절대 양보하지 않는 것도 있었던 것이다.

그러나 다산이 해배되어 돌아간 뒤 황상은 소식을 일절 끊었다. 마지막 편지가 보여 주듯이 편지조차 쓰지 않았다. 헤어진 진 지 10년 만에, 스승은 편지를 보내 '내 부고를 받거든'이라고 협박처럼 서운함을 내비치지만, 그래도 다시 8년 뒤에야 황상은 비로소 스승을 뵈러 마재에 나타난다. 스승의 회혼일을 축하하기 위해서였다. 그러나 이미 위독해진 스승의 숨이 경각에 달린 무렵이기도 하다. 스승이 서거한 후에야 황상은 정학연과 교유를 재개하며 서울 문단에 등장한다.

다른 제자들처럼 서울 문화권으로 돌아간 스승을 찾아 드나드는 대신 황상은 농사짓고 책 읽으며 발자취를 일절 감추고 강진 백적동에 묻혀 살았다. 그런데 황상에게 보낸 편지에서 다산은 세상에서 발을 빼고 은거하는 것이 꼭 자랑스러울 것은 없으니, 인간 세상에서 성취를 추구하는 것도 사람이 사는 한 가지 길이라고 했다. 황상의 고집스러운 은거를 걱정하고 있는 듯하다.

이 편지에서 "이것도 한 가지 길"이라며 언급되는 인물은 이학래李鶴來(이청李䏝)이다. 이학래는 황상과 함께 유배 초기 강진 읍내 시절 제자로 받아들여진 사람이다. 다산초당으로 옮기기 전 두어 해 그의 집에서 기거하기도 했다. 그는 명민한 사람이었다. 다산의 저작 중에서도 어렵고 손이 많이 가는 작업엔 자주 그의 이름이 등장한다.『대동수경大東水經』엔 그의 의견들이 따로 기록되어 있고,『주역사전周易四箋』의 서문엔 그가 일을 맡아 했다고 밝혀져 있다. 정약전의『자산어보』의 저술도 도왔다. 천문역법서인『정관편井觀編』의 저자이기도 하다. 그는 다산의 반대에도 불구하고 과거 응시에 열을 올렸고, 해배되어 귀향하는 다산을 쫓아 자리를 옮겼다. 그러나 결국 다산에게 등을 돌렸던 것 같다. 위의 편지도 뭔가 석연치 않은데, 그는 일흔이 되도록 과거를 포기하지 않았고, 자기 나름의 인연들을 쫓아 세도가들의 문하에 드나들었다. 주로 김정희의 문하에 있었지만, 신위, 이상적 등 문화계의 중심인물들과 교유하고, 세도가인 남병철이나 권돈인의 주변에서도 노닐었다. 남병철의「회인시」에는 정학연의 형제·자질들과 함께 그의 이름도 올라 있다.

강진 읍내 아전 제자들에게 다산은 누구였을까? 정학연은 강진 제자들의 거취에 대해 이렇게 증언했다.

우리 돌아가신 아버님께서 강진에서 귀양살이를 하신 것이 모두 18년인데, 학업을 청한 이들이 몇십 명이었다. 어떤 이는 7, 8년 만에 돌아가고, 어떤 이는 3, 4년 만에 물러났다. 과거용 첩괄帖括이나 팔고문八股文으로 곁 나간 자도 있었고, 시와 고문을 섭렵한 자도 있었다. 마지막에는 제 의견을 들이대며 공박하고 등을 돌린 자도 있어서, 문하가 거의 다 흩어졌다. 황 군만은 함정에 빠졌던 초년부터 나라의 은혜를 입어 돌아가던 날까지, 시종 법도를 넘지 않고 걸음에 차이가 없었다.

강진의 다산 제자들은 자신을 다산의 학문 집대성을 보좌하는 학문적 도제라고 여겼을까? 그럴 수도 있을 것이다. 그보다 더 많이는 다산을 한양에서 내려온 사다리 같은 것으로 여겼던 것은 아니었을까? 비록 사학죄인邪學罪人의 처지이긴 하나 중앙의 학문과 문화를 가르쳐 줄 사람, 나아가 중앙으로 통하는 사다리가 되어 줄 사람 ─ 그런 것을 다산에게 기대했다고 해서 잘못은 아닐 것이다. 이학래도 그런 사람 중 하나였던 듯싶다. 어쩌면 그는 다산의 학문적 보조자로 남는 대신 자기 자신의 이름을 추구했던 것이었을까? 그래서 황상은 다산의 생전엔 아예 소식조차 끊었던 것이었을까? 자신은 다르다고?

하늘 끝에서 손 맞잡으니 마음이 어떠신가?	天涯相握意如何
두 백발 늙은이가 어릴 적 이야기를 하는군.	兩白頭翁說往初
천 리 길 가벼운 행장이라 자네 웃지 마시게,	千里輕裝君莫笑
이십 년 무거운 의리가 내가 거하는 곳일세.	廿年重義我攸居
지금은 큰 집의 이름난 선비들과 종유하지만	今從廣廈知名士
예전엔 외로운 등불 아래 여관에서 글을 배웠지.	曾受孤燈旅館書
선생님 유고가 마냥 시렁 위에 얹혀 있는데	夫子遺編猶束閣
잠 잘 자고 밥 잘 먹고 편히 지내지던가?	能眠能食可安居

다산 사후, 한양 어디선가 이학래를 만난 황상은 묘하게 빈정거리는 시를 한 수 남겼다. 정학연이 "이학래가 시의 의미를 알아들었을까?" 하고 냉소했다는 주석도 붙어 있는 시이다. 이학래는 결국 우물에 빠져 세상을 떴다.

가난한 근심
— 다시 정수칠에게

산 살림에 별달리 일이 없으니, 사물의 이치를 관조하게 된다. 세상 사람들은 악착스레 이익을 추구하며 정신없이 내달리느라 정신이 고달프다. 그러나 돌아보면 모두 쓸데없는 일이다. 누에가 고치를 깨고 나올 때쯤이면 뽕잎이 먼저 뿜어져 나오고, 제비 새끼가 알에서 깰 즈음이면 날벌레가 온 들에 가득하다. 아기가 세상에 태어나 첫울음을 울면 벌써 젖이 줄줄 흐른다. 하늘은 사물을 내며 그가 먹을 것도 함께 내준다. 어찌 너무 심각하게 걱정해서, 허둥지둥 움켜쥘 기회를 놓칠까만 두려워할 것인가?

옷은 몸을 가릴 수 있으면 그만이고, 음식은 배를 채울 수 있으면 그만이다. 봄이면 보리가 날 때까지 기다릴 수 있는 쌀이 있고, 여름에는 벼가 날 때까지 이어 갈 수 있는 낟알이 있으면 그만일 뿐이다.

그러면 그만인 것이다. 올해에 내년을 위한 방책을 생각하지만 그때까지 반드시 살아 있을지 어찌 알겠나? 아들을 어루만지며 손자와 증손자를 위한 계획을 세우지만 앞으로 태어날 자손들은 모두 바보겠는가?

설령 우리가 배불리 먹고 따뜻하게 입으며 평생 아무 근심 없이 살다 죽는다 하더라도, 죽는 날에는 사람과 뼈가 함께 썩고 만다. 그러니 죽은 다음 그 사람이 남긴 책 한 상자도 전하지 않는다면, 그것은 살지 않은 것과 같다. 그것을 살았다고 한다면 사람이 동물과 다를 것이 없다. 세상의 경박한 사내들은 마음을 다스리고 성품을 다듬는 그런 일들을 모두 쓸데없다고 하고, 독서와 연구는 '옛날이야기'쯤으로 치부한다.

맹자께서는 "그 정신[大體]을 기르는 자는 대인이 되고 그 육체[小體]를 기르는 자는 소인이 된다."고 하셨다. 제가 기꺼이 소인이 되겠다는데, 내가 어쩌겠는가?

「우위정수칠증언又爲丁修七贈言」(집필 연도 미상)

정수칠은 다산초당에서 가르친 18명의 제자 중 한 사람이다. 다산을 만났을 때는 이미 마흔 중반의 나이였다고 한다.

다산은 정수칠에게 주는 두 편의 증언을 썼다. 첫 번째 증언은 늦깎이 제자인 이 시골 선비에게 간절하게 학문을 권하는 내용이다. 정수칠은 강진 근처 장흥군 반산에 세거한 반곡盤谷 정경달丁景達의 후손이다. 다산은 조상의 후광으로 향촌에서 명족 행세를 하면서 일족에 학자가 하나도 없다면 부끄러운 일이라고, 정수칠에게 학문을 권한다. 학문은 '사람답게 사는 유일무이한 길'이니, 과거를 보아 진사가 되거나 향교의 직임職任을 맡는 것과 비할 수 없는 일이라고 했다. 또 나이가 마흔이 넘었으니 이미 과거를 보기에도 늦은 나이, 거꾸로 생각하면 학문하기에 다른 현실적인 장애도 사라진 나이이다. 그러니 더욱 학문하기에 적당하다고 격려한다. 늦깎이로 학문의 길에 들어선 이 시골 선비의 고민이 만만치 않았을 것이다. 이 늦깎이 제자의 현실적 고민과 입장을 고려하며, 찬찬히 구체적인 차원에서 동기를 부여하고 격려하고 있는 것이 첫 번째 증언이다.

이 두 번째 증언은 그 뒤에 다시 쓴 것이다. 앞의 문맥을 이해하고, 물질적 가난의 문제를 다루는 이 글을 읽어야 이 글이 딸깍발이의 물정 모르는 소리로 들리지 않을 수 있다. '몸을 가릴 옷이 있고, 배를 채울 음식이 있고, 봄가을 보릿고개를 넘길 수 있는 양식만 있으면' 우리가 다른 일에 마음을 쓸 겨를이 생긴다. 욕망과 불안이란 결코 채워지는 성질의 것이 아니다. 그러니 물질적 추구란 끝도 없을 뿐 아니라 결코 아무것도 보장하지 않는다. 그러니 우리는 우리의 일을 할 뿐이다. 그건 학문이다. 아마도 그런 권유일 것이다.

다산은 '가난의 서러운 힘'을 모르는 사람이 결코 아니다. 젊은 시절, 「가난에 대한 탄식歎貧」이라는 시에선 그 자신도 자신의 바닥을 성찰

한다. 그런 그의 말이기에 믿을 수 있는 것이기도 하리라.

안빈낙도 그 말씀 받들려 했으나　　　　　　　　　請事安貧語

막상 가난이 오니 편안치 않네.　　　　　　　　　　貧來却未安

아내의 한숨에 체통이 꺾이고　　　　　　　　　　　妻咨文采屈

굶주린 자식 교육은 눅어진다.　　　　　　　　　　　兒餒教規寬

꽃도 나무도 온통 스산하고　　　　　　　　　　　　花木渾蕭颯

시와 글도 모두 시들해지네.　　　　　　　　　　　　詩書摠汗漫

부잣집 울 밑에 쌓인 보리　　　　　　　　　　　　　陶莊籬下麥

들사람 보기에 좋구나.　　　　　　　　　　　　　　好付野人看

매화 핀 집의 편지 상자

— 호의선사에게

오래 못 보아 서글펐는데, 지난번 편지가 위로가 되었네. 몹시 더운데, 참선은 잘 진척되고 계시는가? 못난 사람은 더위에 문을 열고 잤다가 풍병이 다시 더해졌네. 위문해 주는 말에 뭐라 말하기도 어렵네. 술은 미치광이 약일세. 세존께서 경계하셨을 뿐 아니라 작은 시골 마을 훈장들도 다 경계하고 훈육하는 것일세. 자네는 마음에 깊이 새겨 두시게. 아암兒菴[혜장선사惠藏禪師]도 술 때문에 병을 얻어 천수를 누리지 못했네. 말실수를 하는 정도가 아니니, 두려운 일일세. 갖추지 못하고 답장을 쓰네. 8월 12일, 복인服人이 답하네.

가을 더위로 등에 땀이 흐르네. 이런 때 참선하는 맛은 얼마나 좋으신가? 나는 병이 갑자기 전처럼 되었네.『전등록傳燈錄』과『불조통재佛祖通載』두 권은 살펴서 근거로 삼을 만한 곳이 있네. 다음 인편에 부쳐 보내 주면 좋겠네. 미황사의 사적은 베껴 온 다음에 자네가 한번 갔다 오면 좋을 것 같군. 갖추지 않네. 8월 19일, 복인이 답하네.

⁊

호의선사縞衣禪師의 참선 의자 앞에.

연파蓮坡[혜장선사] 장로의 시집은 이제 필사를 마쳤네. 그런데 제3편은 10여 장에 불과해 책으로 묶을 수 없을 것 같네. 내 생각엔 편양鞭羊·풍담楓潭·월담月潭·환성喚醒·호암虎巖의 시를 각각 몇 수씩 구해서 편 끝에 붙이면 좋을 것 같네. 자네가 수집해 오게나. 갖추지 않네. 갑술년[1814] 1월 5일.

⁊

수룡이 잉어 두 마리를 가져와 전해 주었네. 은봉隱峰이 아직도 자리에 누워 있는 걸 알게 되어, 이만저만 걱정되고 한탄스러운 게 아닐세. 호의는 무탈하다니 이걸로 자위하네. 절의 지志를 편찬하는 일은, 여러 사람이 이렇게 간절히 정성으로 청하니 어찌 부응하지 않겠는가? 그러나 중풍으로 마비가 온 걸 생각하면, 붓을 쥘 수 없으니 어쩌겠는가? 마침 과거 철이어서 서재西齋에 있던 학생들이 사방으로 흩어졌으니, 시승詩僧 한두 명이 여기로 와서 편집한다면, 바람 잘 부는 마루 한 자리를 내주겠네. 은봉의 복약 계획은 아주 좋네. 다만 다 팔아 올 필요는 없고 명맥을 가볍게 움직이지 말도록 하게. 기운이 달려애서 쓰느라 갖추지 못하네. 8월 12일, 다산 늙은이 답장.

.℘

눈에 가득한 붉은 복사꽃과 푸른 버들이 찬란히 아름답네. 굽어보고 올려다보며 둘러보자니 생명력이 가득하네. 다만 가난한 집의 근심과 고통은 날로 심해지니, 산속 누각에 모인 벗들이 토론하는 것이라곤 세금 되는 됫박이 수북하다느니 평평하다느니, 인징隣徵이 느슨하다느니 매섭다느니 하는 것뿐이네. 무슨 정취가 있겠는가? 이에 자네가 사룡思龍 등 몇 사람과 함께 훌쩍 와서 『수능엄경首楞嚴經』 몇 장을 진진하게 강론한다면 문득 맑은 정취가 있을 걸세. 떡차 열 덩어리로 그저 늙은이의 마음을 표하네. 다 갖춰 말하지 못하네. 을해년[1815] 3월 10일, 다종茶宗 돈수.

.℘

다산의 은자가 호의선사의 참선하는 자리 앞에 답장하네.

기어騎魚가 오는 편에 편지를 받아, 서리 내린 이후 선정禪定이 더욱 아름답다는 것을 알게 되었네. 그리운 마음에 깊이 위로가 되네. 늙은이는 병 뿌리가 이미 고질이 되어 약의 힘이 닿지 않네. 침상 사이에서 뒹굴며, 철여의鐵如意를 심부름꾼으로 삼고 있네. 몇 자 정도만 떨어지면, 맛난 고깃덩이가 눈앞에 있어도 찍어 가져올 도리가 없으니, 어찌 견디겠는가? 서첩을 만드는 일도 이 때문에 아직 마치지 못했네. 용서하게. 갖추지 못하네.

『매옥서궤梅屋書櫃』(1813~1815년, 52~54세)

ﾟ

강진 읍내 시절 혜장선사를 만난 것을 시작으로 다산은 많은 승려들과 어울렸다. 다산초당으로 옮긴 이후엔 더욱 활발한 교유가 이루어졌다. 고개 너머엔 대둔사의 말사인 백련사가 있었고, 근처 해남엔 대둔사 ― 지금의 대흥사 ― 가 있었다. 대둔사에는 당대의 고승들이 머물렀다. 다산은 이들과 교류하면서 스승이 되기도 하고 친구가 되기도 하고 함께 절의 역사를 정리하고 편집하는 작업을 하기도 했다. 차를 얻어먹고 차 제조법을 가르치기도 한다. 심지어 어떤 승려는 다산초당에서 부엌 수발을 들기도 했다.

대밭 속 부엌일 맡은 중 하나	竹裏行廚仗一僧
수염과 머리털 날로 엉클어지는 꼴 가련하다.	憐渠鬚髮日鬅鬙
이젠 불가의 계율 따위 다 깨고	如今盡破頭陀律
생선을 잡아 와 손수 직접 찐다네.	管取鮮魚手自蒸

—「다산의 꽃 달력茶山花史」 중에서

『매옥서궤梅屋書櫃』의 편지들은 1813년부터 1815년까지 다산초당에서 대둔사에 머물고 있던 호의선사에게 보낸 편지들이다.『대둔사지大芚寺志』편찬을 부탁받아, 자료 수집과 편집 과정을 지휘하는 모습을 확인할 수 있다. 그러나 그보다 더 다정하게는, 대둔사의 고승들과 다산 사이에 오가는 따뜻하고 소박하며 탈속한 우정을 보는 재미가 더 쏠쏠하다. 호의선사는 세속의 성이 정씨여서, 다산은 유난히 아꼈다고 한다. 17세 아래인 그를 제자처럼 자식처럼 혹은 친구처럼, 그러나 동시에 고승에 대한 깍듯한 예의를 다해 대하는 다산의 모습이 보인다.

'사람의 길' — 다산茶山 정약용丁若鏞

벼르고 벼른 끝의 다산 생가행이었다. 팔당댐과 다산 묘소로 갈라지
는 갈림길, 뜻밖에 묘소 쪽으로 좌회전하는 차들이 많았다. "다산 묘
소 들어가는 길목의 분위기 좋은 카페" 운운하는 여성지의 기사를 보
았던 기억이 있는 터였다. 슬그머니 불안한 느낌도 없지 않았다.

　기억 속의 마재[馬峴] 다산 생가는 찔레꽃의 이미지와 결부되어 있
었다. 처음 그곳을 찾던 날이 초여름 찔레꽃이 온통 희게 핀 날이었
다. 그리고 그것이,

　　코끝에 스치는 웬 꿀 향기　　　　　　　　怪有蜜香來觸鼻

　　흰 꽃이 눈 같은 찔레꽃　　　　　　　　　白花如雪野薔薇

이라고 마재의 여름을 읊었던 다산의 시구와 맞아떨어져 생겨난 이미지였다. 양수리 물가의 야트막한 고개를 넘어가면, 강굽이에 폭 싸여서 찔레꽃 향기가 짙던 적막할 만큼 고요하던 마을이었다. 18년의 유배에서 돌아온 다산이 손자를 어르기 위해 앵두를 따서 숨겨 두기도 하고, 북한강 일대의 석학들과 학문을 토론하며 늙어 가던 곳이다. 아내 홍씨와 함께 묻혀 있는 곳이기도 하다 — 19세기 전반, 2백 년 전의 그림자가 아직도 어렴풋이나마 끼쳐 오는 듯하던 곳이었다.

주차장 팻말이 붙은 곳에 차를 멈춘 나는, 그만 어리둥절해졌다. 생가 주변은 먹고 자고 노는 집들로 한바탕 난전이 벌어져 있었다. 복원된 생가 건물 안에선 서너 쌍이나 되는 신혼부부들이 결혼 기념사진을 촬영하고 있었다. '여유당與猶堂' — 정조의 급서와 함께 벼슬길에서 물러나 고향에 칩거한 다산이 "겨울에 시내를 건너듯 망설이고 또 망설이며, 사방 이웃들의 시선을 꺼리듯 겁을 내며", 그야말로 '삼가고 또 삼가면서' 살겠다는 다짐을 담아 지은 이름이었다. 그 여유당이 온통 촬영장 세트가 되어 버리고 있었다. 쫓기듯 묘소로 향하는 계단을 올랐다. 코끝을 간질이는 찔레 향기는커녕 사람들에게 시달려 먼지가 뿌옇게 풀썩이기는 그곳도 마찬가지였다. 후손들의 천박한 문화(?)는 이 거인이 그토록 소망했던 고향 뒷산에서의 영면永眠조차 난장을 만들어 버렸구나. 꿈조차 소란하겠다 싶었다.

사실 신혼부부들은 복원된 생가 뜰을 천박한 세트장으로 만들 일이 아니라, 옷깃을 여미고 묘소에 올라와 조촐한 맹세를 하는 것이 더

맞을 일이다. 다산은 부인 홍씨와 15세에 결혼해서 만 60년을 내외로 살았다. 중간 20년 가까운 세월을 유배지에 떨어져 살았으나, 다산은 아내의 '지기知己'를 자처한 따뜻한 남편이었다.

이들의 결혼 생활을 보여 주는 아름다운 일화가 있다. 다산이 유배되고 몇 년 후, 홍씨는 그녀가 시집오던 날 입었던 활옷의 다홍치마를 보내왔다. 책 장정이나 하라는 핑계였다. 몇십 년을 간직했던 옷감이니, 다홍색도 노란색도 다 날아가고 희미한 노을빛만 남아 있었다. 유배가 장기화되면서 아들들은 드나들기도 했지만, 그녀가 남편에게 마음대로 오갈 수 있는 시절은 아니었으니, 나름대로 남편에게 그리움을 하소연하는 방법이었으리라. 자신들의 혼례복이었던 이 빛바랜 다홍치마를 받아든 다산은 잘 말라서 빈 공책을 하나 만들었다. 그러고는 생각날 때마다 아들들에게 당부하는 교훈을 적어 내려갔다. 그러고도 남은 치맛감에는 〈매화병제도梅花屛題圖〉를 그리고, 행복한 결혼을 기원하는 시를 적어서 시집간 외동딸에게 주었다. 그리고 말했다. '이 책과 그림에 깃든 사연을 생각한다면 너희가 어떻게 이 책에 적힌 당부, 이 그림에 담긴 기원, 부모의 그 애절한 바람을 어길 수 있으랴.' ― 남녀의 정갈한 결혼 생활이 얼마나 아름다울 수 있는지를 보는 듯하다. 차마 어떻게 어길 수 있으랴.

다산은 두 사람의 결혼 60주년 회혼일回婚日 아침에 세상을 떠났다. 다산이 남긴 마지막 시는 「회혼시回졸詩」였다.

육십 년 세월, 눈 깜짝할 사이 날아갔으니   六十風輪轉眼翩

복사꽃 무성한 봄빛은 신혼 때 같구려.   穠桃春色似新婚

살아 이별, 죽어 이별에 사람이 늙지만   生離死別催人老

슬픔은 짧았고 기쁨은 길었으니, 성은에 감사하오.   戚短歡長感主恩

[후략]

그리고 지금까지, 둘은 한 무덤에 나란히 묻혀 있다.

부부가 되려는 사람들이라면, 사랑의 맹세에 이보다 더 좋은 곳, 더한 증인이 어디 있을까? 왜 우리는 광대처럼 차려입고 연극 장면 같은 사진 촬영을 하고, 그러고는 부산하게 옷자락을 거머쥐고 이곳에서 떠나야 하는 문화 속에 사는 것일까?

다산 정약용(1762~1836)은 조선 후기 실학자, 경세가로 일반에 알려져 있다. 사실 다산의 업적은 이런 일반화로 다 포괄하기 어려울 만큼 방대한 영역에 걸쳐 있고, 그것은 '위대한'이라는 수식어를 자연스럽게 떠올리게 하는 깊이를 지닌다. 일반에는 『목민심서牧民心書』의 저자로만 알려져 있지만, 다산은 당대의 첫손가락에 꼽히던 시인이기도 했다. 다산의 문집인 『여유당전서與猶堂全書』의 시문집에는 이 '위대한'이라는 수식어에 어울리는 치열한 내용의 시와 문장들이 수록되어 있다. 무너져 가는 봉건왕조 말기의 사회적 모순 상을 피를 토하듯 고발하는 시들 — 현대의 어떤 리얼리즘 시인이 그 치열함을 따라갈 수 있을까? 그리고 그 모순을 구조적으로 분석하고 개혁을 모색하는 문장들이 갖는 지성의 깊이는 과연 위대한 것이다.

그런데 『여유당전서』의 시문집에는 이 '위대한' 사람의 인간적 내면을 보여 주는 시와 문장들도 함께 들어 있어서, 이 글들을 읽다 보면 이 '위대한' 사람이 살갑게 느껴진다. 아내를 그리워한 한 사람의 지아비, 자식들의 앞날을 걱정하느라 잠 못 이루는 한 사람의 평범한 아비를 만나게 되고, 그가 한 사람의 평범한 인간으로서 삶을 산 방식이 따뜻하게 사무쳐 온다. 그러고서야 비로소 나도 다산의 자식들 중의 하나가 되어 그의 가르침을 다소곳이 듣는 마음이 된다.

사실 너무 위대한 사람은 우리 범인으로서는 외경畏敬의 마음을 갖게 되기는 하지만, 아무래도 경원敬遠할 수밖에 없는 것이다. 여유당을 찾아와 결혼사진을 찍으면서도, 다산과 홍씨가 함께 묻힌 묘소에 올라와 보지도 않고 걸음을 돌리는 우리의 문화는 아무래도 다산이 너무 '위대한' 사람으로만 알려진 결과이기도 하지 않겠는가? '인간 정약용'의 모습을 보여 주는 몇 가지 이야기들을 따라서, 한 인간으로서의 다산의 모습을 찾아가 보는 것도 이런 면에서 의미 있는 일이 아닐까?

첫째 이야기

『여유당전서』에는 사람을 킬킬거리게 하는 시가 하나 숨어 있다. "11

월 6일, 다산 동암東菴 청재淸齋에서 혼자 자는데, 꿈에 한 미녀가 나타나 유혹하였다. 나도 마음이 동하였으나 이윽고 사양하여 보내면서 지어 주었다."는 시다.

눈 깊은 산속 꽃 한 가지 　　　　　　　雪山深處一枝花

어찌 붉은 깁을 두른 복사꽃 같으랴. 　　爭似緋桃護絳紗

이 마음 이미 금강철이 되었으니 　　　　此心已作金剛鐵

설령 풍로를 가졌단들 네가 어이할까? 　縱有風爐奈汝何

　우리 시조 중에 뼈[骨] 풀무, 살[肉] 송곳으로 '녹여 주고' '뚫어 보겠다'고 질펀한 육담을 늘어놓는 시조 한 쌍이 있다. 정철과 기녀 진옥이 주고받았다는 시조들이다. 이 시의 뒤쪽 두 구도 그런 유의 것이다. 40세의 장년에 유뱃길을 떠나 20년 가까이 홀아비 생활을 했던 다산이니, 프로이트를 들먹일 것도 없는 일이다. 어린아이들 교과서에도 나오는 이 위대한 사람의 이런 프라이버시를 건드리고 즐기는 것은 점잖지 못한 악취미일까?

　그렇더라도, 무슨 자랑거리라고 문집에 버젓이 실어 놓았을까? '내 저술이 흩어져 버리고 전해지지 않는다면, 후세 사람들이 나를 어떤 사람이라고 생각하겠느냐.'며 신경을 곤두세우던 다산이 아닌가? 그러나 이것이 일표이서一表二書(『경세유표經世遺表』·『목민심서』·『흠흠신서欽欽新書』)를 지어 사회 개혁의 방법을 모색했던 경세가, 동양철학에 대한 독창적 저술을 남긴 사상가, 거중기를 설계, 제작하였던 과학자, 『마과회통麻科會通』의 저자, 그리고 「애절양哀絶陽」의 시인인 위대한 다산의 인간적 진면목이다. 다산의 위대함은 이런 범부로서의 면목으로부터 시작된다.

앞의 시를 둘러싼 에피소드에는 당연히 있을 법한 일을 다산도 당연히 겪었을 뿐이라고 치부해 버리고 말 수 없는 것이 있다. 이 에피소드는 근본적으로 '인간이란 무엇인가?'에 대한 다산의 태도를 보여준다. 다산은 조선조를 지배했던 성리학이 인간에 대해 지녔던 태도와는 상당히 다른 태도를 인간에 대해 갖는다. 다산은 인간이 육체적, 본능적 존재라는 것에 대해 위선적인 태도를 갖지 않았던 사람이다. 자기 자신에 대해서도 마찬가지여서, 자신의 자연스러운 욕망에 대해 혐오하는 위선적 태도는 갖지 않았다. 앞의 꿈속에서 지었다는 시도 성리학적 관점이라면 '천리天理를 보존하고 인욕人慾이 끼어들지 못하도록' 자신을 지키는 것에 실패한 것이므로 부끄럽게 여겨져야 할 일이다. 그러나 다산은 다소 자랑스러운 어조로 굳이 기록해 두었으며, "나도 마음이 동했다."고 분명하게 밝힌다.

그렇다고 다산이 정철 식의 파탈한 유흥 같은 것에 자신을 내맡긴 사람도 아니었다. 정철이 진옥과 주고받았다는 시조는 다 벗어던지고 노는 기생방의 풍류에 자신을 거리낌 없이 던질 줄 아는 풍류객의 것이다. 그러나 다산에게서는 그처럼 자신을 벗어던지는 일은 일어나지 않는다. 다산은 본능적 욕구는 인간적인 것이나 그것을 승화해 나가는 과정에 진실로 '인간적인 가치'가 있다고 생각했다. 그 점에선 매우 철저한 사람이기도 했다. 그러니 '마음이 동했으나 사양하고 보낸 점'이 자랑스러울 수 있는 것이다. 또한 기생과의 화답시는 지을망정 아내를 시의 소재로 등장시키지는 않았던 사대부의 풍습에 아랑곳없이 아내가 그리운 한 지아비의 심정을 절실하게 토로할 수도 있었던 것이다.

그러고 보면 다산은 성리적 도학자나 풍류객 정철 어느 쪽과도 달리, 아무래도 '범부'의 혐의가 짙은 사람이다. 다산은 매우 철저한 사람이어서, 웬만한 경우에는 정합성이 구축되지 않는, 생활과 철학, 문학과 철학, 문학 이론 전체에 걸쳐 철저한 일관성을 추구하려던 사람이었다. 그러니 다산의 이런 범부로서의 모습은 그냥 우연히 '그도 사람이었으므로 범부의 모습도 지녔다.'는 것 이상의 의미를 지닌다. 다산은 철저히 '사람'으로서 '사람의 길'을 완성시켜 가려 했던 사람이다. 그리고 그것을 생활에서 실천하고 철학적으로 체계화하려고 노력했다. 그런 의미에서 그는 범부凡夫다. 위대한 범부다.

둘째 이야기

태학생太學生 시절의 다산이 남긴 시 중에도 또 이런 엉뚱한 시가 있다. 「호박南瓜歎」이란 시다. 다산 시의 전체적인 특징대로 산문적인 사연을 뒤에 깔고 있는데, 그 사연이란 이렇다. 1784년 여름, 장마가 열흘 넘게 계속되던 어느 날이다. 장마로 온통 진창이 돼 버린 서울 회현방 어느 골목을 23세의 다산이 들어서고 있었다. 대문을 들어서자 분위기가 여느 때와 다르다. 계집종 하나가 눈물을 찔끔거리며 서 있고, 아내 홍씨는 상기된 표정이다. 바지런하고 웬만해선 마음에 드는 것이 없는 깐깐한 성품의 홍씨지만, 그렇다고 아랫사람을 함부로 다루는 일도 없는 사람이다. 사연인즉 이렇다. 오랜 장마로 끼니가 끊긴 지 오래되어 호박죽을 끓여서 연명했는데, 그나마 호박도 다 떨어졌다. 옆집 텃밭에 열린 탐스러운 호박 하나를 발견한 계집종은 얼른 그 호박을 따 왔다. 죽을 끓여 주인께 올렸으나, 대쪽 같은 성품의 홍씨는 오히려 매를 들었다. "누가 너더러 도둑질을 하라더냐?" 젊은 다산은 그만 무안해져 버렸다. 이 일대의 촉망받는 '문원文苑의 기재奇才'요 '장래 재상감'은 예상치 못한 대답을 한다. "아서라, 그 아이 죄 없다. 꾸짖지 말라. 이 호박은 내가 먹을 테니, 다시는 이러쿵저러쿵 하지 말라." 그러고는 속으로 탄식한다. "만 권 책을 읽은들 아내가 배부르랴, 두 이랑 밭만 있어도 계집종이 죄짓지 않아도 될 것을." "나도 출세하는 날 있겠지. 하다 안 되면 금광이라도 캐러 가리라."

젊은 다산은 가장으로서, 식솔들의 굶주림을 외면하고서 하는 독서, 치국평천하의 포부가 얼마나 허상인지, 배고파 고작 호박 하나를 도둑질한 어린 계집종을 윤리를 들어 꾸짖고 매질한다는 짓이 얼마나 가증스러운 위선인지를 외면하지 않고 고백한다. 「가난貧」이란 시에선 솔직히 말한다. "안빈낙도하리라 말을 했건만, 막상 가난하니

'안빈安貧'이 안 되네. 아내의 한숨 소리에 그만 체통이 꺾이고, 굶주린 자식들에겐 엄한 교육 못 하겠네."

육체적 존재로서의 인간을 결코 부끄러워하지 않았던 다산인지라, 그는 '생활'의 깊은 엄숙함을 외면하지 않았다. 학문이든 예술이든, 어떤 고상한 이상이든 이데올로기이든, 이 '생활'의 진지함 앞에 경건해지지 않는다면, 그것을 외면하고 왜곡한다면, 무슨 의미가 있으랴. 그러므로 다산의 사유는 '지금 여기서' 이루어지는 '사람의 삶'을 떠나지 않는다. 그는 끝내 어떤 방식으로든 '초월적인 태도'는 갖지 않는다. 생애 전반기의 「어사재기於斯齋記」 같은 것에서는 좀 더 경직된 모습이고, 유배기의 「부암기浮菴記」에서는 좀 여유 있는 달관을 곁들인 모습을 띠지만, '지금 여기서 이 사람들과 사는 삶'을 최종적인 진·선·미의 가치로 삼는 그의 태도는 한결같다. 그리고 지금 여기서의 삶이란 사람과 사람이 만나서 밥 먹고 똥 싸고 애 낳고 살아야 하는 구체적인 생활의 모습을 하고 있다. 그는 끝까지 '지금 여기에서의 삶'을 사람다운 방식으로 '성화聖化'하려고 했던 사람이었다.

이러한 태도는 다산 평생에 걸친 것이고, 이웃으로 확산되는 것으로 완성된다. 내 자식의 굶주림과 남의 자식의 굶주림을 똑같이 여겨야 할까? 그것은 위선이다. 생활에 매몰되고 말아서는 안 되겠지만, 그렇다고 인정과 실정에 반하는 지나친 고상함도 '사람의 길'은 아니다. 내 자식의 굶주림 때문에 남의 자식의 굶주림도 구원해 주려고 노력하는 것, 그것이 다산이 걸어간 '사람의 길'이었다.

다산은 6남 3녀를 낳아서 4남 2녀를 잃었다. 대부분 마마를 앓다가 그렇게 된 것 같은데, 다산은 이 절통한 심정을 모든 피부과 질병으로 고통받는 어린아이들을 위해 『마과회통麻科會通』을 저술하는 것으로 넓혀 나간다. 다산의 출발은 내 집의 생활에 대해 외면하지 않는 정직함이지만 그것은 '온 천하'의 굶주림을 책임지려는 태도로 발전한다. 배가 고파 호박을 훔친 계집종은 가장인 자신이 기본적인 의식주를 해결하지 않은 책임이지만, 18세기 후반, 고향을 떠나 유리걸식하다가 길거리에서 굶어 죽어, 그 시체가 구렁을 메우고 산을 덮었다는 백성들의 피폐한 삶은 누구의 책임인가. 그 책임도 독서한 선비로서의 의무로 떠맡으려 했던 것이 다산이었다.

조선 후기, 드러나는 봉건 말기의 병폐 앞에 속수무책으로 가혹하게 피폐해진 백성의 삶을 피를 토하듯 고발하는 다산의 '사회시'들과 구조적인 해결의 길을 모색했던 경세서經世書들의 한쪽에 이런 태도가 없었다면, 우리는 다산을 전혀 다르게 이해하게 될 것이다. 이것은 대의를 위해 소아小我를 희생시킨다는 명분 아래 가족에 대한 책임을 방기하는 것을 정당화하는, 근래 잘못된 남성 문화에 대한 통렬한 질책이기도 하다. '사람'답지 않고서야 어떻게 남을 돕고 세상을 건지겠나?

셋째 이야기

다산 연보에는 다산의 임종 장면이 장엄하게 묘사되어 있다.

> 이날[1836년 2월 22일] 진시辰時에 큰바람이 땅을 쓸며 불고 햇빛이 엷어
> 져 어둑어둑해지며 누렇게 흙비의 기운이 끼었다. 문인 이강회李綱會가
> 서울에 있었는데, 큰 집이 무너져 내리누르는 꿈을 꾸었다.

다산의 부고가 전해지자, 홍길주洪吉周는 "열수洌水[다산의 다른 호]
가 죽었구나! 수만 권 서고가 무너졌구나!"라고 탄식했다. 5백 권에
이르는 방대한 양의 저서를 남긴 거인의 죽음을 묘사한 언급들이다.

그러나 정작 장엄한 것은 이 거인의 죽음이 아니다. 이 거인이 5백
권에 이르는 저서를 저술해 나가는 과정이야말로 장엄하다.

다산은 젊은 시절, 국왕의 절대적 지지를 받으며 날아오르던 '장래
재상감'이었다. 정조는 그를 드러내 놓고 자랑하고, 비호했다. 조선조
사회의 개혁을 꿈꾸던 이 학자 군주와 의기투합해 자신이 믿는 바 개
혁을 실현하리라는 포부에 차 있던, 그것이 보장되어 있는 듯이 보였
던 시절이었다. 그런 인생의 정점에서 일시에 겨우 죽음을 면한 사학
죄인邪學罪人의 신세로 추락해 버린 것이 다산이었다. 유배지인 강진
康津에 처음 도착하자 아무도 상대하려 하지 않고 울타리를 헐어 버
리고 도망쳐 버렸다. 그를 불쌍히 여긴 읍내 주막의 할멈이 방 한 칸

을 내주어 겨우 기거를 시작했다고 했다. 음력으로 11월이었으니, 주막방에 틀어박혀 듣는 강진만의 바닷바람 소리가 얼마나 '칼'바람이었을까? 좌절의 나락에 떨어진 순간에 그는 외친다. '나는 이제야 독서할 시간을 얻었구나, 축복이다.'

다산의 저작들은 대부분 유배기에 저술되었거나, 정리되었거나, 아니면 초고가 마련된 것들이다. 그의 저작들은 유배 초기에는 극도의 경제적 곤란과 외로움 속에, 외가인 해남 윤씨들의 도움으로 경제적 안정을 찾았던 유배 후반기에는 육체적으로 무너져 가는 고통 속에서 작성된 것이다. 중풍으로 수족을 움직일 수 없게 되고 눈조차 잘 보이지 않는 지경에서 제자들에게, 때로는 근친覲親 와 있는 아들들에게 구술하여 받아쓰게 하면서 이루어진 저술들인 것이다. 그 무렵 흑산도에 유배되어 있던 중형 약전若銓에게 쓴 편지에서는,

중풍은 병근이 이미 깊어져서 입가에는 항상 맑간 침이 흐르고, 왼쪽 다리에는 늘 마비 증세가 느껴집니다. 머리 위에는 두미협에서 얼음낚시 하는 늙은이들의 솜 모자가 늘 얹혀 있습니다. 게다가 근래에는 혀도 굳고 말도 엇갈립니다. 살날이 길지 않음을 스스로도 알겠습니다.

라고 호소하였다. 그러면서도 "최근에는 악학樂學에 전념하고 있습니다."라며 "기력은 이미 쇠약한데 이런 대적을 만났으니, 아마 접전을 치러 낼 도리가 없을 듯싶습니다."라고 걱정한다. 아들들에게 보낸

편지에서는 "지금은 중풍으로 쓰러져 경전에 관한 의혹을 다 파헤치리라던 마음도 점점 없어지지만, 정신과 기력이 조금만 회복되면, 또 다시 여러 가지 궁리가 불쑥 일어나곤 한다."고 고백하였다.

현실적 개혁에의 의지가 실현의 길을 봉쇄당하자, 저술로 자신의 개혁 구상을 완성시켜 남겨 놓으려는 불굴의 열정으로 개화하고 있는 것이다. 그는 개혁의 방안을 구상하는 것에 그치지 않고 나아가 그것의 철학적 기반까지 마련하려고 하였다. 이렇게 이루어진 것이 『여유당전서』 5백 권이다. 이 『여유당전서』의 집필 과정에는 주어진 조건에 굴하지 않는 인간정신의 위대함 ─ "하늘을 원망하거나 남을 탓하지[怨天尤人]" 않고 최선을 다해 자신을 완성해 나가는 인간정신이 보여 주는 장엄함이 있다. 절로 외경의 마음을 품게 한다.

다산의 중형 정약전丁若銓은 다산의 저술을 읽고서 "그의 정치적 좌절이 개인적으로는 불행이었으나 세상을 위해서는 참으로 다행한 일이었다."고 했다. 결과적으로 보면 과연 그렇기는 하다. 그러나 나 같은 보통 사람들에겐 이 저술 행위의 장엄함 뒤에 숨어 있는 인간적인 동기들이 좀 더 살갑다.

아들들에게 보낸 편지에서 다산은,

> 너희들이 끝내 배우지 않고 자포자기해 버린다면, 내가 저술하고 가려 뽑아 놓은 것들을 장차 누가 수습해 편차를 정하고 남길 것과 뽑을 것을 정해서 책으로 편찬하겠느냐? 그렇게 하지 못하면 내 책은 끝내 전해지

지 않을 것이다. 내 책이 전해지지 않는다면 후세 사람들은 오로지 사헌부에서 올린 장계와 심문 기록으로만 나를 판단할 것이다. 그렇게 된다면 내가 어떤 사람으로 되겠느냐?

라고 호소한다. 다산의 저술은 개인으로서는 처절한 사투였다. 천주교 탄압 사건으로 기록되어 있는 1801년 신유사옥辛酉邪獄은 내용적으로는 정치적 숙청을 겸한 것이었다. 조선 후기 권력을 독점해 온 노론 일파가 정조의 통치 아래 남인들에게 나누어 주게 되었던 권력을 회수하는 기회로 삼은 사건이었다. '장래 재상감'으로 정조의 비호를 받으며 정치적으로 성장하던 다산은 중요한 표적 중의 하나였다. 젊은 시절 한때 천주교에 심취해 영세교인으로 행세한 일이 있던 다산을, 반대파들은 사학죄인으로 몰아 숙청하였을 뿐만 아니라 18년이란 유례없이 긴 기간을 유배지에 금고해 두었다. 다산만이 아니라 다산 일가, 남인의 주요 세력들이 모조리 사학죄인의 명목으로 숙청되었다.

이런 상황에서 다산의 저술은 한갓 억울한 정치적 희생자로 인생을 끝낼 수는 없다는 오기였을 것이다. 후세를 향해 누가 더 완성된 사람인지를 심판받자는 것이다. 그리고 방대한 학문적 저술로 자신이 누구인가를 후세를 향해 증명했다. 그리하여 마침내는 당파의 시절에 다른 당의 사람으로 하여금 조선 근세의 단 한 사람, 중국에 내놓아도 밑질 것 없는 사람이라는 고백을 뱉게 했던 것이다. 다산의 저술이 이루어지던 이런 광경들을 듣고 있노라면, 사마천司馬遷이 『사기史記』를 짓던 마음이 생각난다. 분노와 좌절의 열정을 저술에의 에너지로 전환시켜 간 놀라운 의지 이면에 있는 처절한 슬픔을 감지하게 된다.

이 슬픔의 한편엔 자신으로 인해 사람 행세를 하며 살 수 없게 되어 버린 아들들에 대한 쓰라린 회한이 있다. 첫 유배지인 장기에서 아들들에게 쓴 편지에서 다산은 말한다.

> 내가 저술에 전념하는 것은 눈앞의 근심을 잊기 위해서만이 아니다. 남의 아비가 되어서 이처럼 누를 끼치고 있는 것이 부끄러워 이로써 속죄하려는 것이다.

젊은 시인으로서 이미 식자 간에 촉망을 모으고 있던 큰아들 학연學淵은 젊은 마음에 가졌을, 세상을 향한 야망을 펼치기는커녕 폐족의 처지로 전락했다. 둘째 아들도 세상에서 버젓이 행세하며 살 수는 없을 것이다. '너희들에게 내가 어떻게 보상해 주랴? 너희들을 내가 어찌해야 할까?' — 자신과 함께 피기도 전에 꺾여 버린 아들들에 대한 아비로서의 끝없는 회한이 그의 저작의 또 다른 동력이었다. '학문적으로 훌륭한 아버지를 가졌다는 이름이라도 물려주런다. 그리하여 나중에 손자 대에라도 다시 세상에서 행세하고 살아갈 수 있게 해 주마. 정 안 되면 후세에라도 사학죄인의 자식이라는 이름만이라도 면하게 해 주마. 그것이 내가 해 줄 수 있는 모든 것이다.' 하는 한 아비의 고심참담한 마음이 그의 저술에 깔려 있는 것이다.

자식 둔 부모라면 어찌 이 마음을 모르랴. 이런 고백은 그가 초인超人이 아니라 '사람'이었음을 알게 한다. 한 평범한 인간, 한 평범한 아버지가 얼마나 위대할 수 있는가, 가장 인간적인 동기가 얼마나 위대한 결과를 낳기도 하는가 하는 생각을 하게 한다. 다산은 고향에 남겨 놓고 온 자식들에 대한 교육을 끝까지 포기하지 않고 편지 등 온갖 방법을 동원해 교육을 계속한다. 이런 아버지 다산의 마음이 아버지 다산을 넘어서서, 『여유당전서』라는 불후의 저작들을 낳기에 이른 것이다.

넷째 이야기

다산을 생각하면 그림자처럼 함께 떠오르는 사람이 있다. 둘째 형 정약전이다. 이 두 사람은 삶의 첫 순간부터 마지막까지 함께 걸어서, 다산에게는 언제나 형의 그림자가 있다.

다산은 외증조인 공재恭齋 윤두서尹斗緖를 많이 닮았다고 했다. 지금 남아 있는 공재의 자화상을 보면, 단정하고 정돈된 모습에 아름다운 수염을 가진 모습이 아니었을까 싶다. 후에 그려진 다산의 초상에는 공재의 풍만한 볼에 비해 비교적 마른 모습으로 그려졌다. 이에 비해 약전은 "무성한 수염에 풍채가 좋아 장비 같았다."고 한다. 정조가

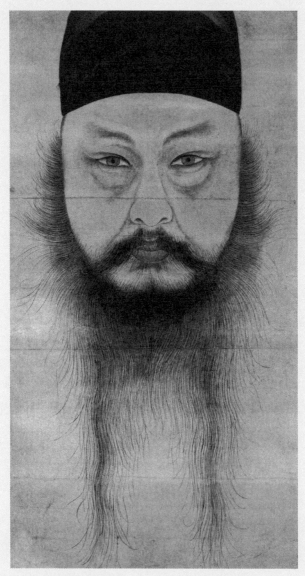

윤두서(1668~1715), 〈자화상〉

두 형제를 두고 형의 씩씩한 모습이 아우의 아름다운 모습보다 낫다고 했다고 하니, 좀 더 남성적인 용모의 형과 깔끔한 외모의 동생이었나 보다.

모습만큼 성격도 달랐다. 다산은 "형님은 덕성이 깊고 통이 크며 학식도 깊어 나하고는 비교가 안 되지만, 부지런하고 민첩한 것은 나보다 못하다."고 했다. 반면, 정약전은 "내 아우는 도량이 좁은 것이 유일한 흠"이라고 했다고 한다. 호탕하고 통이 큰 호남형의 형과 깐깐하고 명석한 아우였을 이 두 사람은 어린 시절 산사에서의 독서에서부터 마지막 유뱃길까지 함께 나섰고, 유배지에서도 편지를 오가며 학문을 토론했던 평생의 지기知己였다.

어찌 보면 정약전의 생애는 다산이란 천재의 그늘에 가린 그림자 같은 측면이 있다. 벼슬길에 나선 것 자체도 늦었지만, 선망의 대상이었던 초계문신抄啓文臣에 피선되었을 적에도, 아우가 형보다 먼저 선출되어 선임의 자리에 있으니 모양이 좋지 않다고 하여 취소된 일이 있다. 벼슬살이도 초입부터 다산을 목표로 하는 간접 공격의 대상이 되어 끊임없이 시달려야 했다. 그러나 이 호방하고 너그러운 형은 깐깐하고 명석한 막내아우를 끝없이 받아 주었고, 학문적 지지자가 되어 주었다. 다산의 경학적 저술들은 지어질 때마다 약전에게 보내져서 토론을 거쳤다. 그리하여 다산의 경설에는 정약전의 의견들이 혼입되었다. 심지어 정약전이 지은 『자산역속玆山易束』은 정약전의 작으로서 전해지는 것이 아니라 『여유당전서』에 편입되어 전한다. 다산은 "나보다 부지런하지 못해서 저술이 많이 없었다."고 했지만, 어떻게 보면 정약전은 다산이라는 천재의 그림자로 충분하다고 생각했을지 모른다. 그는 이 위대한 막냇동생에게 진심으로 경복敬服하는 형이기도 했다. 다산에게는 참으로 복된 형이었다. 이 형의 부고에 다산은 통곡했다. "경전에 대한 연구 240책을 새로 장정해서 책상 위에 얹어 놓았었다. 내가 그것을 불살라 버리고 말아야 하는가?"

두 사람의 사는 방식은 사뭇 달랐다. 정약전은 일찌감치 세상에의 뜻을 접은 사람으로 행세했다. 둘이 함께 벼슬살이하던 서울 시절, 약전은 친구들과 어울려 날마다 술을 마시고 떠들며 못 하는 장난이 없이 취해 돌아다녔다. 봉건제도가 말기적 증상을 드러내고 있던 18세기 후반, 시답잖은 세상살이 한껏 비웃으며 한세상 살려 했던 것이다. 그러나 다산은 현실적인 개혁 가능성을 믿었다. 다산은 자주 형의 단정치 못한 처세를 책망했고, 정약전은 잔소리를 해 대는 아우를 슬그머니 그들의 모임에서 제외시키고 끼워 주지 않았다고 한다. 웃음이 나오는 대목이기도 하다.

그들 형제 평생의 질곡이었던 천주교 신봉 문제에 대해서도, 다산은 "심장을 쪼개 보고 구곡간장을 더듬어 보아도 일호의 잔재도 없다."고 여러 차례 상소를 올리며 천주교 문제로 인한 화를 피해 보려 했다. 그러나 정약전은 굳이 변명하려 하지 않았다. 그것은 또 다른 아우였던 정약종丁若鍾에 대한 형으로서의 마음 때문이었다는 것이 다산의 설명이다. "화가 닥친다는 것을 분명히 알았으나 피할 생각을 하지 않았다. 아! 골육이 서로 해쳐 가면서까지 자신의 생명을 보존하는 것이 어찌 그 화를 받아들여 천륜에 부끄럼이 없이 하는 것만 하겠는가?" 정약종은 한국 최초의 천주교 전도회장으로, 일가 다섯 명이 모두 순교하였다. 집안이 몰락하는 결정적인 계기가 된 동생이었으나, 동생과 조카들을 부정하면서까지 굳이 살고 싶지 않았던 것이 정약전의 마음이었다는 것이다.

정약전은 참으로 매력적인 사람이다. 복암茯菴 이기양李基讓의 묘지명에는 복암이 천한 이웃집 노파의 병 수발을 하느라고 몸소 젖은 부엌에 들어가 죽을 쑤는 광경을 정약전이 우연히 보게 되었다는 기록이 있다. 그런데 정약전은 이 일은 정말로 사람을 심복心服하게 한다고 두고두고 되뇌었다고 한다. 호방한 성격의 정약전이 가진 인간적인 덕성을 짐작게 하는 대목이다. 이런 품성이 유배지 백성들의 호감을 사고 호송하던 군관을 울며 이별하게 만든 정약전의 인품이었을 것이다.

정약전의 이런 인품과 도량, 호탕한 기질들은 다산의 "도량이 좁은 것이 유일한 흠"인 인간적인 약점을 보완하는 역할을 하고 있다. 다산은 미치광이처럼 지내는 정약전의 술친구들을 못마땅해했지만, 정약전은 "너는 모 상서某尚書, 모 시랑某侍郎과 좋아 지내고 나는 술꾼 몇 사람과 이처럼 미친 듯 지내지만, 화가 닥쳐오면 어느 쪽이 배반하지 않을지는 모르는 일"이라고 했다고 한다. 그리고 신유년에 화가 일어나자 이 무리 몇 사람이 평소처럼 서로 따뜻하게 대해 주었다고 하며 다산은 탄식했다. "아, 이 점이 바로 내가 형님께 못 미치는 점이다." 라고. 현실적인 성취에 끝내 매달리는 이 아우에게 세상에서 한 발 물러난 듯이 처세했던 형의 태도는 여유와 관용을 주었지 않을까?

다산은 완벽주의자의 결벽성이 있는 사람이었다. 이 점은 자신이 말하고 있듯이 "선을 끝없이 좋아하지만 가릴 줄을 몰라서" 사회생활에서 적을 많이 만들었다. 사회적인 측면에서만이 아니라 개인적으로도 다산은 매우 철저한 사람이었다. 그 철저한 성미는 간혹 곁의 사람에게 상처를 입히기도 했다. 다산은 자신을 몹시 사랑해서 후사로 삼고 싶어 했던 계부의 청을 예법에 어긋난다며 일언지하에 거절하여 숙부를 상심케 한 일을 두고두고 후회한 일이 있었다. 정약전의 외아들 학초學樵가 요절하자 학초의 후사를 세우고 싶어 하는 형수에게 예법을 들어 반대함으로써 집안에 잠시 소동이 벌어지기도 했다. 완벽주의자에 가까운 다산의 이런 기질들은 중형 약전과의 어울림으로 여유와 포용력을 얻어 갔을 것이다.

다산은 자신이 형보다 "부지런하고 민첩하다."고 했다. 정약전은 『자산어보玆山魚譜』 등 저서를 몇 권 남기기는 했으나, 끝내 흑산도 유배지에서 사망했다. 그러나 다산은 끝까지 살아 고향으로 돌아왔다. 정약전보다 유배지의 조건이 좋았던 탓이기도 했으나, 살아남겠다는 의지도 치열했다. 그렇게 살아 돌아와 5백 권에 이르는 저서를 완성하고 75세의 수를 누렸다.

그는 한결같이 근실한 사람이었다. '현실 참여'를 끝까지 포기하지 않았고, 그것이 좌절되었을 때에도 열혈과 울분을 다스리고 거기에 방향을 주어 결실을 맺도록 끝없이 자신을 단속하며 '사람의 길'을 완성시켜 간 사람이었다. 그것은 그의 인간적 약점까지도 넘어서게 했다. 물론 거기엔 둘째 형 약전의 그림자가 같이 있다.

누가 옳았을까? 혈육을 부정하면서까지 굳이 삶에 매달리지 않는 태도를 택한 사람이 옳았을까? 끝까지 살아남아 자신을 증명하고, 형 약전의 일도 후세가 알 수 있도록 기록해 두었던 부지런한 동생이 옳았을까?

휘장 넘어서 와자하니 웃는 소리	哄堂大噱隔簾幃
세상에도 우스운 일 있음이 틀림없지.	定有人間絶倒奇
천천히 일어나 무슨 일인가 물으니	徐起呼兒問委折
아무 일도 아니고 그저 웃었을 뿐이라네.	但云無事偶相嬉

만년에 고향 초천에서 지은, 뒷방 늙은이가 된 듯한 소외감을 읊은 "너무 늙었음을 자조하는[耄甚自嘲]"시다. 하지만 그것은 끝까지 살아남은 자가 받는 상이었다.

다섯째 이야기

양수리 지나 운길산 산마루, 하늘 가까이 종처럼 걸려 있는 수종사水

鐘寺에서는 북한강 일대가 다 굽어보인다. 이 작은 암자는 어린 다산이 책 상자를 메고 오르내리며 독서하던 절이다. 훗날 진사가 되고서는 여러 친구들과 함께 왁자지껄하게 금의환향하는 길에 이 절에 들르기도 한다. 다산으로선 아마 가장 티 없는 시절이었을 것이다.

다산이 형 약전에게 잔소리를 해 대었으므로, 자신들의 모임에서 제외시켜 버리고 끼워 주지 않았다는 서울 시절은 다산의 전성기였다. 당시 서울은 지방과는 문화적 차이가 현격한, 말하자면 그때도 '특별시'였다. 이 '특별한 도시' 서울의 사족층 사이에는 세련된 도시 취향의 문화가 형성되고 있었다. 그 하나가 서화와 골동품을 수집 감상하고, 희귀한 꽃과 나무, 괴석을 수집해 뜰을 장식하는 취미다. 다산 역시 귀한 꽃과 나무들을 수집해 화분에 심고, 이 화분들로 뜰 안에 조그만 원림을 조성하고 대나무 난간을 둘러 두고서 고상한 분위기를 즐겼다. 1796년 무렵 다산은 고관들의 집이 많았던 명례방에 살았는데, 오가는 수레바퀴 소리, 말 울음소리로 하도 번잡해서 이런 정원을 조성하였다고 한다. 요즘 세상으로 말한다면, 서울 아파트촌에 사는 사람들이 아파트 베란다에 조성하는 정원에 해당한다고나 할까? 그는 화분으로 이루어진 이 정원을 '죽란竹欄'이라고 불렀다. 이 죽란에서는 다산의 가까운 친구들이 자주 찾아와 술을 마시며 시를 짓곤 했는데, 나중엔 정식으로 '죽란시사'가 된다.

죽란시사의 규약을 보고 있으면 이 시절 다산의 모습이 떠오른다.

살구꽃이 처음 피면 한 번 모이고, 복숭아꽃이 처음 피면 한 번 모이고, 한여름 외가 익으면 한 번 모이고, 초가을 서늘해질 때 서지西池에서 연꽃을 감상하며 한 번 모이고, 국화가 피면 한 번 모이고, 겨울 큰 눈이 내리면 한 번 모이고, 세모에 화분의 매화가 꽃을 터뜨리면 한 번 모인다. [중략] 아들 낳은 사람이 있으면 그가 차리고, 지방관으로 나가는 사람이 있으면 그가 차리고, 승진하는 사람이 있으면 그가 차리고, 자제가 과거에 급제한 사람이 있으면 그가 차린다.

나아가 촛불에 비친 국화 그림자를 감상하는 모임을 열기도 한다. 다산은 매우 근실하고 명민한 사람이었지만, 예민한 시인의 감각도 갖춘 드문 자질의 사람이었다. 그는 인생의 아름다움에 결코 둔하지 않은 사람이었고, 누추한 삶에도 도처에 숨어 있는 아름다움을 발견하고 누릴 줄 아는 사람이었다.

다산은 양계를 시작했다는 작은아들의 소식을 듣고 써 보낸 편지에서 양계는 생업으로서 훌륭한 일이지만, 독서한 사람은 생업에 매몰되지 않을 수 있어야 한다고 했다. 독서한 사람은 양계라는 생업의 결과를 연구와 연결시켜 민생에 도움이 될 양계법의 저술로 이어 낼 수 있어야 하고, 개인적으로는 관조적인 거리를 유지하며 시정詩情으로 승화시킬 줄 아는 여유를 지녀야 한다고 타이른다. 인생을 즐길 줄 안다는 것도 다산이 생각하기에는 인간의 중요한 조건의 하나였다. 그것이 생존의 차원을 벗어나 인간다운 삶을 이룩하는 '문화'의 기본

요소였다.

지금도 어떤 이들은 다산의 이런 언급을 민망해하거나 은근히 못마땅해하고, 서울에 집중하는 인구문제로 골치를 썩이는 정책입안자들이 들으면 질색할 일이지만, 다산은 사람은 모름지기 서울에서 살아야 한다고 생각한 사람이었다. 다산에게 '서울'이란 바로 '문화'였다. 아들들에게 보낸 편지에서 생활이 문명화되어 있는 중국과 달리 조선은 서울 도성 문밖으로 몇 리만 나가도 벌써 원시시대에 가까우니 되도록 서울에서 살도록 하라고 권유하고 있기도 하다. '지금 여기서'의 삶을 완성의 경지로 나아가게 하려는 그의 생각으로는 인간의 삶을 생존의 차원에서 생활의 차원으로 승화시켜 나가는 것이 바로 문화다. 백성의 상황이 생존도 불가능한 형편이어서 생존 문제를 해결하는 것이 급선무이기는 했지만, 다산의 생각에 인간다운 삶이란 문화의 관념과 떨어질 수 없는 것이었다. 그리고 이 문화의 관념에 기본이 되는 것이 아름다움을 발견하고 추구할 줄 아는 감수성이다.

문화만 그러하랴, 아름다움에 대한 감수성이 없는 사람이 '불의'나 '비참'에 대해 분노하고 눈물 흘릴 수 있을까? 유배지 강진의 다산은 중풍으로 마비된 몸을 이끌고 학문에 전념하며, 한편으론 피를 토하듯 백성들의 참상을 고발하는 시를 쓴다. 그러나 다른 한편으론 유배지의 풀 한 포기, 꽃 한 송이에 대해 맑은 서정을 담은 시를 쓰고 산문들을 지어 낸다. 그는 유배지에서 한결 가까이 보게 된 백성들의 누추한 삶에도 깃들인 아름다움을 유쾌한 어조로 잡아낼 줄 아는 시인이기도 했다. 그것은 백성에 대한 뜨거운 애정, 중세사회를 근본적으로 뒤흔들어 놓은 개혁적 사고만으로 되는 것은 아니다. 인생의 아름다움을 느끼고 추구하는 섬세한 감수성이 없다면, 그의 사회시들이 갖는 '삼엄한 아름다움'이 가능했을까? 서울 사환 시절 다산의 산문들에선 바로 그런 아름다움에 대한 감수성을 보게 된다.

다산은 참말 위대한 사람이었다. 당파의 시절에 다른 당의 사람의 입에서 조선 근세의 단 한 사람, 중국에 내놓아도 밀질 것 없는 사람이라는 고백을 뱉게 했던 사람이다. 천문, 지리, 의학, 과학, 철학, 경세학에 이르기까지 호한한 저작의 범위, 그 가운데 드러나는 투철한 지성, 역사의 향방을 가늠하고 끌어가는 안목, 그리고 끝없는 열정은 참으로 사람을 압도한다. 그러나 위대한 다산의 이면에 있는 '범부'의 모습은 그 위대함에 인간적 색채를 준다. 그가 '초인'이 아니라 '사람의 길'을 성실하게 완성하는 길을 가고자 했던 범부라는 사실이 그의 위대함에 덧붙여질 때야 다산은 비로소 다산이 된다.

마찬가지로 다산의 논설문들은 참으로 아름답다. 그 치열한 내용과 깊이에 있어서만이 아니라, 문예적으로도 정연한 논리에 간결하고 힘찬 문장은 당당한 아름다움을 느끼게 하는 명문들이다. 그러나 이 논설문들만 가지고는 아무래도 허전하다. 이 당당하고 정연한 글들 곁에 다산의 인간적 면모를 드러내는 서정적 성격의 글들이 함께 있을 때야 비로소 다산의 산문 작품은 전모를 갖추게 된다. 그래야 다산이 '우상'의 자리에서 내려와 '인간'의 모습을 갖추게 된다.

　이 책에는 서정적 성격의 산문들을 주로 뽑았다. 그러다 보니 주로 다산 생애의 전반기 사환 시절의 문장들과 유배지에서 아들들과 형 정약전에게 보낸 편지글들이 주가 되었다. 그것은 다산의 논설문들은 비교적 널리 알려져 있다는 판단에 따른 것이다. 마찬가지 이유로 해제에서도 다산의 인간적 측면을 부각시키려고 하였다. 다산의 또 다른 면을 독자가 발견하고 좀 더 인간적으로 다산을 가깝게 느끼는 데 도움이 되었으면 하는 마음이다.

2001년 초판 해설문